中国少数民族文学发展工程
出版扶持专项丛书

侗族时光

（苗族）杨汉立／著

作家出版社

杨汉立 笔名官舟寨，苗族，1966年3月出生于湖南会同，湖南省作家协会会员、湖南散文学会会员，曾任中国少数民族文学学会侗族文学分会副秘书长，现任超G名片怀化运营中心副总裁和会同共赏文化传播有限责任公司董事长。共发表文学作品近600篇及新闻、调研论文、书法、摄影作品500余件，已结集出版散文集《永远的乡情》《魅力会同》和诗歌集《轻唱若泉》《风中的诗稿》，获全国和省、市文学奖20多项，有文学作品入选《阅读版语文》和数十种全国、省级文学选本，有《炎帝故里文化电视讲座》15集和《炎帝故里在会同》等专著多部，与人合著94万字《会同话与简易汉字学》。是粟裕大将诞辰100周年纪念活动和全国首届会同炎帝故里文化研讨会的主要策划者和参与组织者，是传统村落的研究、项目申报、企业文化策划、会同“非遗”评审等方面的专家。

作者近照

一个人和侗族

杨仕芳

四个礼拜前的下午，汉立兄在网络上问我可否有空为这部散文集写序，当时我正埋头审校新年第一期刊物的稿件，时间紧，工作量大，精神有些恍惚，竟想都没想就随口应承。当把稿件交付印刷厂后，我才回想起这件事来，慌忙翻查聊天记录，不禁被自己许诺的口气吓了一跳。我从没给人写过序，也自知没那个能力，更不用说给汉立兄写了。我劝汉立兄拜于一位学术有成德高望重者为之，一来为这部书增添分量，二来免得我在此露丑。汉立兄却毫无商量地说此序非我莫属，还找出一条让我无法反驳的理由，说我是这部书的肇事者。汉立兄所说的肇事，实则是指我向他约的稿，约来约去就约出了这部书。从这个层面上说，我的确该为这部书负责。

回想起来，已然记不清是何时与汉立兄相识，也记不清首次与汉立兄相聚，究竟是在广西三江，还是在湖南会同，总之，一见如故。他个子不高，且瘦削，黝黑，却健谈，不贪酒却好茶，尤其在贪两杯茶后便天文地理侃侃而谈。据朋友说，汉立兄在舞弄文学、书法、摄影、国学、中医、易学之余，还会些许巫术，我没有探究此事。不过，汉立兄看起来确实有几分巫师气相，其貌不扬，却深不可测，往往不怒而威。我想要是汉立兄真会巫术而没当上巫师不免有些遗憾。这年头巫师这个职业快要泯灭了，那也是一种传统文化的断裂和消亡。这种文化的断裂和消亡更加难以接继。这是自私的想法。说实话，汉立兄并不起眼，把他丢到人堆里，压根看不出他有什么与众不同。然，在汉立兄瘦小的躯体里，隐藏着巨大的知识蓄量，尤其是对民族文化的洞见，委实让我惊服。

三江与会同两地山水相连，却因交通不便，以往两地间的人文交流并不频繁。直到2012年三江举办“文学与地域研讨会”后才有所改观。“文学与地域研讨会”以促进湘黔桂三省交界地域作者交流学习、相互促进、增加友谊，达到共同提高创作素养为目的。至今，已成功举办六届，效果显著，可以说，研讨会已成为湘黔桂三省交界地域的作家节。这是令人欣慰的。汉立兄为会同县作协负责人，于2014年带多位本县作者前来参加研讨会。记得那次他们凌晨一点才到达酒店报到，风尘仆仆。最让我感动的是，汉立兄竟然还把他不满四岁的小儿子也带来了。汉立兄笑着说，他小儿子将是年纪最小的与会人员。汉立兄的话让人心暖，也让人心酸。汉立兄如此，不难看出他是个真正热爱创作且有理想和抱负的人，但也不难看出把幼小儿子带在身旁实属无奈。后来，我才听说他遭遇了一些人生挫折，生活极为窘迫，却仍爱好文化研究和文学读写。这不由得让我心生敬意。我一向敬佩那些做事认真且持之以恒的人。那次会议汉立兄作了发言，我首次听到汉立兄对于侗族文化和文学的独到看法。汉立兄不是侗族人，而是一个苗族作家。尽管在湘黔桂三省交界地域，苗族和侗族混居现象并不鲜见，但像汉立兄对侗族有深刻洞见的苗族人并不多。不过，后来他说，其实他们的官舟寨有些特殊，侗苗不分，习俗融合，民族成分识别时，无法确定是侗族还是苗族，都由村干部去填写，结果他父母被填写为侗族，而他兄妹三人被填写为苗族。那次会议汉立兄给我留下深刻印象。

那之后，两地间的交流活动逐渐多起来，无论是三江还是会同开展文学活动，均相互邀请并参加。我也数次到过会同，参观过古村落高椅，拜访过战神粟裕故居，也到过他家的竹酒基地。我每回到会同，汉立兄无论多忙，都会抽空来陪着，和汉立兄的交流就多了，也就对他有更深的了解。无论对学术还是世俗，他都有自己的看法，且能坚持自己的看法，实属不易。这年头有看法的人不少，但能坚持的却不多。因此，无论为文为友，汉立兄都是值得交往的。

2015年，《风雨桥》想在刊发的内容上做出更多努力，使这本刊物更加丰厚，于是打算推出一个新栏目“一个人和侗族”。经研究决定，找一位作家以散文方式来写侗族文化，并在《风雨桥》上开设专栏连载。编辑部为此召开专门会议，并推荐不少作家，推荐上来的作家都是有所建树的，甚至著作等身的。但是，最终又都否定了，原因是这些作家的写法，要么偏于研究，如若勉强归于散文创作，读来不是滋味，难达到预期；要么压根就没时间来应付。最后，我就想到汉立兄，一来他满腹经纶，对民族文化感兴趣；二来他又是有些名气的苗族作家，得以用外族人的目光来审视侗族文化，可能会收获奇妙的效果。我便在网上与汉立兄沟通，把《风雨桥》的想法告诉他，没曾想一拍即合。于是，从2015年第一期开始，《风雨桥》增设一个栏目，叫“一个人和侗族”，每期推出汉立兄一篇七八千字的关于侗族的文化散文。在2015—2017年三年间，除了“广西青年作家专号”那期没刊之外，其余每期都如期刊登，共刊登十七篇15万字。这已经是一部书的厚度。我便和汉立兄谈起这部书的出路，建议他不防申报中国作协重点作品项目，结果获得项目扶持。

当汉立兄把这部命名为“侗族时光”的散文集书稿发给我时，又增加了几篇文章，整体上更为丰满和厚重。这部书从侗族的萨母神说起，把侗族的宗教文化、民俗文化、饮食文化、服饰文化、山水文化等，逐一在其稳重而流畅的笔下展现，既具有文学秉性，又具有文化研究价值。从汉立兄的字里行间，布局泼墨，看得出这些文章是在查阅大量相关文献以及做了许多田野调查的基础上写就的。仅凭这种精神，就值得信服和钦佩。我是个地道的侗族人，在侗族地区生活和工作几十年，然，每每编辑汉立兄传来的文章，都是一次对侗族文化和文明的重新认识。那种喜悦是无可比拟的。我无意在此更多地评论和评价汉立兄的文章，当然更多的是担心评点不到位而遭人耻笑，所以最好的办法是，把对于这部书的赞美或者批评，留给遇到它的理想读者吧。在此，我只想说一句，于侗族文学和文化来说，这部书是意外的重要收获。

终于，总算完成了汉立兄的嘱托和要求，我想这种如释重负的心情是可以理解的。这篇难以叫做序言的文章，尽管努力地表达，依然词不达意，我想这也是应该给予原谅的。无论如何，都真心地祝愿汉立兄在文学之路上走得更远，创作出更多具有自己独特性格的精品佳作。

期待着。

2018 年 1 月 31 日于广西柳州

目 录

永远的萨母

《侗族古歌》唱道："四个棉婆在寨脚，它们各孵蛋一个，三个寡蛋丢了去，剩下好蛋孵松恩。四个棉婆在寨脚，它们各孵蛋一个，三个寡蛋丢了去，剩下好蛋孵松桑。就从那时起，人在世上落。"

这是一首有趣的歌谣。我第一次读到这首古歌时，感到十分新奇，觉得这个世界很有意思却又十分荒诞，人也竟然可以是蛋孵化出来的。有时我由此觉得这个苦难的民族，竟然有着如此诗意的情怀，这种诗意滋润了民族的心灵，消减了苦难对心灵的烧烤，所以这个民族的心灵始终没有焦躁。但有段时间，我幼稚地认为《侗族古歌》所言，是根本不存在的神话，只是文学的浪漫，只是人类的幻觉。后来，因为喜爱文学而进行了大量的阅读和思考，对此也有了一些进一步的认识，觉得其表面只不过是一种比喻手法，它本质上道出的一个事实是：万事万物总是不断由低级到高级进化的，人也和万物一样源于自然，与自然和谐共存。再后来，随着对古代文明和地域文化研究的不断深入，就越来越觉得，这些史诗和神话都是在使用一些隐喻概括人类的起源。有时，从另一个角度看，蛋孵出人是自然崇拜的产物，是对自然崇拜物的直接对应，是自然在人类内心的影印，是将自然崇拜糅合到祖先崇拜的经典创作。

人类在前行的路上，总是试图了解这一系列的问题："我从哪里来？”“我是谁？”“我要到哪里去？”……人的根源是这些问题的基础，不管哪个民族都有寻根问祖的心理特性，中华民族大家庭的各个成员的根的意识更为深厚，侗族也是如此。侗族认为“萨”是老祖母，是人类的根基，是别称“棉婆”的始祖“萨敏”创造了人类。《侗族古歌》描述天地初始之时，世上尚无人类，连管天之神“萨闷”也造不出人来，她只得把创造人类的任务交给大森林中的棉婆“萨敏”。“萨敏”孵化出世上的第一个男人“松恩”和第一个女人“松桑”，地球上才开始有了人类。这个创世观一直传承到中古，许多皇帝模仿古史传说编造出生的神奇故事，以证明自己非同凡人，是真命天子。按他们精心编织的谎言来说，刘邦是母亲见到两条蛟龙在天上交合而怀孕所生，而明太祖朱元璋是母亲吃了道士的大丹而怀孕生的，诸如此类的传说屡见不鲜。这些故事虽然盗版人类起源的古史传说，但无论如何也不可与古史传说同日而语，他们这些把戏只是借得人类起源古史传说的外壳，想让人们相信他们的不同凡响，借以在心理上和社会伦理上压倒普通大众，以有利于他们的统治，说穿了只是愚民的花招。现在看来，侗族古歌这样极为朴素的叙述，与现代科学研究发现的结果是一致的，追溯人类历史的长河，总有第一个男人和第一个女人诞生的那一天，而且诞生于茂密的大森林是极为可能的。人是天地造化之灵，是在大自然中进化出来的，这是千真万确的事。侗族人坚定地认为“萨”就是造物主，是创造万物之神，所以“萨”至高无上。

人类前行到母系氏族晚期时，已经积淀了大量对自然世界和人类社会的各种知识，对于女性在人类繁衍和社会组织中的重要意义有着比较深刻的认识，这些认识深深地影响了人类，甚至在传承至今的人类文化中打下了深刻的烙印。比如，在我们的汉字中，有“女”字旁的字就相当多，这正是母系氏族文化理念烙下的印记。而侗族文化更是把女性塑造成一个一个神，“萨”就成了侗文化的核心内容，“萨”是侗族地区普遍尊崇和信仰的最高女神。部分侗族地区，现在仍然保留着这样的习俗，如果男子像人类在远古对偶婚时代一样到女子家上门成婚后，其子女对母亲的母亲仍称为“萨”，称母亲的父亲为“公”，分别为祖母、祖父之意。在侗族，女神要高于男神，女神要多于男神，女神的威力也要大于男神。“萨”在侗文化中是至高无上的神灵，没有一个男性神灵的地位比女性神灵高。女神有如此高的地位，在其他民族中较难发现。显然，在侗文化中还保留着母系氏族以妇女为主的理念。

由于对女神“萨”的崇拜根深蒂固，在侗族妇女的社会地位显然比许多民族要高。比如，凡集体祭祀“萨”皆由妇女主持。比如，妇女的自然领袖被称为“萨老”或“萨妈”，在侗族款组织中，可以当款首，地位和权力与其他男款首、寨老一样。不管萨老是不是款首，地位都非常高，如果有议事活动，“萨老”因故不能参加，男寨老决定事项，必须先征求“萨老”意见。没有哪个民族像侗民族这样允许女性有私产，女性可以继承母亲的遗产。在不少侗寨，女儿出生满三天后，父亲要为女儿手植一片或三五株杉树，作为抚育女儿成长的后备经费，被称作“姑娘树”或“姑娘林”。而富裕一点的家庭，还要给女儿留“姑娘田”“姑娘地”。如果女儿长大，能够自己耕织了，所获得的物品或经济收入，全部或大部归女儿所有，女儿在娘家就有了自己的财产。当母亲去世，儿子不能继承母亲的遗产，只有女儿可以继承。妇女的这些特权，在我国其他民族中是没有的，在汉族中是严禁的。甚至中国在很长的历史中，汉族社会妇女只是男人的私有财产，根本不用说妇女还能有什么自己的财产。侗族妇女这么高的地位，不能不令人兴叹，不能不令其他民族的妇女羡慕。人类社会常常走进怪圈，早在母系氏族时，妇女的地位远远高于男性，而经历千万年男权社会后，人类社会又需要反对性别歧视，不断提高妇女的地位，甚至发起种种女权运动。侗族妇女应当深深地感谢“萨”的力量。

要进入侗文化，必须进入侗族的“萨”；要深入侗文化的核心，必须研究侗族的“萨”。可以说，不懂得“萨”，就不懂得侗族和侗文化。

“萨”在侗语里就是祖母之义，是祖母、曾祖母、太祖母的泛称。侗语保留了上古汉语倒置的特性，把修饰词放在主词后，所以先祖母、大祖母称为“萨岁”，“岁”即是先、大、已逝去的意思，“萨岁”即“萨”之大者、先者；始祖称为“萨灯”，“灯”即为根基、始基之意，“萨灯”，即萨之根、之始。可见，“萨”与各种具体“萨”的名称都相当古老。

后来，我研究汉语起源规律时，发现凡读“sa”和“sha”音者（上古无翘舌音，“sha”音是后来从“sa”音中分离出来的），皆有“神秘”之义。如，萨为有神秘力量的神灵；蛇（古读如“sa”）为神秘的动物；煞，为神秘之邪气……在中华远祖的意识里，自然宇宙中存在着神秘的力量，他们把这种力量称为“萨”。侗族也是坚定地认为有“萨”的存在，在侗文化传承和发展中，“萨”文化得到了强化，成为侗文化的核心内容和母体。

在侗文化中，“萨”既是创世神，又是生殖神。在远古时代，人类抵御自然灾害、疾病的能力较弱，人的寿命不长，战争又不断消耗人口，繁衍人口成为部落的首要任务。我们试想，如果没有人这个最重要、最基础的要素，一个氏族或部落还有什么生存、繁衍下去的资本？出于对各族繁衍、兴衰的考虑，生殖崇拜成为世界上各民族原始宗教最为重要的内容之一。神农炎帝时代，生殖崇拜曾在较长时间成为氏族、部落的第一崇拜。所以，在古史传说和古代文献中，都说神农宅旁边有牂牁石，神农炎帝经常率领部下祭祀牂牁石。从语言学角度看，牂义同状，为“像”的意思；牁，为生殖器官，湖南会同方言中还保留着此词此义，如“卵呗牁”，为男女生殖器之义，只是进行了同义字相叠。因此，牂牁石，就是像男女生殖器官的石头，即阴阳石。会同炎帝故里的神农宅旁正有这样的牂牁石遗存至今。神农炎帝祭祀牂牁石，这其实就是上古人类生殖崇拜的一个缩影。神农炎帝祭祀牂牁石，对于后世产生了极大的影响，据许多专家认证，华表、图腾柱等都是阳具崇拜演变而来的。这真是极有意思的事。

随着历史进程的推进，作为圣母的“萨”已经融合了诸多神灵，比如太阳神和被奉为神明的英雄。

太阳神崇拜是神农炎帝时代最主要的崇拜之一，毕竟侗族地区是会同炎帝故里的核心区或缓冲区，所以太阳神也受到了侗族的崇拜。其实，太阳神是远古人类的共同崇拜，不光中国古人对此有着执着的崇拜，与中国一样，印度、埃及、古巴比伦、希腊和南美的玛雅文化地区也被认为是太阳崇拜的发源地。古玛雅人崇拜太阳神、雨神、五谷神、死神、战神、风神、玉米神等众多神灵，其中太阳神居于诸神之上，被尊为上帝的化身。古玛雅人把对太阳神的祭祀做到了极致，他们认为太阳将走向毁灭，人类可以通过自己的行为来延续太阳的存在，这就必须以自我牺牲的方式来保持太阳的光芒四射，阻止其灭亡，因此古玛雅人以人心和鲜血献祭太阳，有的专家认为这是其人口锐减的重要原因之一。

人类崇拜太阳神的历史可能比我们想象的要早得多。从目前考古发掘看，早在距今七千多年前的历史时期，中国古人就已经有了明确的太阳崇拜。湖南洪江高庙文化遗址出土的白陶祭器上都刻有太阳图腾图案，主要是凤鸟载日图，加上大型的高庙祭祀场所和天梯，足以证明当时的人类已经有了成熟的太阳神祭祀典礼。共同的图腾、共同的祭祀是氏族和部落形成的原因与发展的理由。正因为有“萨”的崇拜，因为心里有“萨”文化，侗人无论到天南还是海北，哪怕穿得再洋气，说得再时髦，内心都不会被同化，都还是地地道道的侗人，至少其文化基因是侗族文化。

侗族地区山高林密，阴雨繁多，长年云遮雾罩，瘴气深重，而且年年都有山洪暴发。在每年的大多数时间里，阳光是一种奢侈资源，人们强烈渴求太阳照耀，这种心理长期积淀，便形成了太阳崇拜和图腾。

这种图腾被不断物化到生活的方方面面。侗族的“萨坛”就是一个太阳状的大圆，中央还安放着一块白色石头，格外突出，像耀眼的太阳光斑。而侗族鼓楼象征着光芒万丈的太阳，青石板铺成的路面就是那太阳放射出的光芒，而以鼓楼为中心，坐落在鼓楼周围的民居木楼则象征着星星。太阳与星星交相辉映，构成一幅自然和谐的画面，象征了侗族社会的和谐美好。侗族祭祀歌中有唱词曰：“高山连着高山啊，这是我们的家乡。我们神圣的祖母啊！您是这深山的阳光，坛里的白石多亮啊，表明你没有离开众人的身旁，坛外的古树葱茏啊，你的福荫护着侗乡的四方。”

侗锦中必有太阳纹，有的是直观的八角太阳纹，有的则是象征性的太阳纹。侗族把蜘蛛也看成太阳的象征，因为蛛网好似太阳光芒，所以许多建筑和服饰都有蜘蛛纹。侗族祭“萨”和姑娘出嫁之时，都必须手持一把半开的红伞，这就是侗族太阳神的具体形象。无论南、北侗语地区，在其广泛流传的耶歌中，“萨岁”是打着伞、全身放光芒、能照千里路的女神。侗族把太阳神描绘为女神，是因为太阳是哺育万物的神灵，像妇女一样有着强大的哺育功能，充满慈爱。这与汉文化是不同的，汉文化是男权社会的产物，太阳是阳，代表天，代表男人。而侗文化就是母性文化，一切都是“萨”护佑的结果，太阳也是母性的。

人类历史是一部斗争史，侗族也不能幸免，甚至更为悲壮。历史上，封建王朝长期征蛮，侗族地区作为南蛮之地，在很长的历史时期里，遭受了残酷的征剿，特别是在明清两朝受到了严重的阶级压迫和民族压迫。这激起了侗族人民的强烈反抗，农民起义接连不断、波澜壮阔，也涌现了不少民族英雄。其中，吴能的女儿，继承父志与侵占侗家山寨的官兵、土匪血战九年，最后因寡不敌众，跳崖牺牲，成为石人。她也因此被侗人奉为“萨神”。被尊为女神的还有其他女性英雄，如反抗财主与官兵的婢奔和隋朝冼夫人与孟获的老婆。当然，那些保寨安民的英雄，无论男女都被奉为了侗族的神明，如姜良、姜妹、杨再思、杨天应等。但是，在侗族历史文化中，女性英雄始终有着重要的影响力，其影响力并不比男性英雄低。

“萨”无处不在、无所不能。在侗人心目中，什么都有“萨”管着，有管天的“萨闷”，有管人间的“萨样”，有管树的“萨达”，有管土地的“萨对”，有管偷魂的“萨丙”；哪里都有“萨”在，天上、地下、林间、田里……都有“萨”；“萨”时时事事处处都能保护人们，所以人们狩猎、采集、播种以及节日、聚会都要先举行隆重的祭祀活动，以求得“萨”的保佑。

侗家每个家族必有敬“萨”的祭祀场所“萨堂”。立“萨堂”是一件极为严肃的盛事，立“萨堂”被称为“安殿”，即为先祖母“萨”做一所殿堂，即做一栋房子。安殿有着极其严格和十分复杂的规矩、程序，光寻找吉祥物就是一件不容易的事。要一窝恰好九层的蚁房，以之象征“萨神”的九层宫殿，得到多如蚂蚁一样的千万士兵保护；要一根长在刺蓬中、横盖过大路的野葡萄藤，象征着“萨神”枝繁叶茂、荫护侗家；要一撮朽木里自生自发的细浮萍，象征着侗家人无论走到哪里都能生根、快发；要一勺两江汇合处的漩涡水，象征着侗族团结一致、生机勃勃；要一株山里又高又直、无风自动的草供奉到神前，象征着把大山的灵性献给“萨神”；还要在“萨堂”前栽一株万年青，象征着“萨神”长生不老，长守村寨，庇护村寨的安康。这些吉祥物都是一些有趣的物件，是民族的浪漫情结绽放的鲜花，让人觉得相当诗意。寻找这些吉祥物的过程有滋有味却充满艰辛，必须到大山深处的大森林里才能寻到，这就必然要求生态环境保护完好。可以说，“萨神”直接要求人类敬畏自然生态、保护好植被。否则，哪里能找到这么原生态的神奇物品？可是，要严格按照这些要求，现在已经很难找全这些吉祥物，这里潜伏着极大的危机，给人极深的忧郁。如果做不到，“萨神”是不满意的，人就要遭到惩罚。唯一的救赎方式是保护环境，让生态始终不受到破坏。这足以反映出侗民族对天人合一、人与自然和谐共存理念一直有着很好的贯彻落实。

安殿前要封寨三天，寨门前悬挂柚枝或草标，严禁生人进寨；全寨熄火三天，只吃冷糯食和腌制的酸食，类似于汉族的寒食节；从寨上嫁出的姑娘必须全部回来参加活动；全寨人聚集鼓楼讲款、弹琵琶、跳芦笙舞，让寨子变成歌舞的海洋，变成欢乐的海洋。侗族的乐观在祭祀中也得到极好的体现，他们的祭祀既是严肃的，也是快乐的，让人们的心理诉求得到极大的释放。

到了第三天，全寨男女身着盛装，聚至“萨堂”前芦笙坪上。歌师高诵《侗族远祖歌》，叙述古老的历史，歌颂“萨神”的功德，乞求“萨神”的保佑。之后，集体唱侗垒垒词，乞求“萨神”护佑，确保风调雨顺、五谷丰登、人畜兴旺。“安殿”仪式结束后，家家户户从“萨堂”引火种回家，以“萨”赐予的幸福火种，点燃自家的火塘，过上安康的日子。

寨子里还要选一头没有一根杂毛的纯白羊作为“萨”的化身，

在羊的两角钻孔，系上鲜艳的五色线，比拟太阳的五彩颜色，以象征太阳。因为羊谐音阳，白羊则是灿烂的太阳，再加上太阳的五彩，在侗人心里自然它就是太阳无异了。这头神奇的羊，常年由人们供养。经过训练的白羊，每日挨家挨户登门“拜访”，农家都以最好的“香糯饭”喂它，还特意为它修一座“萨屋”供它居住。这样，侗族先民把祖先崇拜与太阳崇拜融合在一起。

侗人祭祀“萨神”，平常为每月初一、十五和过年过节，一年最隆重的是每年农历三月三。祭祀“萨神”的大型活动时间，各个村寨不同，或每年一次，或三五年一次，或六七年一次。大型祭祀必杀牛宰羊，摆香案，供茶酒，举行一系列文娱活动，吟祭词、唱侗垒、跳芦笙舞，融诗、乐、舞、戏于一体，祭祀活动成为文艺大展演。特别是祭祀歌舞在一般场合中不能表演，使得这种文化大餐烙下宗教之印，变得神秘、严肃。这也是人们学习祭祀文化的唯一机会，大家参加祭祀活动一方面带着对“萨”的无比崇敬，另一方面带着虔诚的学习态度，使得大家活泼、严肃、积极，让侗族“萨”文化在侗人中广为人知、代代相传。

侗族的“萨”崇拜主要是自然崇拜与祖先崇拜结合的产物。侗民族相信万物有灵，天地、草木和家禽家畜皆有神灵。他们相信天是神圣的，不可得罪；认为地发万物，有公有婆，公守山，婆守林。凡树木比较大的，就是“萨树”（或写为“社树”），尤以枫、楠、杉为神。只要是神树，就不能砍伐，连落下的干枝也不能做柴烧。枫被认为是炎帝集团中的蚩尤之化身，被苗族视为祖先，而侗、苗、瑶同源，所以侗族对枫树格外敬重。楠木因其木材纹理细密、质地坚硬和富有香味，自古极其珍贵，价格高昂，多用于建造宫殿，而侗族地区楠木尤多，自然被侗人视为神树。侗族地区广泛栽种的杉树，既是生活、生产之直接依靠，又是经济的主要来源，自然是神树。另外，此三类树体形高大、形态优美，乃大神之姿态也。侗人认为，越是古老的树，神力越大，越需要人敬，许多家族把有关煞、爱生病的小孩都过继给神树，所以古老的神树上，贴满了过继的红纸签子，神树也就“儿孙满堂”了。

“萨”对人们具有相当强的约束力。在侗款组织中，经常采用“神明裁判”的方法来处置是非、争执。如果谁违反款约或者一些是非、争执无法裁定，就需要请神明来断案。他们请来巫师念咒语、捞油锅、断鸡头、煮米饭、喝鸡血，以征兆辨是非，以发誓让做坏事者遭报应。

神农炎帝是大巫师，是神秘文化的主要创造者之一。作为会同炎帝故里的核心区和缓冲区，侗族地区是极具巫傩文化底蕴的。侗族地区盛行占卜和巫术，以前，侗民有病，首先要请巫师问吉凶，或鸡卜，或米卜，或芭叶卜，或灯卜，或竹卜……然后“打理”：诵咒语、跳招魂舞、施招魂术。一切都带着神的魅力，一切都借助神的力量。即便是看病，也是找巫医，一半靠巫术，一半靠医术。

侗族图腾源于自然崇拜和祖先崇拜，由于把先祖母与太阳合二为一，其图腾的主要标志是太阳以及太阳的化身，比如蜘蛛，比如伞。当然，一个民族是由多个部落融合发展而来的，加上受到其他民族的影响，自然有着多种图腾并存的现象。侗族也是如此，所以还兼有仙鹤、金鸡、龙凤等图腾。这些图腾在鼓楼、风雨桥和服饰、用品中多有展现，那鼓楼整体上是光芒四射的太阳形态，它的顶部和鼓楼坪的中心与“萨堂”都是圆的，象征着太阳；那些银饰上层层叠叠的大圈小圈，以及那些妇女背小孩的盖头布和小孩的兜肚、帽子上用金丝线绣的圆，都是太阳的形象；那侗族男青年在节日盛装时插在头上的金鸡尾羽，表达了“金鸡起步，雁鹅飞天”的喻义。这些图腾无不反映着侗民族阳光的心理、向上的姿态和丰富的情感。

无处不在、无所不能的“萨”永远属于侗族，永远护佑侗族，永远为侗族生发万物。

始终在路上

历史总是一条前不见首、后不见尾的道路，人类始终行走在这样的一条漫漫长路上。在这条路上行走的漫长历程中，人类经历了太多的迁徙，其中任何一次大迁徙的艰辛都可能比得上中国工农红军的二万五千里长征。

在中华各民族中，侗族是自殷商以来迁徙路途最远、最为壮烈的民族之一。可以说，侗族的历史就是一部风尘仆仆、披荆斩棘、遍体鳞伤的迁徙史。

迁徙、定居这样重大的事，在语言上会留下深深的烙印。侗族自称为“Gaeml”、“Jaeml”、“Jeml”或“Jenl”，读音近似于普通话的“更”字，而水族称之为“Kaml”，苗族称之为“ta ku”，汉族称之为侗。在这几个他称中，水族对侗族的称呼与侗族自称相近，显然是借用了侗族的自称，而苗族、汉族与侗族自称相差很大，这里只有一个原因就是他们自己另外为之取名了。

语言既是最重要的一种文化，又是文化的母体和载体，具有承载性、带动性、生发性和传承性，是一个民族的重要特征，也能够从中找到其文化的内核和历史。当我们要深入侗族历史深处时，少不了要借助于对一些相关语言的解读，来窥见其奥妙之森林中的一叶，嗅到一些被历史尘埃掩盖的气息。

虽然“万物始于无名”，而在人类思想认识中可以说“名为万物之始”。中国古人对事物的命名，可以看出中国人高深而科学的哲学观、世界观和认识论。他们以超乎我们现代人想象的智慧，透过事物表象，抓住事物本质，确定事物的本原起因，从而对事物进行准确的命名，而不是在一些事物的琐碎表象上、细枝末节上急于下定义。他们用文字语言对事物的命名慎之又慎、精益求精，力求精确地反映事物的本质特征。侗族族名起始与演变的过程也生动具体地体现了这一特点。

侗族为何自称“更”，得从黔台语族说起。从语言学上看，黔台语族又称侗台语族、侗泰语族、壮侗语族，包括了“黔语”和“台语”两大语言。侗语属于黔语。“黔语”为何冠以“黔”字？这源自养育这种语言的土地。黔语是指居住在古黔中这一带土著民族的语言。古黔中地区主要包括古代的川、鄂、湘、黔交界的广大地区。文字学家说，汉字是“全息码”，积淀着史前时期以来汉文化的一切信息；每个汉字像一幅画，让人穿越千百年的时空隧道，走进历史，亲临其境，甚至每个汉字都包含着一则故事。那么，“黔中”之“黔”字包含了什么信息？一些辞书说：“黔”字从“黑”从“今”，“黑”指的是“黑土地”，“今”是“声符”，表示“黔”字要读“今”。“黔”以黑表意，与这块土地的稻作文化和服饰文化有关。这是因为“黄土地”和“红土地”都种不出水稻，只有长期因洪水冲积而形成的“黑土地”才适合于种水稻，再加上这一地区的人都喜欢穿黑衣服、包黑头巾，古有“黔首”之称。所以，这一地区就被称为“黔”了。其实，作为侗族源头的雒越，其“雒”字，就是黑色的马之义，所以“雒越”一词就包括黑色的意思。黔在表“黑色”字义方面对“雒”字有着传承。“黔”字为什么要以“今”为声符呢？这里需要先弄明白的是，上古音没有“j、q、x”之类的“声母”

（本书故且用现代汉语理论来分析），它们是中古时才从“g”等声母分化出来。如，广东人说“自己”就不是读为“ziji”，读如“zizi”；如南方人读“街”“改”“解”“界”“戒”等字的音均不是“jie”，而是“gai”。这些都是上古音的遗存。那么，“黔”与“今”的古音，也与“更”相同。另一个问题又来了，为什么一定要用古音读如“更”的“今”字来表音？古时同音可通假，因“粳”笔画太多，就用“今”通假“粳”。由于中国人最先发明的是“粳糯”和“粳”，所以自称“chinman”（粳民）。现在，普通话把“粳”读为“jing”，不过南方很多地方还是把“粳”读如“更”。当然，中古以后分化为“jing”的音，有“封闭、禁止”之义。古代在聚落周边设防围篱，称之为“棘闸”，以防备异族、异寨或猛兽入侵。侗族一直沿袭这一古老的居住习惯，现在一些古侗寨仍在四周用灌木围成“棘闸”，设有寨门。一些菜园也围有此类柴荆篱笆。所以，“黔”或许也与此有关。稻作文化起自中国南方，中国南方人早在旧石器时代就已经人工栽培“粳糯”和“粳”这类粮食作物了。目前考古方面发现湖南省道县玉蟾岩和醴阳平原等地有距今1万多年的稻谷炭化物，而现属侗族地区的高庙文化遗址也出土了六七千年前的稻谷炭化物。在商代时，南方民族为什么被称为“荆蛮”，就是因为他们自称“chinman”，表达为“粳民”之意，却被记音为“荆蛮”的缘故。其实，“黔台语族”就是“粳台语族”的记音，但因为在语言学界已经习惯于将“黔台语族”作为标准词使用了，不可能改为“粳台语族”。

由上，我们从语言的趣味性中发现了中国人的命名科学性，进而攫取到了侗民族在行进路上堆积的大山之一石，并从中探寻出这座大山的内部特点。侗族自称“Gaeml”，听起来更像“粳民”，也就是它突出了这个民族是一个在肥沃土地上种植粳，喜欢以粳为食，穿戴以黑色为基本底色的衣帽的种族。侗族正是迁徙到湘黔桂边界地区才发展成了相对独立的民族。这个区域从大的范围来看，是一个大“峒”，西属云贵高原东缘苗岭支脉，东有雪峰山脉，南为九万大山和越城岭，北是武陵山脉；此大“峒”内，有着诸多被小一些的大山环抱而相对封闭的小“峒”，“峒”内溪河纵横，池塘密布，给排水容易，溪河冲积的小盆地为黑色沃土，且广泛分布着湿地野生稻，在古代的生产力条件下，很适合种植水稻，也只能以之为庄稼。所以，先秦时期把这些地方叫“淤中”，“淤”即淤积，“淤中”指冲积而形成的山间小盆地。民以食为天，饮食是文化的一个重要决定因素。比如，美国通过向全球推行肯德基、可乐等快餐文化，来进行美国文化的强势扩张。侗民族在“峒”中的黑泥土上种植水稻，以稻米为主粮，其服饰也以黑泥土颜色为底色，这些又全面深入地影响了侗族的文化发展。

汉人称“Gaeml”为“侗家”的“侗”是从“洞”或“峒”发展来的。从语言文字学上来看，与之有关的字，始有“同”，再加偏旁部首而造出“铜、洞、筒、峒、桐”等字，最开始都是指物体中空而其四面八方有一方空缺。因为侗族居住在西南山区的小盆地里，四周有山合围，仅有上方空缺，极像一个洞或筒，故汉语称之为“洞”或“峒”。

“洞”或者“峒”是南方地名常见的词。在中国历史上，喜欢以“洞”命名的南方民族很多，但只有侗族把对洞的喜好提升到了对洞的崇拜这样一个高层次。他们不仅用“洞”或“峒”来命名自己的聚居地，有许多侗寨都以“洞”来命名，如贵州从江县的贯洞、大洞、巨洞、停洞、塘洞、谷洞、顶洞等，贵州黎平县的岩洞、独洞、信洞、往洞、述洞、尚洞（尚重）、绍洞（肇兴）、毛洞（茅贡）、新洞、黑洞、岑洞、木洞、雷洞、顿洞、坑洞、育洞等，湖南靖州的木洞，湖南会同的玩洞、翁洞、洞溪等。

因此，古代汉族根据这些特点，将此区域上生活的民族用“洞”或“峒”作为其部族名，新中国成立后从尊重的角度出发，创造了“侗”字为其民族名。可见，汉族把自称为“更”的民族叫做“洞”“峒”或“侗”，也是抓住了其民族文化的重要特征的，并非凭空捏造或随心所欲地胡乱戴一个“帽子”上去。“洞”或“峒”在隋唐文献中多用于称湘黔桂边境羁縻州所属地区，在宋代成为羁縻州所辖属的行政单位，所以它既指自然环境，又指一种社会组织。五代的侗族首领飞山王杨再思，被尊为“十峒”之首，在宋代他的子孙一直世袭此侗族地区崇高的地位，这里的“峒”已经有着部落或款组织的意思了。

历史上，对侗族的称谓不断发展变化，甚至旧时统治阶级对侗族的主体先民或侗族冠以侮辱性称谓，如先秦时称为“骆越”“雒越”，秦朝称为“黔中蛮”，汉称为“武陵蛮”或“武溪蛮”，魏晋南北朝、隋唐时称为“南蛮”“僚”等，宋朝称为“仡伶”“仡佬”等，明代称为“峒人”“硐人”“洞人”“洞僚”“洞蛮”等，清代称为“洞苗”“生苗”“洞民”“洞家”或被泛称为“苗”，1949 年后正式定名“侗族”。总之，由历史上的这些对侗族的不同称谓来看，经历了由泛称到专指、由蔑视到尊重的历程。

人们常说世界变幻莫测，现实扑朔迷离，历史更是充满团团迷雾。好在历史总是会留下蛛丝马迹，让人们去推测。历史学家们比较一致的意见是说侗族是由百越一支发展而来的，有的历史学家说百越为祝融之后，那么百越在新石器时代属于炎帝集团无疑了。

“百越”的称呼自战国以后就已经出现了。“百越”亦作“百粤”或“粤”，现今所称之“吴越”“越南”“粤”，都与之相关。大史学家司马迁沿用“百越”一词来统称南方人类种群，大概他觉得，春秋时期，长江之南最强大的诸侯国是越国，越国曾经是“春秋五霸”

之一，所以“越”似乎是南方各种族的代表，以“百越”称南方诸多种族甚是合适。另一位大史学家班固在《汉书·地理志》中说：“臣瓒曰：自交趾至会稽，七八千里，百越杂处，各有种姓。”这就是说从广西、越南到宁波、绍兴一带的广大地区都是种姓各异的“百越”居住地。但由于南方地域广大，交通闭塞，溪河、山脉把地域分割成众多散小的地理空间，不像北方平原易于文化交流而实现大同，“百越”之间的种族、文化、语言各方面特点差异巨大，早已分化为不同的各个民族，甚至有“十里不同音，百里不同俗”的现象。

从一些文献看，殷商时期就有了“越”的概念，甲骨文和金文中有了“粤”和“越”字。前者表示雨水、云雾很多，后来以此表示南方。后者表示人执着大斧状的兵器，是否表示喜欢用戉（后写为“钺”）这种兵器的人，是否南方人为这种兵器的发明者或南方人最喜欢这种兵器，待考。只是到了篆文时代，人的形态讹变为足的形态，便有了跨越之义。以“越”表示江南诸族和诸地，是不是殷商王朝认为要到江南，必须穿越浩浩汤汤的长江或者穿越遥远的距离，不得而知。不过现有研究表明，殷墟出土的甲骨为南方的水牛骨和南海龟骨，这些东西运往黄河流域的殷商之都，确实路途遥远，是一种长途穿越。商朝甲骨文所称的“蛮”或“荆蛮”可能包括了古代江南的“越族”，因为相对于已经快速进化的中原文化而言，这些习俗、语言相当古老的种族，在中原的“文明人”眼里，实在太落后了，中原的官方和文化人自然视之为“蛮”。掌握主流文化话语权者，将这个“蛮”字印在了百越人及其后裔头上，而且延续数千年，始终有着歧视的意思。正是在这样一种历史背景下，侗族的生活空间受到了严重的挤压，变得十分逼仄。

秦汉时期中原之外的民族，史称“北方胡，南方越”。这一历史时期，在从今浙江到云南的广大东南弧形地带中，分布着于越、东瓯、闽越、东鞮、扬越、南越、西瓯、骆越、滇越等各个越人集团。尽管名称各异，居地不同，其后的融合、分化、发展的经历也不一样，但是都存在诸如使用铜鼓、居干栏屋等一些大体相同的传统文化和生活习俗。这与其后演变为壮侗语族的各民族，在传统文化上有着一定的同一性，是密切相关的。

据一些史学家说，侗族是由闽越一带迁出的，自秦汉后百越族继续向南方和西南迁徙。《侗族古歌》中唱道："我们都是越王的子孙，没有贵贱之分。""要问我们侗族祖先，当初住在什么地方？当初我们侗族祖先，住在那梧州一带；当初我们侗族祖先，住在那音州河旁。梧州地方田坝大，音州地方江河长。可惜呀可惜，田地都在高坎上，引水不进田，河水空流淌。茫茫大地棉不好，宽宽田坝禾不旺；女的吃不饱饭，男的缺衣少裳。怎么办呀怎么办？公奶商量定主张，这个地方住不得，另外去寻找幸福的村庄。"从此古歌看，侗族在秦汉时期是古百越族之一的骆越族，迁居到苍梧地区，即今广东肇庆、广西梧州一带。林惠祥在《中国民族史》中说："百越所居之地甚广，占中国东南及南方，如今之浙江、江西、福建、广东、广西、越南或至安徽、湖南诸省。"

唐朝前，侗族是僚族的组成部分之一。其时，僚族大部分还处于巢居溪谷、刀耕火种的原始社会阶段。从唐代开始，侗族由原始社会直接向封建社会过渡。宋以后，"越"或"百越"等称谓在文献上消失。这并不代表这些古老民族的消失，而是说明越族与汉族的同化已经完成或被其他族称所替代。宋代史籍有关于"仡伶"的记载，应是第一次把侗族先民与这一地区众多民族中独立出来，称为"仡伶"。"仡伶"其实就是"Gaeml"等侗族自称的记音。

由于人多地少、自然灾害、战乱不止等原因，唐朝时骆越人再次分头迁徙。特别是唐朝时，岭南多次发生起义。其中，以 783 年西原州“黄洞蛮”黄乾率领的“一百洞”20余万越人反唐声势最大。起义失败后，大批越人溯江迁徙，有的就地隐入深山发展成壮族。一支溯都柳江北上，定居在今黔桂湘交界地。经过千余年的发展，形成桂、湘、黔边界地区的侗族主体。

《祖公落寨歌》有记叙：“来到梧州打一仗，战死的人树下埋，捉到强人捆树上，活活饿死丢残骸。……强人船只尾追来，喊声阵阵刀光闪，杀气腾腾似妖怪，强人们穷追不舍，祖先们洒泪分开。楠木船跑上坝头，秃头船逃上浪泡；我们祖公跑到了龙图、贯洞寨。”歌中讲的坝头在广西蒙山县，浪泡在广西三江，龙图、贯洞在贵州从江。然后，有的再不断北迁，最北到了贵州的铜仁和湖南新晃、芷江，甚至湖北恩施。当然，侗人除了有雒越的血统外，也还有融和了土著与汉族等外来人口的基因。但是，DNA主体上还应当是雒越人的。文化方面也一定在迁徙的路上不断添加了路上的优美“风景”，但其内核和主体上仍是自己的。

侗民族从闽越之地迁徙到广东、广西，进入贵州、湖南，甚至湖北，在南中国大地上画了一个大大的“U”字。一个种族为什么要集团长途迁徙？唯有一个答案：那就是生存难以为继。这正如中国工农红军一样，根据地遭到了严重围剿而面临迅速灭亡的危险，必须出走；逃出根据地后长时间被围追堵截，必须不断突出重围，寻找新的根据地。红军长征，遭遇的种种艰难险阻，我们从许多文字、图片、影视和民间传说中可以了解到。我们可以凭此想象一下，侗人迁徙过程中也有着鲜血染红湘江那样的悲壮，有着爬雪山、过草地那样的艰辛，有着随时灭绝那样的危险。就像红军长征最终胜利一样，侗人最终战胜千难万险，到达了古黔中地区，站稳了脚跟，成为一个有显著特色、有强大生命力的民族。

明初由于中央王朝实行“拨军下屯、拨民下寨”制度，江南汉人迁入侗族地区，带入高利贷的剥削方式，使许多侗人横遭灾祸。民间有歌谣唱道：“洪武年间，来了汉人，他们放债各样，另有规章，一年收二，两年倍偿，逼迫母亲哭得眼睛肿，逼得父亲神昏智伤。”我们从中看到了母亲的泪和父亲的痛，看到了侗人像落于陷阱的困兽一样极度无奈和悲哀。此外，赋税和劳役也像大山一样重重地压在侗族人民的身上，一首古歌唱道：“不说大官府，单说小老爷，早晨先吃甜酒后洗脸，晚上未洗脚先把油茶添。派鸡给他下早饭，派鸭给他做晚餐。他们富贵到了极点，财宝数不尽，禾谷堆满仓。他手执甲方大印，压榨村民，敲磕百姓。”这些官员和土司、头人就是无比贪婪、不顾人民死活的吸血鬼，是骑在人民头上作威作福的恶魔。

清代，许多土地为大地主所占，以“主四佃六”分利方式租给佃农，进行剥削。鸦片战争后，分利方式变为“对半分花”或“主六佃四”，剥削程度加重。此外，地主还以“放青油”“买青山”等方式，低价买进，高价卖出，官府、军方也巧立名目横征暴敛。本来，“荒山无主，谁种谁有”，但这些公共资源被地主巧取豪夺后，成为盘剥人民群众的工具和砝码，人民群众陷入了更大的苦难。

但历史总是前进的，像江河不可以倒流，谁都阻挡不了。唐宋时期对侗族地区实行的是羁縻政策，侗族地区的土司制度从宋理宗年间开始到清朝乾隆年间废止。期间，侗族地区的经济得到了不断发展，汉族的文化教育也引进到侗族地区，快速地促进了文化教育的发展。只是，侗族人民为这种前进付出了昂贵的代价。历代封建朝廷常年举兵征蛮，侗族地区经常遭到严重破坏。明初由于武装征服，连年用兵，致使人们流离失所，田地荒芜，村寨荒凉。有古歌描述道：“村内长野草，寨里荆棘生，寨头树长三抱大，寨尾蓬蒿三尺深，但听虫子叫，不闻人语声。”其凄凉景象可想而知，我们现在见到这些沉静的文字仍然心头发凉，不禁为之一叹。

民国年间，官僚资本以垄断的方式控制了侗族地区的经济，国民党政府乱征赋税、滥发钞票，使侗族地区的经济受到严重冲击。而不到总人口10%的地主，占有了占总面积将近40%的土地。两极分化更加严重，侗族人民的伤痛越发深重。

这些矛盾，导致了民族迁徙或暴发反抗斗争，也招致血腥的镇压。在大多数历史时期，侗族地区被战火销烟笼罩，不少侗寨数度遭到毁灭。咸丰年间至同治年间，清王朝对农民起义进行残酷镇压，许多侗寨化为灰烬，不少地方十室九空。当时的《古州厅志》记载：“自经兵燹后”，“遍野荆棘，满目蓬蒿，民间苦况百端，不堪言状”。

新中国成立后，侗乡先后完成了土地改革和社会主义改造，并实行民族区域自治，先后建立龙胜各族自治县、三江侗族自治县、通道侗族自治县、黔东南苗族侗族自治州、新晃侗族自治县、玉屏侗族自治县。现在，侗族人口近300万，主要分布在贵州的黎平、从江、榕江、天柱、锦屏、三穗、镇远、剑河、玉屏，湖南的新晃、靖州、通道、会同，广西的三江、龙胜、融水等县。此外，湖北西部也有侗族人居住。比较而言，侗族居住集中，地域连片，民族内部交往密切。

一个阳光明媚的日子，金风吹拂着鼓楼和风雨桥，芦笙曲乘着和煦的风弥漫开去，那些银饰闪耀着太阳的光辉。生活在这个桂北侗乡山区小县城的侗人面带微笑，享受着安逸的生活。在这里举行的全国侗族地区经济文化协作研讨会呈现出隆重、热烈的氛围，众多专家一致的观点是：新中国成立后，侗族人民结束了被压迫、驱赶的历史，迎来了民族团结、平等、互助的新时代，特别是改革开放以来，经济成倍增长，公路、铁路和航空线交织成四通八达的交通运输网，就学难、就医难、用电难、通信难、看电视难和饮水安全问题得到有效解决。

在风雨桥上，一位白发苍苍的专家谈到，与发达地区相比，侗族地区的发展水平仍然差距较大，总体上还只能算是“留守的小农经济”。尽管国家对西部大开发给予了强力支持，侗族地区各级政府也采取各种举措大力推动发展，春风虽然已度“玉门关”，但并没有出现春色满园的景象。在鼓楼前，一位青年专家分析，其原因是多方面的，除自然等因素外，政治精英的问题主要是：盲目兴办工业，违背经济发展规律；追求发展速度，缺失文化经济理念。

对侗族走过的路，特别是刚刚留下的遗迹，大家进行着客观的审视，而目光却聚焦到侗族将要走的路。当前，时代发展得更快，展示在我们眼前的景象让人目不暇接：水泥公路通向了村组，高速公路和高速铁路穿越侗山、贯穿侗乡，机场修到了风雨桥附近，侗寨与外面世界的距离迅速拉近，外面的人涌进来好奇地探看侗族的方方面面，侗人涌出去闯世界。侗文化长期处于封闭状态保护的格局被打破了，鼓楼怎么办，风雨桥怎么办，侗族大歌怎么办，芦笙怎么办，银饰怎么办，侗锦怎么办？

大家相信，像在任何历史变迁中坚挺过来一样，侗族会继续朝前走，会走得更好、更远。这既要打开寨门，让新鲜的风吹进来，让古朴的脚步迈出大山，又要守住自己品质，让自己特色更鲜亮，走一条文化经济兼优的发展路子。侗族大歌已经飞到了北京，飞出了国门，飞到了欧洲；鼓楼、风雨桥也早已引起了世人的注目。保护人文和自然的生态环境，让侗族文化为经济插上腾飞的翅膀，让经济为文化注入崭新的动力，侗族和侗乡一定会像侗族大歌这样精彩，像侗锦和银饰这样美丽，像芦笙这样生动，像风雨桥这样充满福气，像鼓楼这样高高耸立。

放大的欢乐

若要问我：侗族人最大的特点是什么？我会不假思索地回答说：乐观、坚毅。而我以为坚毅也应是由乐观衍生的，试想：没有精神上的快乐，没有心底里的愉悦，又哪有行动上的坚毅？

说侗人是乐观的，这不是我妄作的结论，而是世人的共识，只是我通过长期观察和思考在内心固化了这一观念。我生于侗乡苗寨，长于侗乡苗寨，又一直在湘西南侗、苗、汉杂居的会同县生活，对侗人自然有所了解。说实在的话，我家乡的侗族已经相当汉化，从语言和服饰上已无法看出他们是否为侗人。但是，侗文化仍然深深地铭刻在他们骨子里。后来，我多次到过本省的通道和广西的三江等几个侗族自治县后，对民族特点保存得更原始、更本质的侗族，有了更多更深的了解，便更能感觉到侗人时时处处释放的欢乐。

一

侗乡是歌乡、舞乡，走进侗乡，处处可见到侗歌侗舞。无论是走到芋头寨门前，还是走到程阳的风雨桥头，或者在其他哪个侗寨的鼓楼、凉亭，都会有芦笙唱起来，都会有侗歌飞起来，都会有侗舞欢腾起来。确实，在侗乡，人们在生产生活中离不开唱歌，劳动总会有歌相伴：上山唱山歌，搬运木头唱拉木歌，下溪河捕捞鱼虾唱河歌；迎来送往自然以歌表示对宾客的尊重和热情，村寨之间集体做客、迎客要吹奏芦笙，在寨门唱拦路歌、开路歌，还要在鼓楼唱侗族大歌；祭祀萨岁，在这样庄严、盛大的活动中，自然要吹奏芦笙，唱踩堂歌；老人仙逝了，人们会吹奏唢呐，唱起吊丧歌。这还不过瘾，侗家人还要举办专门的歌会和芦笙会，把大家带进歌山舞海。

更有意思的是，侗家人把婚恋也变成一个欢乐的歌唱活动。侗族青年男女自古就有“行歌坐月”的恋爱活动。在侗族，青年男女恋爱是自由的、欢乐的，他们自十五六岁起，就可以不受限制地互相择友交朋。行歌坐月时，三五个腊篾（姑娘）聚在其中一人家里纺纱、刺绣、纳鞋垫，等待腊汉（小伙子）来访，腊汉们则结伙来会腊篾们。侗家称男女青年对歌交友的堂室为“月堂”。这种男女交往活动，婚前人人皆可参与。男青年去走姑娘时都带有自制的琵琶或者牛腿琴或者侗笛。当到腊篾家里，有的敞开大门以待，有的则要进行善意的逗趣，让腊汉们多次央求才开门。入室后，双方均以礼相待，姑娘让座、寒暄。然后，无所不谈或打闹逗乐，可互叙衷肠，可操着琵琶、牛腿琴对唱情歌。当夜深人静之时，悠扬歌声、铮铮琵琶如蝉鸣幽谷，引人入胜。如此气氛令人神驰，往往鸡唱五更而不散，黎明才依依惜别。如果腊汉唱不过腊篾，会受到姑娘冷落。因此，生活成为最好的老师，需要成为最佳的动力，腊汉必须自小努力学会唱歌。

在“行歌坐月”过程中，若钟情某人则悄悄递送信物，大多是手镯、戒指、头巾、彩带、荷包等。递送信物采取秘密方式，男的借故抚弄女方的纱锭或刺绣品，伺机暗递信物，而女方也心照不宣、寻机回馈。但有的侗寨男女双方表达爱情、确定婚姻尚须父母做主，因此也有因父母不同意而退还信物者。

有的侗寨把“行歌坐月”弄得形式多样、乐趣良多，增添了恋爱的情调和色彩。当男女青年情投意合就无夜不往，这时他们之间的交往更为密切，有时腊汉买来白砂糖煮稀饭或杀鸡鸭作宵夜。花生成熟了，腊篾出花生，腊汉出糖，一起煮糖花生吃，有的则是男女事先共同种植了花生备用。糯谷将熟时节，腊汉则邀请腊篾打着火把去腊汉家的稻田折来糯穗舂扁米。意好水也甜，情的浓郁、爱的甜蜜令双方陶醉。

“行歌坐月”的高潮要数春节后到元宵前这段时间，腊汉、腊篾们不但夜夜唱歌聊天到通宵，白天也一起在“月堂”里玩扑克、打诨取乐，或于室外娱乐。恋爱的最高潮，还是侗族特殊的爬窗探妹。在贵州榕江一些侗寨，古往今来，男女青年一直沿袭着爬窗探妹这种古老而独特的恋爱方式。不要以为“爬窗探妹”是一种“偷偷摸摸”“不光彩”的行为，其实这样的谈情说爱，是为了避开女方的父母和兄弟。当然，如果女方父母和哥弟们看到了，也会视而不见，悄悄避开离去。晚饭后，腊汉拿着牛腿琴、琵琶唱着侗歌走村串寨，若发现哪家有姑娘在窗子里探望，挥手打招呼，青年后生便扛来木梯子，架到姑娘的卧室窗外，然后爬上去，贴着窗子唱《喊姑娘歌》，示意姑娘来窗边对歌。这些歌包括《喊起床歌》《喊开窗》《夸赞妹》《想念妹》《求开窗》《妹嫌弃》《妹忘情》和《逗妹歌》等，内容委婉、谦逊、逗人。腊篾被腊汉的歌打动后，便把窗户开一个小缝，开始对话、唱歌。这时男女之间唱的歌称为《对唱歌》，其中有《盘问歌》《初相会》《初相连》《新的伴》《相思歌》和《旧的伴》。内容十分丰富，柔情绵绵。比如《盘问歌》，姑娘唱：“表哥今晚来这里，来前是否问过妻？你妻在家想念你，你莫来外头把良心欺。你妻美貌似仙女，劝哥回去守娇妻。”

后生则回唱：“表妹讲话不在理，我郎家中哪有妻？单身独郎没情妹，四处寻妹把家离。妹叫郎回郎不走，我藤缠上妹树体。”

如果男女双方唱到心醉人迷、投情意合、感情交融、互相爱慕时，姑娘便会把窗孔开得宽一点，把手伸出来让情人抚摸。男女双方为了表达忠贞的爱情，他们彼此互相发誓，唱起《发誓歌》，姑娘唱：“妹愿同哥定终身，此身再不嫁别人。我妹永把表哥爱，雷劈火烧不变心。”

还要互相赠送信物，女方送的信物有自织的花带、自绣的花帕、侗布衣服等；男方送的信物则为手圈、银项链、银耳环等。

男女双方对歌到快要天亮，即将分手的时候，则会唱起《分散歌》，其中有《约会歌》和《送别歌》。男女青年通过“爬窗探妹”产生爱情后，男方就请媒人到女方家去求婚、订婚。如果女方的父母不同意，青年后生下次来“爬窗探妹”，便会唱《私奔歌》，以约定姑娘私奔。

“爬窗探妹”是七十二寨侗族青年男女自由恋爱、追求幸福婚姻的最古老、最奇特、最风趣的习俗。被誉为“悬在窗台上的恋情”，很多青年男女都是通过这种形式交往，产生感情，最后喜结良缘。

南部侗族地区大多在室内歌唱，而北部侗族地区则大多在室外。北部侗族地区有一种被称为“玩山”的恋爱活动，就是侗族青年男女在劳作之余，三五成群，相约在山坡上对唱情歌，或者在三月三等传统的山歌节日赶坪赶坳，吹奏木叶曲，唱起玩山歌。

二

侗族音乐最让世人瞩目的还是侗族大歌。据说，侗族大歌起源于春秋战国时期，至今已有2500多年的历史。大歌，侗语称为“gallaox”或“galmags”，俗称“嘎老”，“嘎”就是歌，“老”具有宏大和古老之意。“嘎老”既强调其形式大，又表明身份古老。大歌是在中国侗族地区一种多声部、无指挥、无伴奏、自然和声的民间合唱形式。

从文学角度看，传统侗族大歌包括抒发男女爱慕之情的抒情歌、展示故事情节的叙事歌和劝人为善的说理歌三类，内容极其丰富。它揭示了古代侗族社会生活的面貌，反映了在一定历史时期内人民思想感情的特征、赞善贬恶的道德品质、追求幸福自由的理想。同时，它保留了侗族古代诗歌体裁形式的特征和极其精炼、生动、形象的语言艺术。

从音乐角度看，侗族大歌形成了音乐的多种结构形式与表现手法。其在集体性的歌唱中产生了应用多声部来表现内容的手法，是中国目前所发现的民间最完美的一种民间合唱形式。行家们评论侗族大歌的音乐“和声完美，歌音洪亮，气势磅礴，豁达开朗”。曾经，国际上认为中国民间没有复调式音乐。多声部的侗族大歌在国际舞台上的展现，有力地击碎了这一武断的结论。侗族大歌众低独高、复调式多声部的合唱方式是中外民间音乐所罕见的。其合唱，有高、中、低三个声部或者高低两个声部。它和声完美，高者如长江之滚滚奔流，中者像小河深沉缓淌，低者似溪水潺潺，高低变化较多，自然和谐，时而洪亮开朗、气势磅礴，时而舒缓深沉、力透心田，时而悠扬婉转、轻柔飘洒。

从内容和咏唱场合看，种类繁多，主要有礼俗歌、踩堂歌、酒歌、情歌。礼俗歌多以大歌形式咏唱，如《开路歌》和《拦路歌》等。一般为一人领唱众人和唱，女声兼有二部合唱。歌词或源于传统，或即兴而作。踩堂歌主要在逢年过节时唱，主要有《进堂歌》《萨岁歌》《逗趣歌》《父母歌》《私奔歌》等。在喜庆节日和待客酒宴上，主客双方常对唱酒歌，双方开始以问答形式唱《开席歌》，接着姑娘唱《敬酒歌》，酒至半酣，双方对唱《盘歌》，一问一答，答不上者饮酒。饮宴结束，客人唱《谢席歌》。情歌多为单人独唱，青年男女“月堂”里“行歌坐月”或在山坡上共同劳动时，都用情歌来交流感情，增进了解。情歌内容丰富，节奏自由，感情奔放，结构短小，曲调缠绵，婉转悠扬，和谐美妙。《拦路歌》《踩堂歌》《酒歌》等节奏也很自由，唱腔舒畅爽朗，或热情奔放，或轻松舒展，各具特色。

一切美好的事物都伴随着美丽的传说，侗族大歌也不例外。相传，很古很古的时候，一群男女青年在山上劳动，累了就在树林里休息、唱歌。他们的歌声逗引了山上的百鸟虫兽加入鸣唱，高高低低，长长短短，曲曲弯弯，百鸟之唱、百虫之歌有机地融和在一起，十分美妙。这种自然之歌、天然之曲令他们如醉如痴、流连忘返。从此，他们迷恋上了这大自然的音乐，经常聚在这山林里，拜百鸟为师，拜百虫为师，拜清风流水为师，或学高音，或学低音，或学中音，或摹蝉鸣，或发水声……越学越像，越学越有劲，终于创造出侗族大歌。

大歌的演唱场合是比较讲究的，除平时训练外，在重大节日、集体交往或接待远方尊贵的客人时，才能在侗族村寨的标志性建筑鼓楼里演唱大歌，所以侗族大歌又被称为“鼓楼大歌”。

侗族大歌作为侗歌中最精华的组成部分，它的演唱内容、表现形式，无不与侗人的习俗、性格、心理以及生活环境息息相关，是对侗族历史的真实记录，是侗族文化的直接表现。侗族大歌不仅仅是一种音乐艺术，也是了解侗族的社会结构、婚恋关系、文化传承和精神生活的重要组成部分，具有社会史、思想史、教育史、婚姻史等多方面的研究价值。

因为其独特的魅力，大歌受到了国内外的广泛欢迎。贵州省黎平县的侗族合唱团，从新中国成立以来，已有35名侗家青年男女到过法国、意大利、新加坡等十多个国家和地区演唱侗族大歌。1986年，在法国巴黎金秋艺术节上，贵州黎平侗族大歌一经亮相，即技惊四座，被认为是“清泉般闪光的音乐，掠过古梦边缘的旋律”，演出非常受欢迎，仅谢幕就达37次。中央电视台1994年春节联欢晚会和2001年的春节联欢晚会，黎平县侗族大歌队分别演唱了《蝉之歌》《布谷催春》等侗族民间的歌曲，更加使侗族大歌这朵藏在深山里的民间艺术奇葩名扬全国、声播海外。

三

应当说，歌与舞一开始是一体的，它们一起诞生、一起成长、一起流传。侗族歌舞一直有机地结合在一起，有歌就有舞，有舞就有歌，它们相互依存、相互促进、共同发展。侗族的芦笙舞、哆耶舞、祭祀舞、款会舞、习俗舞、龙灯舞、多毽舞、坡会舞，几乎都与音乐互伴。

侗族民间舞蹈有着盛大的场面。由于侗族舞蹈都是侗寨的重大节日、重大活动演出所需，整个寨子甚至几个寨子的人都来参加，所以参与舞蹈者众多。芦笙舞、哆耶舞等一般都要围成大圈旋转，场面热闹，这种旋转成为一种引力十分强大的旋涡，容易吸引人们参与进去。

其强烈的节奏也是它显著的特点。它直接把生产生活中最有节奏的元素作为舞蹈语言，进行荟萃、浓缩和典型化处理，形成鲜明的节奏感。如芦笙舞，把围猎、赶虎、斗鸡等动作引入，增强了舞蹈的力度、强度和速度，让舞者有痛快淋漓之感，让观者受到强烈的视觉冲击和心灵撞击。

它也体现着独特的民族风格。由于它具有群众参与性，场面热闹；由于手舞足蹈、摇首顿足，气氛欢乐；由于配上芦笙、琵琶、牛腿琴等乐器和羽毛服饰、红毯大蓬等，便凸显了绚丽的侗族风。

同时，它表达出鲜明的主题动律。由于情、意、形的高度融合和有机统一，形体动作生动地、充分地表达了情感意义。活动的主题意义不同，使用的舞蹈种类就不同，舞蹈主题动律也不同。在祭祀舞中，用各种古怪的形象和动作表现各种各样的鬼，渲染恐惧、厌恶的情绪；在琵琶舞、芦笙舞中，则用轻松愉悦的动律，表达欢乐的情感；在款会舞中，用强烈的节奏，表达刚劲有力的意志力和约束力；坡会舞明朗、欢快的动律，表达欢乐、缠绵的情意。

侗族每一类舞蹈就是一面侗人情感的镜子，照映出侗人不同情境下的内心世界，为世人展示出侗人丰富多彩的心灵空间。

四

侗族的歌舞源远流长。自古以来，侗族是一个善于歌唱的民族。宋代陆游在《老学庵笔记》里记载："辰、沅、靖州蛮，有仡伶……农隙时，至一二百人为曹，手相握而歌，数人吹笙在前导之"。这一吹着芦笙哆耶的情景，一直延续至今。其实，侗族祖先古越族就有着善歌喜唱的特点。西汉著名的文学家、史学家刘向在其《说苑》里描述了越人唱歌的情景，并以汉字记音方式记录了一首《越人歌》。

在侗族历史向前发展的过程中，一直保持着爱歌善舞的传统。侗人的歌唱才能是从小就培养的。侗乡有这样一首儿歌广为流传：“鞭打木马快快走，滚得一身灰扑扑；我们还小当哭匠，长大要当好歌手。”这样的儿歌体现了侗家人让儿孙从小就要树立当好歌手的理想，也淋漓尽致地体现了侗人“歌养心”的理念。

侗族对歌手培养的力度和氛围，是其他民族所不能比的。侗乡处处是歌堂，几乎所有的生活生产场景都可以让人放开喉咙歌唱，甚至能随时随地地与人对歌，在这样的环境中，能让人自小就如沐春风、如浴细雨，受到潜移默化，从而激发每个人的唱歌激情和潜能。侗族民间有许多音乐、戏曲组织，如歌班、歌队、戏班、戏队、唢呐班、芦笙队。侗族大歌组织规模更大，一般以村寨或鼓楼为单位，按年龄和性别分成儿童班、少年班、青年班、成年班。侗族在歌手培养中形成了独具特色的教育制度，大量的音乐组织，保证了系统的训练和经常的活动，保证了民间歌手和乐手代代相传。

这样视歌如宝，是侗族历史文化积淀的结果。侗族历史上没有文字，歌就是侗族文化集大成者，民族历史、社会知识、生活常识、生产经验、伦理道德、风土人情都以歌记录，以歌传承，以歌传播。“汉字有书传书本，侗家无字传歌声，祖辈传唱到父辈，父辈传唱到儿孙。”这首侗家歌谣很清楚地指明了侗族文化的精髓在侗歌。因此，在历史上，侗人学歌就是学文化，掌握的歌越多，知识就越丰富。在侗族地区，歌师是被社会所公认的最有知识、最懂道理的人，因而很受侗人的尊重。加上歌师为责任和荣誉而活，以喜教乐传为职业道德，不计较报酬，这为侗族音乐广泛流传储备了师资基础。另外，在侗族历史长河中，侗族民间音乐已经成为侗族最广泛的民俗，又与其他民俗有机结合在一起，这就使得侗族的音乐得到固化和经常性的激发，从而得以长期持续地传承。在这种传承中，侗族以其固有的开放性格，广泛地吸收了兄弟民族的音乐、戏剧营养，侗戏就是借鉴汉族戏剧而创作的；唢呐也是从汉族引进而来的，创造性地用来吹奏大歌曲调，通常是两支唢呐组成一对，一个吹高声部，一个吹低声部。

然而，随着现代化进程的逐步加快，现代文化、外来文化和市场经济迅猛袭来，侗族歌舞正面临着前所未有的全面冲击，其赖以生存的经济基础和文化土壤正遭到前所未有的破坏，后继无人、濒临失传的危险一直存在。而保护和传承侗族歌舞这一历史文化遗产和民族瑰宝，对弘扬我国优秀传统文化、提高中华民族的核心竞争力和推进侗族地区的文化建设、构建美丽侗乡，都将起到重要作用。所以，不管时代怎么发展，不管改革开放怎么深入推进，我们都责无旁贷地应把侗族歌舞保护好、传承好、发扬好，让她永远焕发出青春的魅力。

五

纵观侗族的历史，这个欢乐的民族又是一个苦难的民族。由于阶级压迫，侗族在古代一直是一个不断迁徙的民族，历史上侗族受到逼迫和追赶而东奔西走，这是毫无疑问的。一个民族的大迁徙、大逃亡，是何等悲壮，是何等辛酸，是何等危险。但是，他们舍此而别无选择。就算没有这样一段血和着泪的迁徙史，在湘、黔、桂边界交通极为不便的崇山峻岭中，弱小的侗人要与自然斗，与歧视“蛮人”的封建官府斗，与强人斗，该需付出多少代价啊！

可是，侗人没有过多的悲戚和失望，他们靠乐观主义精神坚强地支撑了下来。他们用歌唱对待苦难，用舞蹈调节情绪。我们能够想见，侗族历史上常常有这样的场面：当一场战斗失败后，疲惫已极的侗人用丝毫不歧视他们的树叶，擦拭掉眼泪和血迹，唱起了歌谣，他们忘记了疲倦和伤痛，也将颓废之气驱赶得无影无踪，在心中重新树立起夺取胜利的信心。一百次失败，一百次是这样；一千次失败，一千次是这样；一万次失败，一万次还是这样。乐观和坚毅这对孪生兄弟，就这样紧跟着侗人时刻不离，并铭刻入灵魂，镌刻进了民族基因。

可以说，一个乐观的民族才是有希望的民族，一个乐观的民族才是坚强的民族。侗族因为乐观，才战胜了险恶，战胜了民族消亡的危险，保留下来260多万人口和丰富的侗文化。

侗族不仅善于化悲痛为力量，而且善于把它积淀为文化，让侗族文化逐渐成为欢乐文化，让欢乐文化使子孙成为欢乐侗人。“欢乐文化”一词或许是我的生造，表述可能并不准确，但它确实存在着，至于如何命名，这是专家们的事。

侗人都是歌星舞星，在修炼歌舞这门必修课的过程中，侗人就铸造成了乐观的个性：时时处处都要歌之舞之，时时处处充满欢乐。在歌声中，劳作轻松愉快地有了收获，爱情也顺顺利利地开了花。来了尊贵的客人，侗人必定要在寨门前或风雨桥头欢迎，芦笙手吹起迎宾曲，侗妹唱起问候歌，摆上拦门酒，让来宾一进侗寨就喝得甜滋滋的。这看似拦门，实则迎门，大有“东边日出西边雨，道是无情却有情”的意味，也正好体现了侗民族幽默、快乐的内心世界。客人到了寨子里，侗人就会表演以侗人劳作和生活为内容的欢迎、喜庆歌舞。吃饭了，各家各户端出自己做的饭菜摆成长长的合拢宴，一桌人端起了酒，手挽手，左一圈，右一圈，唱起《耶罗歌》，跳起了“耶罗舞”。然后，侗家的姑娘们端起酒碗，走到客人面前，唱起了酒歌。虽然外人听不懂具体的歌词，但不可能不懂她们真诚的心。

干！即使你不会喝酒，也得毫不犹豫地干。是啊，侗人就是这么坦诚、这么热情。没有一颗欢乐的心，又何来这由衷的热情？

把一年中的许多日子作为节日，这是欢乐侗文化的重要内容，也是使一年到头的日子都有快乐的一种办法，更是强化欢乐体验和推广欢乐文化的一种手段。侗族把节日与生产、礼仪结合起来，形成众多的活动：正月有春节和行年，二月二是“萨”神的祭日，三月三是歌会节、播种节，四月八是牛节、种棉节和黑饭节，六月六是尝新节和飞山王祭日，八月十五是吃豆节，十月底到十一月初则过侗年。这些节日，虽然不同地方的侗族在时间上和活动方式上各有不同，但都会过成歌舞的盛会，常常把歌舞推向极致。

真正置身于这样一个歌舞的海洋中，能不说侗族的文化就是一种欢乐文化吗？

六

侗族是一个欢乐的民族、热情的民族，因此是一个讲文明礼貌的民族。

而一个拥有欢乐文化和文明礼貌的民族，为什么会被归入“南蛮”之例？为什么会被称作“峒蛮”“五陵蛮”“五溪蛮”或其他什么“蛮”？

学者有学者的种种说法，我有我的解释。在封建社会，一个弱小的民族想要自由自在的快乐，这是不能被允许的。就是在当今的国际社会中，虽然有所谓的“民主”、所谓的“文明”、所谓的“人权”，但一个弱小的民族决不会有自由自在的快乐。我们正在崛起的中华民族，就有“国际警察”丑化中国或喊着“中国威胁论”，打着

“民主”旗号，挥舞着“先进武器”和“经济制裁”两根警棒，进行呵斥和干预，哪有什么平等自由？没有平等自由这样一个起码的东西，又哪有心底里的快乐？

既然自由自在的快乐不被允许，侗人只好以其独特的方式表达自己的快乐，这就形成了文化差异。加之，它有坚毅、倔强的性格和不屈不挠的斗争精神，自然就不为统治者所容。欲加之罪，何患无辞？一顶“蛮”帽子就戴上来了。

这实在是天大的冤枉！

一个保持欢乐的民族，一个善于放大欢乐的民族，只要能在欢乐中自励，在欢乐中坚强，在欢乐中创新，就会有进步和发展。

诚然，因为基础和自然条件所限，欢乐的侗乡和热情的侗人还比较贫穷。然而，古时那么艰难的时候都挺过来了，如今有国家的扶持政策，凭着侗乡丰富的自然资源和独特的文化底蕴，凭着乐观和坚毅的性格，侗人会快乐地不屈不挠地书就新的辉煌的历史。

一位老歌师唱道：“日头出来亮堂堂，侗家日子闪新光。侗歌侗舞更热闹，芦笙吹得更加响。侗人谁都爱欢乐，一日更比一日强。”

侗歌最具穿透力，向上如云雀冲入蓝天，在下如水流流过心田，把欢乐放大到天地之间，放大到历史长河之中。

矗立与通达

鼓楼、花桥、大歌是侗族三宝，是侗族文化的标志，也是侗族矗立于世界的资本，是侗族通达于世界的名片和语言。可以说，侗族有着显著的矗立和通达的特性，这是侗族文化的本质特征，也是侗族生存和发展的内在根源。可能没有任何一个专家提出过这样的观点，甚至我这个观点会有人不赞同，但我仍然固执地坚持这一判断。

一

在侗寨中，到处可见到高高的鼓楼。那青瓦飞檐、雕龙饰凤、层层相叠的塔状建筑，矗立在木屋群里，气势非凡，十分漂亮。瓦檐上彩绘或雕塑着山水、花卉、龙凤、飞鸟和古装人物，五彩缤纷，栩栩如生。在从江县高增侗寨看到高达 20 余米的 13 层鼓楼后，它那巍然挺立、气概雄伟的身姿会永远铭刻于心。仰视鼓楼，我们自然而然地会读到侗族矗立起来的自信和坚毅。

侗人自古以来就喜欢集中居住，形成规模不等的团寨，现在上千户人家聚集的侗寨并不鲜见，三五十户紧挨一起的侗寨更是不足为奇。侗族群体都用鼓楼作标志，一个姓氏家族必有一座鼓楼，以

“礼失而求诸野”，应当讲上述传说，折射了一定的真实历史。从人类学、历史学和民俗学来看，追溯鼓楼的起源，应直达越僚人的“巢居”。对于中国南方古代民族的巢居，古代文献多有记载。关于鼓楼，明代邝露的《赤雅》讲侗乡“以大木一株埋地，作独脚楼，高百尺，烧五色瓦覆之，望之若锦鳞矣。男子歌唱饮啖，夜归缘宿其上，以此自豪。”张华的《博物志》中也有“南越巢居”的记载。《魏书》中称：僚人“依树积木，以居其上，名曰‘干栏’”。巢居是人类早期简陋的住屋，说明其社会还未完全开化。黎平述洞和三江高定都存有独柱鼓楼，其建筑技艺高超，历史悠久，是侗族鼓楼的雏形再现。这样的鼓楼，是以一个独立的中柱作为着力点构建起来的，这正是依树积木的形态，因此可以从中了解到依树积木传说的历史意义，所以具有很高的科考研究价值。我们不得不感叹侗族先人的聪慧，他们“俯察地理”“远取诸物”，观察鸟垒巢于树，得到启发，由于树筑巢到依树建屋，创造了侗族鼓楼和吊脚木屋，在世界建筑史上增添了浓墨重彩的一笔。其实，不光鼓楼如此，所有干栏式木构建筑都同巢居有渊源关系。

修一座鼓楼是不容易的，在贫困的侗族社会会耗费一个家族的积蓄。但是，为了家族的脸面，为了家族的团结和发展，为了家族的精神，他们会不惜代价建一座自己的鼓楼。他们认为，为了鼓楼，再苦再累也是值得的，否则，如果没有鼓楼，就找不到心灵的安放之所，就会寝食不安。

鼓楼这一奇特的建筑样式是侗族所独有的，人类种类繁多的建筑中，它格外与众不同。鼓楼上下内外，通体为本质结构，全部以杉木凿榫衔接，不用一钉一铆；其顶梁柱拔地凌空，排方纵横交错，上下吻合，采用杠杆原理，层层支撑而上，众多方柱相互依存、相互帮撑、相互制约，所以结构十分严密坚固，可矗立数百年而不朽不斜。这充分说明了侗族人民中的能工巧匠有着高超的建筑技艺。

建造鼓楼的主要大梁柱、照面方，要由族中具有威望的长者来选定。选材标准是质地优良、树干高大、首尾均匀、树龄古老，这样的木材一定是“杉海”之王。选好后，即打上标记，以待砍伐加工。

从基本的轮廓和整体的形式上来说，鼓楼形态最显著的特点是，大体上在不脱离杉树原型的基础上糅合汉族密檐多层佛塔的造型，形成下大上小的楼塔形。鼓楼形态的第二个特征是它的高密度重檐叠加的楼体塔身。这是侗族鼓楼同汉族的重檐楼塔明显不同的地方。鼓楼形态的第三个特征是侗族的鼓楼在重檐数目上皆为单数，最少的有一层，最多的达 21 层，这是因为侗族把奇数视之为吉祥之数的缘故。

鼓楼在外表上有矗立的形象，而在内质上又有通达的意义。

侗族鼓楼有极强的视觉冲击力：楼顶是连串葫芦形的顶尖，直刺苍穹，犹如塔尖一样；中部是层层叠楼，形如宝塔的楼身；楼檐一般为六角、八角、四角，六角的俗称“六面倒水”，每一分水的突出部分都有翘角，它的重檐层层叠叠，从上而下，一层比一层大。这样的宝塔形式，看起来感觉比实际的要高挺，且从各个方向看感觉都差不多，这样突出了其矗立感，让人深深地感到其坚韧不拔的力量。

侗族鼓楼又有极好的实用性：鼓楼底部，多是正方形，四周有宽大结实的长凳，供人歇坐；中间是一个或方或圆的大火塘；鼓楼前大多是一个较为宽阔的空坪。这样，便于人们在此集会、议事、歌舞、娱乐、休闲。

据说，鼓楼应该是侗寨古时放鼓之楼。在侗族历史上，凡有重大事宜商议、起款定约、抵御外来官兵骚扰，均击鼓以号召群众。这时，由寨中“头人”登楼击鼓，咚咚鼓声响彻村寨山谷，就能迅速把人集中起来。登楼击鼓是极其严肃的事，无事是不能随便登楼击鼓的。因为有击鼓以号召众人的重要社会功能，人们习惯称之为鼓楼。

专家们说，对于侗族而言，鼓楼具有十分重要的政治意义、军事意义、经济意义和文化意义。我以为，鼓楼是侗文化的一个主要基地、主要平台。由于侗寨的重大活动都在鼓楼里举行，侗族的文化与鼓楼密不可分，鼓楼成为侗族多元文化精华和载体，是侗族人民娱乐、议事的公共场所。古往今来，侗族社会及每一个成员的生活都离不开鼓楼，一切活动以鼓楼为中心，无论祭祀、社交和娱乐都是围绕鼓楼进行的。侗人从小就在这里向歌师学习唱歌、跳舞、吹芦笙和背诵款词，长大成人后他们还会在这里以歌谈爱，经历的许多重大庆典也是在鼓楼举行的。可以说，鼓楼是侗族的全部精神性的文化要素，蕴含着历史记忆、宗教信仰、艺术娱乐以及规则、习俗、节庆、交往等诸多方面的文化，可以说鼓楼是侗族文化的全息图。因此，侗族文化又叫鼓楼文化。

侗族有坐鼓楼的习俗，夏日炎炎之际男女老少至此乘凉，寒冬腊月大家来这里围火。这个喜歌好舞的民族，只要大家聚在一起，就会唱歌、弹琵琶、讲故事。这样乘凉或烤火的休闲时光，鼓楼便成为侗人欢乐的舞台。春节期间，鼓楼更是充满欢声笑语，村村寨寨的侗家人，聚集在各自的鼓楼广场，吹芦笙，跳哆耶，对歌竞唱，或以侗族民间传统故事为题材，自编自扮，演出侗戏。一些歌师抓住这一大好时期，以唱歌的形式，传授文化知识和生活常识。可见，鼓楼起到了传达信息、传播文化并培养侗人欢乐通达品格的作用。

二

在侗族，风雨桥也显著地表现出独特和通达的品格。

风雨桥是一些汉族专家命名的，因为汉语的传播功能强大，一般人都只知道它叫风雨桥。在侗语里，它叫花桥或福桥。因其有丰富的彩绘而得名花桥，又因之有“堵风水，拦村寨，带来吉祥幸福”的功用而叫福桥，另因为行人过往能躲避风雨也就被汉族称为风雨桥。

风雨桥是侗族独有的桥，由桥、塔、亭组成，全用木料结构而成，桥面游廊宛如长龙卧江。整个风雨桥形成长廊式走道桥：面铺设木板，现在有的风雨桥为了方便通车，也用混凝土浇筑；桥的两侧设有栏杆和长凳，便于人们行走和歇息；长廊两壁上端，用木板雕刻各种历史人物，或绘制神话故事彩画；桥顶盖上青瓦，显得朴素庄重。塔、亭建在石桥墩上，一般建有三五层四角形或八角形的桥亭三至五座，每座多层相叠，上小下大；檐角飞翘，顶有宝葫芦等装饰，桥檐瓦梁的末端塑有檐玲，多为丹凤朝阳、鲤鱼跳滩、坐狮含宝的形象；正梁顶上塑有双龙抢宝，还配以彩画，点缀其上。由于风雨桥棚顶都盖有坚硬严实的瓦片，凡外露的木质表面都涂有防腐桐油，所以它具有较强的防腐性能。风雨桥并不仅仅是桥梁，融合了侗族建筑的精华，集中地展现侗族文化，完全不同于世界上其他民族所建筑的桥梁，因而被称为世界十大最不可思议桥梁之一。

在侗乡，关于风雨桥的来历，有一个神奇而美丽的故事。相传，古时的一天早晨，河水突然猛涨。住在河流岸的布卡夫妇顾不得涨水，执意要去西山干活，正当他们走到桥中心，忽然一阵风刮来，刮得布卡睁不开眼，妻子培冠“哎呀”一声跌进水里。布卡跳进河里，寻找了好久也不见妻子的影子。乡亲们知道了，也纷纷跑来帮他寻找，找了半天工夫，还是找不到他的妻子。原来她被螃蟹精卷进河底岩洞里去了，螃蟹精变成了一个俊俏的后生，要培冠做它的老婆。培冠不依，还打了它一个巴掌，它马上露出凶相来威逼培冠。

培冠大哭大骂，哭骂声一阵阵传到上游的一条花龙耳里。花龙赶来营救，与螃蟹精进行了殊死搏斗，才把它镇住，使之变成了一块大螃蟹石，并把培冠送上河滩。培冠对布卡讲述了事情的全部经过，感叹道："多亏花龙搭救啊！"大家这才知道是花龙救了培冠，都很感激花龙。这时，花龙往上游飞回去了，还不时回身向人频频点头。这件事很快传遍了整个侗乡，大家很是感动，把靠近水面的小木桥，改建成空中长廊式的大木桥，还在大桥的四条中柱上刻上花龙的图案，祝愿花龙长在，祝愿侗乡吉祥。空中长廊式大木桥建成后，人们在此举行庆贺典礼，演奏芦笙，唱哆耶歌，人山人海，非常热闹。这时，天空飘来彩云，形如长龙，霞光万丈；众人细看，正是花龙回来看望大家！因此，后人称这种桥为回龙桥。这个充满神话色彩和世间真情的故事，像一股清泉流入心田，让人感受到世间的温馨。

这个故事记载了侗人痛苦和欢乐并存的历史，也反映出风雨桥的深刻内涵：首先是为了让人们安全穿越溪河，然后承载人们的欢乐，展示侗文化之大美。

从建筑学的角度看，风雨桥是干栏式建筑的发展和延伸。这一座座庞大的建筑物，横跨溪河，傲视苍穹，久经风雨，仍然坚不可摧。风雨桥的建设既利于进出交通、休息避雨、会友、交流、观赏江面风景，同时又可美化侗寨环境和提升侗寨品位。显然，它最显著的特点和功能就是通达，让人们能够便捷地横穿溪河沟壑。同时，它又拥有矗立的姿态，它横卧溪河沟壑之上，如龙如虹，其上的亭与塔直指蓝天，彰显了雄姿伟势，令人瞩目，并成为侗民族的一种精神象征。

据统计，全国现存鼓楼 630 余座，花桥 500 余座。黎平的肇兴是全国最大的侗族自然寨，称为"侗乡第一寨"，有五座鼓楼、五座花桥、五座戏楼，肇兴鼓楼群已被列入世界吉尼斯纪录。据说，程阳风雨桥与中国石拱桥代表赵州桥、铁索桥代表泸定桥及罗马钢梁桥诺娃上的沃桥齐名，为世界四座历史名桥之一。程阳桥坐落在广西三江林溪河上，是风雨桥的典型代表。该桥建于1916年，为四孔五墩伸臂木梁桥，桥长64.4米，宽3.4米，高10.6米。其墩底以生松木铺垫，用油灰粘合料石砌成菱形墩座，上端并排铺放数层巨大圆杉木，其上再横铺木板作桥面。桥面上建筑的桥身为瓦顶长廊，长廊为四柱抬楼式建筑，瓦顶为数层飞檐翘角楼亭。五个石墩上各筑有宝塔形和宫殿形的桥亭，逶迤交错，给人以气势雄浑的感觉。长廊和楼亭的瓦檐头均有雕刻绘画，人物、山水、花卉、鸟兽色泽鲜艳，栩栩如生。整个程阳桥美丽、壮观，令人叹为观止。它是侗乡人民智慧的结晶，也是中国木建筑中的艺术珍品。可以说，程阳风雨桥在世界建筑史上是一个奇迹。

鼓楼、花桥都是侗族最有特色的代表性建筑，由侗族自己的能工巧匠自行设计，无需图纸，匠师仅用一根竹竿做的“香杆”作为构件尺子，记录所有形态和尺寸，便可指导木匠们造出结构复杂的侗族木质建筑。其建筑艺术，令世人惊叹不已。20世纪80年代，黎平鼓楼、花桥模型参加北京民族文化宫展览，30多个国家的使节参观后，赞叹说：中国侗族别具一格的建筑艺术，不仅是中国建筑艺术的瑰宝，而且是世界建筑艺术的瑰宝。由于侗族建筑工匠拥有超凡的木质建筑技艺，海内外不少地方都来聘请他们去设计建设木质艺术建筑。比如，黎平侗族建筑师在深圳、贵阳、上海、北京等地，乃至日本等国，留下他们辉煌的建筑业绩，为当地留下了独具风味的建筑，让人们领略到侗族建筑艺术的无穷魅力。

三

侗族大歌与一般民间歌曲相比，它有着非同一般的特点，无论是音律结构、演唱技艺、演唱方式和演唱场合都是那么不同。如前所述，它是一领众和且分高低音多声部谐唱的合唱种类，属于民间支声复调音乐歌曲。曾经，国际上认为中国民间没有复调式音乐。多声部的侗族大歌在国际舞台上的展现，有力地击碎了这一武断的结论。因为它在中外民间音乐中都极为罕见，引起了世人的高度关注和极高的评价。正如我在《放大的欢乐》一文所写到的："行家们评论侗族大歌的音乐'和声完美，歌音洪亮，气势磅礴，豁达开朗'。"

侗族大歌不光是一种音乐艺术形式，更是侗族文化的直接体现，对于侗族人民文化及其精神的传承和凝聚都起着非常重大的作用。它有着显著的通达特质，在侗族内部它是传播文化、团结人民的载体和纽带，对外它没有国界和族界，能够引起不同文化、不同民族的人共鸣。所以，当它在北京、在巴黎展演时，引起了轰动，很好地起到了民族交流的作用，达到了让世界了解侗族和让侗族走向世界的目的。

在世界音乐领域里，它是一座矗立的大山，值得人们攀爬和探寻，值得人们不断地从中挖出宝藏；它是一座通达的桥梁，侗族能够通过它走向世界，世界可以通过它了解侗族。

四

可以说，侗族拥有鼓楼、花桥、大歌，就足以在世界民族之林，以傲人的身姿和独特的风采傲然矗立。但，侗族是水性的民族，乐观却低调，有特色却极愿意与世界顺畅沟通、和谐相处，显示了十分明显的通达特点。侗族凭借鼓楼、花桥、大歌三大宝，让世界了解了侗族，侗族地区成为世人向往的重要旅游目的地。当我们在肇兴古寨等侗乡旅游景区，看到旅客怀着极大的兴趣细细品味侗族三宝，我们就确信侗族三宝已经成为与世界交流、推动经济文化发展的重要法宝。高速公路、高速铁路通达侗乡后，前来观赏侗乡风光、领略侗族风情、了解侗族文化的旅客，更是纷至沓来。这是具有独特魅力的侗族文化让侗族矗立于世界民族之林并与世界各民族建立通达渠道的力量，是侗族文化赢得世界的力量。

鼓楼、花桥、大歌是物化了的侗族文化，从中可以探究到侗民族的内在特点，更加可能窥见侗人内心深处最本真的东西，这就是：既以其坚毅矗立于这个世界，又以其通达与世界和谐相处。有专家调查研究表明：侗族农村初中生人格分数与全国常模比较，在诚信、自制、合群、利他、严谨与宽和等方面的维度上较高。专家术语让人是丈二和尚摸不着头脑，但无非说侗文化让侗家人的人格分值要高于全国平均水平。可见，这侗民族文化基因遗传具有强大的力量和良好作用。

"相由心生"，侗族内质的坚毅，决定了表现出来的东西也会有坚毅的一面，我在散文《放大的欢乐》中写道："我们能够想见，侗族历史上常常有这样的场面：当一场战斗失败后，疲惫已极的侗人用丝毫不歧视他们的树叶，擦拭掉眼泪和血迹，唱起了歌谣，他们忘记了疲倦和伤痛，也将颓废之气驱赶得无影无踪，在心中重新树立起夺取胜利的信心。"

而侗族通达的内在品质，也自然会在社会生活中表现出来。侗族芦笙旋律悠扬，节奏舒缓，如天籁之音，似历经沧桑、看透世事的老者将一个经典故事娓娓道来。芦笙舞节奏较慢，自由、流畅、婉转、甜美、柔和，极富艺术表现力，表现出侗家人对自由、率性生活的追求，表现出勤劳、善良、纯朴、温和的性格特征。除竞技性的芦笙舞外，其他类型的芦笙舞动作都不大，祭祀时与鞭炮声交相辉映，社交娱乐时聚集联欢，不管哪种情况下，都可以尽情欢跳，充分表现出侗族人民合群、平和的性格。侗笛的声音柔美、圆润、富有穿透力，体现了温柔的力量。侗族大歌，如百鸟婉转、百虫鸣唱，似清风习习、流水潺潺……大歌节奏不快，缠绵悠扬，仿佛春风徐吹、细雨润物。侗族琵琶歌也是比较平和、温柔，让人在一种不急不躁中获得滋润。

“简”一样的坝子养育的侗族人民依山傍水而住，有山一样的刚毅、仁厚，更有水一样的平和、温柔、平易近人与灵活善变。山能坚定地固守自己，能立于天地之间；水能包容一切，能溶解很多不同的物质于一体。所以，侗族能坚守自己的文化特色，像一直保留完好的鼓楼、花桥和风雨桥；又能很好地与其他各民族交往交流，极为开放地吸收其他民族的优秀文化，比如侗戏就是借鉴了汉族戏曲创造出来的，甚至《陈世美》《梁祝姻缘》等剧目直接根据汉族故事改编，从而丰富自己的特色文化。

五

世界风云变幻莫测，每天在发生着惊人的变化。侗族也必须向前走，还得保证自己不会被别的民族完全同化而消亡。这要怎么办？我觉得还是要固守鼓楼、风雨桥、大歌集中体现的侗族文化本质：既保持自己的个性昂首矗立于世，又以通达的品格与世界交流。这是科学的辩证的处世哲学，是求得阴阳平衡的正确方式。放大了看，整个中华民族的生死存亡，也无不与自己文化能否好好传承有着密切关系。当今，全球化以迅雷不及掩耳的速度推进使得全球文化日益趋同，现代化以摧枯拉朽的强势毁灭着传统文化，侗族地区也发生着巨大的改变，侗族文化也遭遇了前所未有的危机。现在，侗家青壮年大多外出务工、经商去了，肯造能造鼓楼和风雨桥的能工巧匠日益减少，肯唱会唱侗族大歌的侗族青年也日渐少了，侗族语言、习俗的传承也遇到了困难和阻力。这些，都是侗民族和国家政策决策者与各级行政领导人必须重视、解决的课题。

心中有鼓楼、风雨桥、大歌，态度上和行动上体现鼓楼、风雨桥、大歌的精神文化，那么鼓楼、风雨桥、大歌将永远矗立与通达。

侗款的力量

像追求光明、追求鲜花一样，民主制度一直是人们所向往的制度。人们论及中国自夏至民国的历史长河时，都认为中国几千年没有产生过民主制度，只是一直沿袭了奴隶、封建的专制。其实，那是没有了解侗族，没有了解侗族的款。审视侗族的历史文化，自中古到近代，侗族地区一直有一种叫“款”的组织，甚至现在一些侗族山寨还在沿用款来管理其区域社会。款就是一种古老的民主自治制度，它生生不息地存在了那么长的历史，无声却有力地证明中国也曾有过民主制度和民主社会。

要试图弄清款的内涵，必须先从远古人类社会及其语言文字的角度来打开一个口子。在国家这一组织形式出现前，远古人类缔结了原始氏族公社和原始部落联盟，人们有父母无君臣。但是没有规矩不成方圆，社会组织都需要规矩来约束所有的成员。氏族公社和部落联盟这类自治和自卫组织，便用一些大家合议而约定的规矩来管理内部事务。

在那一历史时期，人类或许有了类似于存留至今的远古岩画、崖刻那样的图画性文字，但文字并未成熟，也不系统，还未具备广泛交流的条件，所以那时人类的交流和社会管理，还是依靠口头语言。那么，“款”字在上古的原始意义是什么？查遍所有语言文字学典籍，“款”字最早出现在篆书中，而殷商时期的甲骨文中，目前尚未发现此字。在众多字书里，对“款”字的解释归结起来，无非五类意思：真诚；空洞；缓慢；法律条文；社会组织。一个字的意义弄得这么复杂，况且其包含的意义竟然相对立，如“真诚”和“空洞”，这连语言文字学家也会搞晕脑壳。所以，所有的字典都只敢言其“然”，不敢涉及其“所以然”。汉字字义的复杂性是汉语发展的结果，但大道至简，只要追根溯源，厘清发展变化的脉络，找到源头，一切便简单明了。但专家学者们不知其源头在哪里，又是怎么演变的。其实，读为“kuan”音的字，原本表达“盛大、隆重、热闹”的状态。据我调查，在更多地保留了上古语音的南方话中，“侃”“砍”“坎”“款”的读音混用，可能“kan”与“kuan”是从一个音分化出来的结果，我们研究上古汉语时，应将它们并在一起考察。据我的研究，“侃”，在甲骨文中强调口发出的声音，其篆字则有包含三个口的部件的写法，可见是很多人在说话，有“盛大、隆重、热闹”之意；“砍”，本是描摹砍斫之音，从侧面看出其热闹；“坎”是大的堵塞；“刊”，即刻印，在古代是一件十分隆重的大事；“款”，其构件中有“示”，表示与祭祀有关，祭祀是部落中最“盛大、隆重、热闹”的事。可见，还是万变不离其宗，还是没有离开“盛大、隆重、热闹”的本义。为何“款”有了五个不同的义项？因为“款”是与祭祀有关的活动，当然得对神灵、祖先真诚，所以引申出“真诚”之义；但祭祀神灵、祖先更多强调的是心灵活动，而神灵、祖先接受祭祀和享用祭品，都是看不到、摸不着的，是虚无的，所以引申出“空洞”之义；祭祀有较多的程序，神灵和祖先享用祭品要一定的时间，所以引申出“缓慢”之义；祭祀活动有成套的规矩，有了文字后，这些规矩或者大事便刊刻于石或刻龟甲以记录，且祭祀产生了部落，部落发展为部落联盟，再发展为国家，国家便刊发法律条文，而社会组织处于部落和部落联盟阶段时，款约就是不是法律的法律，这样“款”便与社会组织和法律条文相关了。我认为，自中古以后的“款”字，已经把诸多发“kuan”和“kan”的音之义囊括了。这是一件意趣丰盈的事，让我们在趣味盎然之中发现了远古人类社会的一些奥妙。

在人类社会产生和发展初中期，祭祀是十分重要和频繁的活动，并对人类社会诸多方面的发展产生了深远的影响。像人类社会许多现象和许多汉字一样，“款”的源头就是祭祀，其他意义皆由之引申。那么，侗族款组织，也就是源于祭祀，祭祀共同的祖先和共同的神灵，然后在祖先和神灵面前约定事项，宣誓不得违背，若有违背则受到惩罚。

侗族款约是侗族的“法律”和道德标准，侗族社会及其每个成员都会用款约这样的尺子量自己、量别人、量社会一切。侗族，以严厉而极富权威的款约这一独特的方式，约束并鞭策着族人遵章守纪、有礼有节。后来，慢慢发展为侗族古老的社会组织和社会制度：以地缘和亲缘为纽带的部落与部落、村寨与村寨、社区与社区之间，通过盟誓与约法而建立起来的带有区域行政和军事防御性质的联盟。侗款的主要职能是维护社会治安、制定民间规约、调解民间纠纷、处理违约行为、组织公益建设、传承民族文化，等等。侗款制，首先是款约，是古代侗族社会人与人之间、家族与家族之间以及村寨与村寨之间的一种公共约法，是侗族社会人们的行为规范，现代法学界称之为“习惯法”；其次是自治组织，它通过推选产生款首，通过约定制定和执行款约达到自治的目的。侗款在构建侗族地区和谐社会的历史进程中发挥着不可替代的作用。因此，侗族也由此被誉为“没有国王的王国”。

侗款区别于其他民主制度和任何专制最突出的特点，是款组织并没有演化为统治机构和官僚组织，更没有征收成为人民负担的常规税赋，连款的领袖款首也几乎没有任何特权，他们由各村寨推选，没有特殊的福利待遇，也没有专门的办事机构和办事地点，平时和普通村民一样在本寨参加劳动，只有遇到重大纠纷或者发生战争时才出面组织。他们没有世袭继承的权力和地位，完全靠自己的才华和品格赢得大家的信赖。在传统侗民眼中，没有建立常规国家机器的必要，当需要运转管理职能时，运用传统的“立款、讲款、开款和聚款”活动，就能高效地达到理想的效果。

所以，侗族社会在外人看来是组织松散的，“有父母，无君臣”，各寨之间“纷纷籍籍，不相兼统”，寨内除了一些德高望重的长者也没有什么专门的管理者，但实际上却有极强的凝聚力和紧急社会动员能力。《柳州志》记载：侗乡“每遇巨大事变，即以鸡毛炭火置信封之中，为传发之紧急信号。闻者不避风雨，星夜奔赴指定地，如期而集者常逾万人，莫敢或后”。这种管理方式，虽然没有建立政权，但是为了一项共同事业临时动员的效率是非常惊人的。大规模联款活动可以临时推举款首，发布款约，“十块木板箍成一个桶，九股棕绳拧成一股缆”，这种社会管理的效率是非常高的。

正因为如此，侗族的款是人类社会古老组织管理形式的遗存，所以这种从古代保留到近代乃至如今的侗族社会特有的民间自治和自卫组织，被学术界称为“前国家组织结构的一颗活化石”。

我们不禁要问：侗族社会既然已经发展到前国家组织的阶段，为什么不像许多民族一样，发展到国家组织？其实，这是与众不同的发展道路，是最有意思的事。款组织一直以民间组织的形式存在，没有演化为统治机构和官僚组织，更没有征收税赋；款首是民选款组织领袖，由各村寨民主推选，几乎没有任何特权，没有特殊的福利待遇，连专门的办事机构和办事地点也没有，除了区域内遇到重大纠纷或者发生战争时才义务出面组织协调、解决，平时和普通村民没有两样，都是在家从事自给自足的劳动。他们的权力和地位不能世袭继承，全凭人格魅力和智慧、能力以及平日为人处世的累积来赢得大家的信赖。侗款有着良好的管理机制，仅需“立款、讲款、开款和聚款”即可治理社会，长期积淀而形成民族文化积累和人的道德品格，通过历史积淀便“无为而治”，其治理高效、持续，终致于理想，自然而美好。如此，何必用国家机器来暴力专政？强制是急切的结果，道法自然方可久长。这种看似松散的侗族社会组织，用款约和道德引导、约束，依靠德高望重的长者出面协调，实际上具有极强的凝聚力和紧急社会动员能力。侗款制让侗族民主和谐的社会传承了上千年，“存在就是合理的”，这样超长时间的存在，十分有力地证明了侗款的价值，证明了民主自治的力量。

一切社会活动和社会现象都是外壳，人类的文化心理才是内核，有什么种子就会发什么芽，生什么草木。款这种古老的民主自治制度和社会组织，能够在侗族长期坚持，其根本原因是侗族的哲学价值观。侗族哲学是一种朴素的文化哲学，简单直观，多用形象的比喻说理，多寓于文艺之中，让人们喜闻乐见，如在娱乐活动中，由款首、头人讲款，由歌师把款的内容用歌曲的形式传唱；侗族哲学体现了人与自然和谐的理念，如认为世界起源于“雾”和“风”，实质上诠释了宇宙起源于混沌的气体世界；侗族哲学充满对立统一的辩证思想，如有款词说：“有本才有末，有根才有茎……千般从地起，万物从地生……观天上日月，数四季时辰……天上降雨水，地下开田塘。”侗族哲学的价值观，一是以家族、房族为依托的生存发展观，这源于生活在生产力低下、与外界几乎完全隔绝的大山中所产生的强烈的家族群体意识，每个个人和家庭都格外需要群体的保护；二是以约法款为核心的价值取向，约法款被赋予了至高无上的地位，形成了民族情感意识和自觉行动；三是带有浓厚原始文明的伦理价值观，既保护原始共产主义的公共美德，又保留了奴隶社会初期就建立的严厉惩罚制度。因此，侗民族有着明确的善美丑恶评断，形成了强烈的道德责任感和良心自责感。在侗寨，修建公共设施，不需要摊派，大家争先恐后、尽其所能；在侗乡，鼓楼备有旺盛的火和泉水供人取暖、解渴，有双双新草鞋任人取用。侗歌唱道："一根棉纱难织布哟，一滴露水难起浪。抬木过梁要几根杠哟，建造新房靠众人帮。你拉引绳来我拉杆哟，你拿锤来我穿方。咚空咚空响不停哟，大厦落成喜洋洋。""侗客两家无相斗，共山共水无疑猜。"侗家人与人为善、尊老爱幼、扶贫助苦、热心公益、民主平等、团结互助等优良传统闻名于世，其社会风气之好也是令人羡慕的。侗族哲学让侗族人民形成水一样柔和、谦逊、包容、客气的性格，侗民族也就被称为"水的民族"；让侗族人民像月亮一样，有自己的光辉但不强争，甚至很多娱乐活动都是在夜里进行。如今，侗乡仍被称为"文明礼貌之乡"。

侗款有简洁实用却较为完整的系统。根据近代侗族历史来看，款组织由款首、款脚（传号令者）、款众（军）、款坪、款牌、款约、款判等构成。款组织从规模上看，有小款、大款和特大款之分。小款以村寨为单位，多为血缘单位；大款为村寨与村寨之间的结盟组织，往往以流域、山系为范围和地缘单位；特大款则是由数十个大款联合成、几乎涵盖全民族的组织，又叫"联合款"，特大款是侗族款组织的最高形式，有"头在古州，尾在柳州"之称。款组织皆有款首，大款和联合款的款首由各款或各大款的款首联合组成，没有酋长，没有王者，只有款首来牵头。

"当初六郎立款，宫主制约，订下六阴六阳，六六三十六条大款。"款组织中经常由寨老、款首讲款，他们所讲的款约包罗万象，主要涉及成员行为规范、道德规范、家庭组织、民族起源、区域划分、宗教崇拜等各方面的内容，是侗族文化的百科全书。

根据专家调研、归纳，款约的类型主要有约法款、族源款、款坪款、出征款、英雄款、创世款、习俗款、请神款、祭祀款等。不少研究侗族的著作有如下介绍。

所谓约法款，是规范侗族社区成员行为道德的约定，是侗族社会的“基本大法”。“约法款”包括“六面阴”“六面阳”和“六面威”三大部分，每个部分又包括六个方面的内容。“六面阴”多适用于重罪，对触犯者一般会处以沉塘、活埋、杀头等死刑；“六面阳”所规定的罪行较轻，对触犯者一般处以罚款等处罚，或令其敲锣喊寨，表示悔过；“六面威”则属于一般的礼仪或道德要求，如提倡相互尊重、热情好客、和睦共处、避免纷争、秉公断案、依约行事、齐心合力等，对触犯者则以劝教为主。

族源款，是介绍侗族起源的款规款词，如《人的根源》《宗支款》《祖宗落寨款》等。

所谓款坪款，是记述各个款组织的区划和村寨范围的款词，如《十二款坪十二款场》《款坪款》等。

所谓出征款，是款组织集结款众出征抗御外来强暴之前的盟誓款词，内容主要是鼓舞士气，号召款众团结互助，保护村寨，英勇抗敌。

英雄款，用于颂扬、缅怀侗族历史英雄人物，记述英雄的功绩和战斗历程，具有很强的传记色彩，著名的英雄款词有《萨岁款》《吴勉王款》等。

创世款，是介绍天地、人类由来的款词，包括《天地、山河的来历》《牛的来由》《猪的来由》《芦笙的来由》等，均属创世款之列，是叙述世间万物和人类起源的款词。

所谓习俗款，是介绍民族各种风俗习惯来历的款词，如《破姓开亲》《行年根由款》《恢复祖先俗规》等。

进行合款仪式活动时，要邀请诸神来参与合款活动，并作佐证以助款的神威，这就需要请神款。

而祭祀款有两类：一类是悼念词，对族人长者逝世时举行丧葬仪式念颂的款词，内容主要是表达对亡者的悼念及对亲属的安慰，祝愿死者在另世“天堂”得到幸福；二类是神祭款又叫送神款，是神祭活动结束时请各位神灵回到自己的神位上去，请求永远保护村寨，同时也忠告款众牢记祖先规章约法、道德风尚，以求和谐和繁荣昌盛。

侗款的产生、发展、完善有一个漫长的过程。原始氏族社会晚期，生产力发展到一定水平，食物等物资出现了剩余现象，一些管理者占有物资，原始共产主义崩溃，产生了私有制，部落内部和部落之间出现了资源、物资占有权的争夺，矛盾越来越多、越来越严重。迫于形势所需，侗族社会内部便产生了一种以地域为纽带的政治军事联盟，通过组织联盟成员“彼此相结，歃血为盟”，来处理村寨和氏族内外的重大事务。为了聚焦力量，解决更大区域内的纷争，联盟不断扩大，形成了大联盟。侗族社会就是这样进入到以款为核心的社会组织结构中的。秦汉以后，侗族地区虽然纳入了中央版图，但中央政府对这一偏远地区的管理鞭长莫及、力不从心，正如《宋史·西南溪峒诸蛮》所述：“入版图者存虚名，充府库者亡实利。”因此，只能打了再哄，实行所谓的羁縻政策。在这种朝廷所给宽松政策的大背景下，侗族大部分地区长期处于自治状态，刘欣《渠阳边防考》描绘道：“千人团哗，百人合款，纷纷籍籍不相兼统，徒以盟诅要约，终无法度相縻。”封建王朝对此并不甘心，唯愿在自己的版图内实行封建集权，在帝王的眼里，江山是自己的，天下的人都是自己的，当然容不得侗族地区自己说了算。所以，封建王朝势力在侗族地区不断深入、不断扩大，侗族人民为了捍卫自己的权利，坚决反抗，斗争的规模、程度不断升级，次数逐渐频繁。到了元明清，几乎每隔几年或十几年，侗族地区就要出现规模不等的侗族人民起款反对官府的斗争。在武装力量十分悬殊的状况下，每次斗争的结果均以侗族人民失败而告终。人可以被杀得血流成河，侗寨可以被烧抢成废墟，但是，封建朝廷无法解散款组织，它长期存在着。真是：只要组织在，一切可重来。带领队伍起义的款首、头人虽然一时被斩杀而尽，款组织又可以选出新的头人、款首，朝廷也只能看着他们“野火烧不尽，春风吹又生”。如果剥削和压迫没有解除，他们的起义又会抓住时机东山再起、一呼百应。

在这种反反复复的斗争中，款组织和侗族社会得到了发展，侗族社会对内部的联络和管理也在加强。随着封建统治的不断加强，侗族地区的各种社会问题和矛盾不断出现。为了发挥好款的作用，侗族内部不时开展各种聚款、起款活动。比如，其婚姻制度与其他许多民族一样走过了一条不断嬗变的道路。侗族早期也是族内通婚，有姜良、姜妹兄妹为了繁衍人类不得不结为夫妻的传说，这也印证了人类遭遇过洪荒时期和族内通婚的那段历史。但是近亲结婚，极易降低人口素质。因此，侗族便立下了同姓不婚异族婚的款约。然而，侗族村寨都是以血缘氏族聚集而成的，这种侗族内部类似于对偶婚的机制，导致了新的问题产生：姑表婚慢慢演变成一种约定俗成的规矩，又出现了新的近亲结婚，而且许多氏族人口慢慢发展，很大范围内的村寨可能都是同一姓氏的人，很多男女找对象需要到很遥远的地方，这已经制约了侗族的发展。清雍正年间，侗族破除姑舅表婚习俗到了迫在眉睫的时候，就侗族婚姻制度改革开展一次大规模的合款活动已经十分必要。贵州榕江人吴广海和引郎发出了“破旧俗规，破姓结亲”的提议。据说，他们走了侗族南部地区的八十多个乡村，联络了“九岭十洞”的一百多位乡老头人，号称“九十九公”，一起齐聚到榕江月寨，取得了统一意见，做出了立款的决定，通过了《九十九合款》，正式确立了破姓开亲的规矩。

新中国成立后，侗族地区建立起各级人民政府和乡村政权，款组织不再存在，款首制消失，“约法款”被国家法令所替代，废除了按款规款约对罪犯处以极刑的做法，大规模的讲款活动也停止了，乡间款师也老去、消失。但款有着长期的历史意义和深远作用，已经成为侗民族的文化积淀和心理积淀，虽然组织形式没有了，而款却仍然影响着侗族人民的思想和行为。特别在边远侗族地区，侗款还在某些时候发挥着一定的作用，一些村寨的娱乐活动中仍有讲款的内容，款文化还深深地烙印在民族文化的基因里代代传承，促使侗家人形成了良好的道德品质，侗款依然朴素地影响着今天的侗族社会。

相传，侗族款约为侗酋杨再思所立，有“飞山宫主立大款”的传说。应当说，杨再思对侗款的完善、发展、推广做出了重要的历史贡献。飞山王杨再思是我国西南湘黔桂渝鄂边区少数民族历史上的一位传奇人物，他是“飞山蛮”十峒首领，千余年来被当地人们奉为神明，他及其子孙多次受到朝廷敕封。所谓十峒，大约为现湘黔桂渝鄂边区相连的百多个县市，夏商时期属荆州，春秋战国属楚国，秦置黔中郡，汉改武陵郡，从古至今都是我国西南各少数民族的聚居地。我国“五代十国”战火纷纷，整个中华民族大多陷于一片混乱，饱受战争之苦，四处民不聊生。杨再思完善并大力推行侗款，实行多民族自治，使武陵地区摆脱战祸，治下的诚州在五代乱世中成为唯一不但不乱反而稳定发展的地方，创建了“世外桃源”。他因此被百姓尊为“飞山太公”，奉为“诚州刺史”。学术界对于杨再思研究相当欠缺，杨再思民主治理的价值被忽视。专家学者研究中国五千年历史，基本上只知道奴隶主阶级和封建王朝的集权统治，而不知道五代十国时期的杨再思民主治理，一讲民主言必称西方。杨再思的历史贡献和现实价值被低估，也说明了侗款的价值得不到应有的重视。研究杨再思，研究侗款，我们必须重点把握这样的历史事实：第一，少数民族著名首领杨再思，历史功绩卓著，以款的形式对侗族地区进行民主自治管理，开创过“五溪蛮”和谐稳定的辉煌历史；第二，一千多年来，世世代代的五溪人民乐于接受并受惠于款组织的民主自治管理，所以都将杨再思奉为神明，广建飞山庙或“抬杨公菩萨”予以祭祀；第三，宋元朝廷认可杨再思以款来进行侗族区域自治，先后多次追封杨再思为侯为王，并让他的子孙世袭。作为一名少数民族首领，能够得到朝野双重认可，能够在历史长河中得到长期的崇敬甚至供奉，这是一个具有特别意义的现象，杨再思及其完善的款组织值得很好地研究。这种精神文化具有深远的意义，对于创建和谐社会，对于实现伟大的中国复兴梦具有十分积极的作用。

作为世界民主制度活化石的“侗款制度”，创造了一个奇迹。在生产力低下、地理环境恶劣的情况下，却产生了高素质的政治制度和高水平的社会质量。在长期的政治生活实践中，我国侗族人民留下了“侗款制”“鼓楼议会”和“约法款”三大政治遗产，其坚固的“内核”是平等、民主和法治。可以说，这是侗族人民政治思想遗产的精华。“有款无官”是款民的意识形态基础，所以，在历史上，维系侗族社会生活的最高权威不是个人，而是“非人格化”的约法款。法学界认为：侗款制度包含着现代法治的基本精神和价值底蕴，其“立法”民主、“法律”至上、人人平等、“司法”廉明、全民普法等积极因素对中国的法治建设具有借鉴意义。可以说，侗款做到了彻底的民主，与现代民主比较，它具有独到的优势。无论是西方的选举式民主还是中国协商式民主，都有国家机器作强有力的推动，都有“官”的权威在作用，而侗款这种古老的协商式、约定式民主，有着良好的凝聚力和执行力，收到了相当好的效果。侗款实在是人类历史文化上的奇珍异宝，需要我们去深入研究，以其光辉耀人的功力诊疗当前社会的现代病。

侗服的大美

我的摄影家朋友林安权的组照《美丽的符号》，获得“走进柳州”全国摄影大赛一等奖和第二十二届国展铜奖。对于他这个“获奖专业户”来说，这也许并不算什么，但这一组摄影作品通过侗族服饰反映出的侗族文化的深厚韵味和独特的美，让我的目光久久停留在其画面上，而我的思绪却飞得很远。

在一次侗族文化会议期间，我们几个好友在贵州的一个侗寨，喝着寨民自己采摘自己简单加工的野生茶，一起聊天。侗寨恬静，茶叶纯朴，我们的谈话自然。我们谈起了侗族服饰，话题是由我发起的，我说：一个民族的服饰就是该民族政治、经济、思想、文化的反映，体现着该民族心理素质。从我所知道的侗族历史来看，侗族服装在侗族特定的社会生活及自然环境中形成，符合侗民族的生活习惯和审美意识。比如，侗族是水性民族，所以服装以浅蓝色为主；侗族在崇山峻岭中，与森林为伍，服饰上除了中华民族共同的龙凤图腾外，多描绘山里的花草虫鸟。其服装的造型、款式、色彩、材料和饰件无不体现着侗族热情大方、勤劳勇敢、坚韧不拔、包容变通的民族特征。

我用林安权的作品《美丽的符号》来阐述自己的观点：《美丽的符号》只是用镜头截取侗族服饰的一组局部画面，或是银饰，或是侗服上的图案，但让我们窥见了侗族的历史和文化，窥见了侗族的民族心理，因此它不仅仅反映了侗族服饰的美丽，更是一组让我们解读侗族的符号。我们不得不感叹摄影家对侗族文化特别是侗族服饰的深刻理解，所以才以独特的视角、精准的画面来折射侗族深厚的文化内涵。

茶气氤氲，茶香盈室。屋外的阳光暖暖的，却有些天荒地老的意思。我们一起看着我手机中保存的《美丽的符号》，陷入沉思。

黎平的吴先生，我们称为大吴。过了好一阵儿，他接过我的话题说：侗族以居住的地域划分，分为北侗和南侗两个大的区域，实际上就是历史形成的两大类侗族文化区。侗族的服饰，也因此可大致分南北两种类型，两个文化区的服饰各具特色。

我把话又接了过来：由于中原朝廷征服南蛮，大致是由北向南、由东向西拉锯式递进的，相对而言，北部侗族地区水陆交通较为便利，汉化程度高些，生产力基础好些，文化较发达些。因此，相比之下，北侗地区的服饰演变得快些，存古性差些。而像会同这样接近湘中地区的县，虽然侗族、苗族人口占全县总人口的比例高达六成以上，但汉化程度就很高了，服装也基本上是汉族服装。

新晃的吴先生，我们称为小吴。他说：在新晃、铜仁等北部侗族地区看到的服饰，与三江、黎平等南部侗族地区明显不一样。

我就这个问题，请教小吴先生：小吴老师，北侗地区服饰具体有什么特点？

他说：北部侗族服饰，一般也由上装和下装组成，颜色均为浅天蓝色，腰系红绸宽带，但其便装和盛装没有明显区别，盛装只是在便装上再佩戴银饰而已。和南部侗族的银围腰一样，北部侗族的宽红绸腰带，具有识别是否已婚的功能，有为未婚，没有则为已婚。

近千年以来，新中国成立后是对传统改变最大的历史时期。我说。

三江的杨先生插话说：是的，到新中国成立之初时，北侗地区男子服饰的演变与汉族服饰基本相似；改革开放后，不少地方已经为西装革履所代替。

小吴稍感欣慰地说：但大多北侗地区的妇女服饰，除县城基本汉化外，仍保持着传统的特色。外衣大多为青色，右衽圆领，斜襟开扣，托肩彩色滚边；衣长至大腿中部，衣脚有红色内套露出；衣袖平手膀，袖口镶花边；腰系彩色腰带，背后有两条带幛。

我插话道：随着人物走动而翩翩起舞，这是一种诗意化的情景，也最容易让旁人关注。

我的话并没有打断小吴先生的介绍：内衣为白色或月蓝色，袖长超过外衣袖口露在手腕上。下身穿青色裤子，脚踏翘鼻绣花布鞋。

头饰和银饰为侗族妇女所最讲究。我偷偷转移了他的话题。

他说：是的，她们擅长留长发，用红头绳扎发盘在头上再包黑纱帕，脑后别上银簪、银梳，头戴银盘花、银头冠，耳吊金银环；领口两组银扣对应排列，外加斜襟扣两组；颈戴五只大小不同项圈；胸佩五根银链和一把银锁用以镇魔压邪；手腕戴上银花镯、四方镯等。银饰品中有雕龙画凤、鸟虫花草等图案，均为当地匠人所制造。

据侗族服饰研究人员调查统计，黔东南侗族服饰约有近 100 种。大吴先生有些突兀地插进这句话，但我们都并不觉得多余。

在我们谈话的间隙，我独自思索：虽然北侗服饰已经被历史改变了许多，但我们还是被它们征服。它们像漫漫长路上的一粒砂石，被前进的车轮磨掉了一些棱角，但仍然保持了其内在的质地和外表的主体形式，让我们可以看到其本质属性。北部侗族服饰作为侗族服饰的一个组成部分，仍然拥有侗族服饰所固有的文化特征，让我们一眼就看出是侗族的东西。

此刻，我们像这个侗寨下午慵懒的时光，身体松软地坐在竹椅上，初夏充满暖意的风徐徐而来，带着泥土、草木和侗寨特有的味道，让我们身心放松下来。我们难得有这样的机会放松自己，便抛下所有繁杂事务不管，让自己完全融入此寨此情此景。而在如此境况下，谈论侗族文化，更是一种自由的享受。

南部侗族地区的服饰则迥然不同。我继续话题。

杨先生缓缓而语：由于所处地区的山更高更大更拥挤，交通不便，文化相对较为封闭，因而至今仍保持着较为古老的裙装。南部侗族服饰由上装、下装组成，下装包括裙和绑腿。

大吴先生插言：南部侗族服饰也有盛装和便装之别。

杨先生说：是的。便装一般为黑色土布制成，只是少银质装饰和挑花刺绣而已，盛装则配有银帽、银项链、银耳环、银围腰。南侗善绣，服饰极为精美，女子穿无领大襟衣，衣襟和袖口镶有精细的马尾绣片。图案以龙凤为主，间以水云纹、花草纹，下着百褶裙，脚蹬翘头花鞋。髻上饰环簪、银钗，头戴盘龙舞凤的银冠，并佩戴多层银项圈和耳坠、手镯，腰系腰带、银腰挂，青布包头，下着宽大长裤，穿草鞋或赤脚。盛装时穿古老的百鸟衣、银朝衣、月亮衣，等等。

主人催促我们喝茶：你们这些文化人，光讲话，忘了喝茶，茶都凉了，我换了热茶，快喝吧。

我们笑了笑，对她的热情道了谢。

喝了口茶，杨先生接着介绍：男子过去蓄长发，头包长帕，身着右衽父母装，束腰带，下身着长裤，裹腿布；女子发髻与古代汉族女子相似，并插银簪，戴银质耳环或耳坠，上身穿开襟蔽胸衣，胸部罩胸围，胸围上齐脖部呈两岔，均绣有花纹，并以两红带挂过肩头系于背后吊一银质饰品，腹部罩以围腰，围腰带飘于身后，下身穿百褶裙，着短内裤。裹腿上系飘带于外侧，男女多赤足或穿草鞋，冬着左衽父母装平布棉衣。男子缠紫色亮布长帕，头帕的式样分天真浪漫的“角式”和端庄稳重的“团圆式”，上身着高领对襟衣，一般有七个到九个布扣，三个到四个衣袋。

我感叹道：你知道得真细。

杨先生笑笑，说：哪里，我生在侗乡、长在侗乡，一直工作在侗乡嘛。有些地方妇女为显示纺织手艺，在节庆集会集体社交时给家中男子穿上七件或九件单衣，下襟以外层短于内层一指宽，形成层层阶梯状的衣襟排列，下身着长裤，出门穿草鞋状绣花鞋。

寨上有威望的老人，须着清代蓝翎官服出场。小吴先生补充道。

突然我们暂停了说话，又安静地喝茶。我在想：不厌其烦地把服饰弄得如此繁复壮观，只能说明这样的民族多么重视服饰，完全把服饰当作一件大事，当作文化的展示平台。

然后，我说：侗族服饰有着浓郁的侗族崇拜意蕴。侗族相信万物有灵，凡龙凤花鸟、山川河流、古树巨石、桥梁水井等万物都是有能量的东西，都能“显灵”，既能驱邪除害，也会因为不尊重它们而带来灾祸。因此，它们都是人们的崇拜对象，认为穿上附有这些图案的衣物，以祈求平安无灾，得到神灵的庇护和保佑。

大吴先生介绍起侗族服饰纹样来，如数家珍：侗族服饰纹样多与侗族图腾崇拜有关，谷粒纹直接来自谷种形象；鱼骨纹、三角纹、菱形纹是鱼图腾的体现；水波纹、旋涡纹源于侗族水崇拜；螺旋纹、龙纹分别源于对蛇崇拜和龙图腾；圆圈纹与太阳崇拜有关；云雷纹是天崇拜、雷崇拜的结果之一；齿形纹与山崇拜相关……

杨先生说：童帽常常模仿动物的头，是为儿童健康祈祷，具有护身符的含义。

我眼前便有一幕幕场景在放映，我体味着这些场景：侗族是能歌善舞、喜欢热闹的民族，节日和喜庆时侗人常常穿着盛装载歌载舞。当芦笙吹起，侗家姑娘们跳起舞蹈，古朴繁杂的侗族盛装银光闪闪、叮当作响，把服饰的生气、韵致充分展示出来，让人从中看到侗族的智慧、文化和个性。一看到这种场面，就看到了侗人的热情、阳光、包容、诗意和对自然、生命之爱。那服饰上丰富的色彩，那太阳一样的银项圈，无不展示着热情奔放、阳光灿烂的性格；那闪烁的光亮、如歌的声韵，无不吟唱着诗意的篇章。

小吴先生说：侗人大都穿自纺、自织、自染的侗布，喜青、紫、白、蓝色。黑青色多用于春、秋、冬三季，白色多用于夏季，紫色多用于节日。女裙不分季节，多用黑色。讲究色彩配合，通常以一种颜色为主，类比色为辅，再用对比性颜色装饰。主次分明，色调明快而恬静、柔和而娴雅。

杨先生接过话说：侗族服饰的制作，从种植棉花、纺纱织布、种靛印染，到缝纫织绣都是妇女一手操作。做一套盛装的服饰，从制纱、晾晒、纺织、染色、捶打、晾干、裁剪、绣花到成衣，要三年时间。

我说：用三年时间打磨一套服装，这需要何等的耐心！而三年的光阴、心血、情感全部融入这套衣服，就是鲜活的、带着生动的气韵的，能够给人内心以温暖。

吃过晚饭，我们在侗寨漫步，侗寨傍晚极为安静。有木头敲击的“啷啷”声传来，这引起了我们的兴趣。循声而去，在溪边发现三两个侗族妇女举着木棒槌，在石板上捶打着布料，我们都知道这是制作侗服的必经过程。这种田园牧歌式的场景，这种世外桃源的生活，这种慢节奏的时光，让我这个喜欢怀旧的所谓的“文人雅士”由衷感叹：“啊，这正是我们所需要追求的生活！”

也让在都市被快节奏生活逼压得疲惫不堪的大吴先生心生羡慕：“我们什么时候能过上这种从容自在的生活？”

小吴先生开玩笑说："你们要不要留下来定居？"

我们哈哈大笑。

夕阳把它的余辉涂抹在山寨，让它更加温馨。我望着仍然坚守着传统的山寨，感叹在现代化大潮所向披靡、古老传统纷纷分崩离析的大背景下，还能保留侗布侗衣的手工制作工艺，实属不易。流传至今的妇女手工制作侗布和侗衣的传统，是侗族保存了上千年的传统习俗，是侗族服饰文化的精髓。

杨先生介绍说：侗服的原材料，早先主要来自于寨子周边山里的麻树皮，她们将麻树皮分拆成丝，不断揉洗去其树汁液，晾干。后来又加入一些棉花，面料也变得更加细腻。

我回忆起白天的情景：天气晴好，一排排侗族妇女坐在一起，穿着民族服装，纺纱机声"吱吱"响，妇女们或说着家长里短，或相互开着玩笑，兴致一来还会唱起歌来，她们享受到了劳动的快乐。当时我就感叹：这样欢快地劳动着，哪怕连续纺织一整天也不会觉得疲倦。这样美妙的场面，成为侗寨的一道风景。这让人仿佛穿越了时空，返回到了古代，闯入了古人的生产生活之中。

织好的布要涂上蛋清经几番的捶打。光染色、捶打这个过程就需要历时约 11 个月。杨先生接着说。

昨晚，请台湾来的朋友林先生喝茶，一起谈到中国传统文化的保护与传承问题，他介绍台湾三峡祖师庙建设的情况时，意味深长地说：真正的文化是慢工出的细货，三峡祖师庙的一根柱子可能需要一个雕刻艺术家花费一生的精力才能完成，这才留下可以传给后世的真正的艺术作品。我说：也就是说，一个人一生可能就专攻一件作品了，这有点像曹雪芹写《红楼梦》，倾注一生精力完成一部经典。我查了查，三峡祖师庙的图片，庙宇不大，但每个部分都是十分精湛的手工艺术。清明期间，与在清华做建筑园林设计教授的湖南会同籍张秀成先生一起考察会同古村落时，我们一起细致地察看了高椅、墓脚、官舟等古村的封火墙、木窗花。尽管我们都曾多次到过这些古村，但还是被其间精雕细刻出来的作品所散发的魅力所震撼，然后共同感叹：现代中国的建筑几乎没有叫做文化的东西，也没有可以作文化遗产留给子孙的，而古人留给我们的建筑文化遗产基本上还是明清时期建造起来的，但也被我们这一两代毁得差不多了。幸好，侗族服饰在继续传承着传统的手工制作工艺，这既是侗族之幸，也是中华民族文化之幸。

当时，我们几人一起聊侗族服饰时，也说到了侗族手头上的功夫。据杨先生介绍，侗族手工艺品主要有挑花、刺绣、彩绘、雕刻、剪纸、刻纸、藤编、竹编。其中，刺绣是侗族妇女擅长的工艺。侗族服饰都有刺绣，其纹样多取材于山区的草虫蝴蝶等，造型生动而富于变化。刺绣工艺为平绣，纹样四周镶有一根特制的白丝线，呈浮雕状。侗族刺绣荷包，为妇女腰间饰物，形似葫芦，长 12 厘米，下宽 8 厘米，以粉绿色作底纹，上绣自由式花草、动物纹样，用玫瑰红、桃红、群青、草绿、墨绿、金黄、银色丝线织成；葫芦边缘有红、蓝二色花边，两侧有红、绿二色吊穗。

大吴先生说：侗族刺绣荷包流传于广西三江、龙胜，湖南新晃、通道，以及贵州黔东南地区。侗族刺绣以其独特的制作工艺、富有民族特色的图案、丰富深刻的文化内涵、亮丽和谐的色彩、高雅凝重的品质和鲜明的民族风格，成为中国有名的绣品之一。

杨先生自豪地说：由中国文化部、山东省政府联合主办的首届中国非物质文化遗产博览会在山东济南舜耕国际会展中心隆重举行。在博览会上，侗族织锦、侗族刺绣的制作技艺，精美无比的织绣工艺吸引了数万观众到广西展区参观。

侗族刺绣的艺术品繁多，头巾图案、婴儿背带、妇女胸兜、布花鞋、鞋垫、烟袋、挎包刺绣等内容相当广泛。小吴先生插话补充。

我说：侗族的马尾背扇堪称一流绣品，其造型古老、绣工精制、图案严谨、色彩富丽，充分展示出侗族女子的聪慧和高超技艺。

杨先生介绍说：侗族纺织品除侗布外，还有侗锦、侗帕。侗锦用木棉线染成五色织之，质粗有文采，亦有花木禽兽各样。侗锦的花纹主要有花木形，如芙蓉、牡丹、月季、玫瑰等；有鸟兽形，如对凤、鸳鸯、麻雀、春燕、牛羊等；有物器形，如花桥、鼓楼、月亮、星星、水波、银钩等；还有几何图案，色彩绚丽，图案大方，结构十分精密严谨。

大吴先生说：在侗族各地众多的侗锦织物，要数湖南通道、贵州黎平和广西三江所产的侗锦较为驰名，这三地的侗锦做工精细，采用对比强烈的色泽，配上绚丽多姿的各种图案，具有浓艳粗犷的艺术风格。

小吴先生点点头，说：过去，侗锦主要用于衣裙、被面、门帘、背包、胸巾、枕头、头帕、绑腿、侗带等织物的镶边或整面之用。侗族青年男女谈情说爱，女方用侗锦作为信物赠给男方，以表爱慕之情。

我问：侗锦分彩锦和素锦两种吧？

杨先生回答说：是的。彩锦即用彩线织成；素锦则用黑白线织成。彩锦用途广泛，涉及人们生活的方方面面。而素锦主要是用作老人的寿毯、祭祀挂单、祭师披的法毯，锦面上织有侗族曾经崇拜的动物如龙狗、雹颈龙等图案，它体现出一种朴素大方和庄重尊贵之美。

大吴先生说：在侗乡，有许许多多的织锦能工巧匠。当你跨进侗家那高高的门槛时，就会发现，这里每家每户都摆着一台或几台木制土布机，这就是侗族妇女用来织锦的机器。侗族人家生有女儿，其母亲教给女儿的第一门手艺就是织锦，女孩子一般从十几岁就开始学织锦，出嫁时父母或兄弟会给她送一套木制土布机作为嫁妆，让她到夫家给全家人织锦，当了母亲后，她又把织锦技艺传给下一代，就这样代代相传。

我说：如今，侗锦这种古老的侗族民间工艺品也有了新的用场。心灵手巧的侗族妇女们，把侗锦织成式样新颖的背包、壁挂、被面等，成了市场上的抢手货，为侗乡经济建设注入了新的活力。

这是一件好事。小吴先生说着说着，脸上洋溢着喜悦。

我继续说：侗锦中手牵手的人物图案，是侗族祭祖时跳哆耶舞的场面。从这些花纹图案中，我们可以看出侗族图腾崇拜和祖先崇拜的意蕴，也可以感受到侗族浓厚的乡土气息和民族特色。侗族由于没有文字，又长期生活在崇山峻岭中，文化传承大多以歌、舞、戏、图等文艺形式完成，前三者传承形式不可避免地发生与原内容走样或变异，而以图传承这种形式就相对稳定一些。这样，侗族服饰的整体形象、艺术风格对侗族文化的发展起到了不可替代的“文字史书”的作用。

小吴先生更加兴奋起来，说话的声调也高了些：侗族服装宽松舒适，透气吸汗，既适合歌舞表演，也利于田间劳作。侗族服饰历史悠久，古朴雅致，充分展现了侗族服饰文化的精髓和侗族人的勤劳智慧，它就像侗寨鼓楼一样遗世独立、闪闪发光。

杨先生却还是那么平静，但言语间还是有着一种掩不住的喜悦：2014 年 11 月 11 日，侗族服饰经国务院批准列入第四批国家级非物质文化遗产名录。

大吴先生说：侗族服装离不开银饰，主要有颈圈、项链、手镯、耳环、戒指、银簪、银花。

杨先生说：侗族妇女还喜欢对耳垂进行装饰。一般呈环形，同钥匙圈大小，不封口，尾部勾着圆形、扁形或帽形雕刻精美的装饰物，多用细银线弯结成果状、花状或绣球状。其周围、下方吊着鱼形、桃形、扁长体形、菱形、塔状等各种形态小饰物，上刻细小花纹。有的耳环形似竹根，上涂珐琅。还有的用一截细银线缠绕在环形圈上，未缠线处涂珐琅花纹。因使用人和场合不同，亦有区别。小孩、老年妇女所戴较为简单；青年妇女戴的叫“色板”，纹饰丰富，节日盛装时还戴两三对，显示其美丽、富有。

我们对侗族服饰也表示了担忧。现代化进程太快了，我们还来不及多想，同一化便迅速往山里推进，侗乡也慢慢与汉族地区一样了，许多侗家年轻人接受了便捷的西装，慢慢不再穿侗服了，学习制作侗服的手艺人越来越少。我们几个人说了很多忧心忡忡的话，最后把一堆叹息丢下。

天色暗了下来，百鸟归林，鸡鸭进圈，寨子更加安静，只有那袅袅升起的炊烟活跃起来，诉说着乡愁。

我抬头望了望天，见到月亮不圆却亮。我说加油吧，总有些作用。我们的目光聚拢在一起，透出一份坚毅。我说：月亮不圆却亮。他们也望了望天，说：月亮不圆却亮。

别样的语言

子曰："知之为知之，不知为不知。"写下这个题目，我自己都觉得自己有些南郭先生那样盗世欺名了。说实在的，对侗族文化其他内容我还有些一知半解，而对于侗族语言，我实在是一个门外汉，我连侗话都不会讲，也不懂得专家们研制出的侗族拼音文字。我竟然来写侗族语言！

但是，在我的侗文化系列散文中，如果没有一篇侗族语言的文章，这是绝对说不过去的，我只得滥竽充数地来写这一篇。

语言是人类最重要的交际工具，是人们进行沟通交流的表达方式。人们借助语言保存和传递人类文明的成果，语言是文化的重要内容，也是文化的重要载体。语言既是人区别于其他动物的本质特征之一，又是民族识别的一项基本要素，是民族的重要特征之一。一般来说，各个民族都有自己的语言。侗话就是侗族自己的语言，它在中华大家庭里的各民族语言中独树一帜，仍呈现一种汉唐之风。

一

世界是一个十分奇妙的时空，当各民族文化异彩纷呈、差异很大的时候，人们向往“世界大同”，而当全球化快速推进，人们又那么怀旧，表现了强烈的“乡愁”，民族的、地域的、传统的文化越来越为人们所喜爱。随着世人对传统文化和个性文化的喜欢度不断增强，以鼓楼、风雨桥、大歌为代表的侗族文化，在国内外的声名鹊起，吸引了众多的目光。侗族以其独特的文化传统和丰富的社会内涵，在我国物质文化遗产和非物质文化遗产体系中有着沉甸甸的砝码，是中华民族文化森林中摇曳生姿、光鲜耀眼的一片林子。

但是，作为侗文化母体和果核的侗族语言没有得到应有的重视，甚至连通俗性的侗文写作也极少，没有出现蒙、藏等少数民族有一批作家用本民族语言文字创作文学作品的现象。

如此境况，与侗族语言的价值和魅力并不对等。

我国南部和东南亚，是语言学上所称的壮侗语系分布地。语言学家认为，广西、广东一带是壮侗语系的发源地。根据语言学界的划分，这一语系有 70 多种语言，这是一个语言的“大家庭”。侗语是这个“大家庭”的代表性语言之一，它和“大家庭”的其他成员有共同的语音、词汇和语法等语言结构各方面的特征，但它又有自己的特点。我就侗语特点请教一些侗语专家，他们给出的答案是：一是侗语语音丰富，比汉语要丰富得多；二是词汇以单音节词为主，有两个古今层次分明的大量汉语借词；三是语法上，合成词和词组结构里中心成分前置，例如，汉语的白菜、寡蛋、新屋、左手、南风，侗语这样表达：mal bagx、geiv aop、yanc meik、miac jees、lemc namc（直译为：菜白、蛋寡、屋新、手左、风南），这是人类远古语言的重要特征；四是有丰富的量词，如表达狗、牛、蚂蚁、树、人等众多事物的量词各不相同；五是在量词、数词等词类中有丰富的音变现象。

专家们也指出了侗语在语言学研究方面的价值，主要包括：

第一，声母系统的简化程度超前，没有复辅音，也没有真正的浊音。第二，声调系统的高度发达，侗语是目前世界上已知八千多种人类语言中声调数目最多、系统最复杂的语言，吸引了国内外语言学家的广泛兴趣。这为探寻侗台语演变趋势提供了丰富的资料和宝贵的线索，有利于研究古侗台语复辅音声母和不同原始声母类别的历史演变和分野途径，对侗语调类和调型的分析，也促进了一般语言学意义上的声调认知研究。

二

就像有赤、橙、黄、绿、青、蓝、紫七彩光交汇就会编织出彩虹一样，侗族世居于湘西南、黔东南、桂北的多民族杂居地，这一地带多文化交融碰撞，产生了绚丽的火花，使得侗语有着特有的语言结构特征。在语言学、人类学、民族学、地理学这些交叉领域的新研究前沿，它提供了独特的视角，具有不可多得的价值。

语言本身就是一种十分重要的文化，又是文化的载体，就像母鸡是鸡，又是能生蛋的鸡。所以，语言能够为文化研究提供直接的材料。通过对语言材料的分析，我们可以知晓古代物质文化和制度文化的变迁。侗族古歌以歌唱的形式，对族源、款约、自然、社会、生产、生活等各方面的知识进行传播、传承，可以说是集侗族文化之大成者，因而可以从中了解侗族古代社会的各个方面。

侗台语在研究和解释东亚和东南亚语言之间的历史关系，特别是对于研究其语系和语言集团的亲缘关系时，“侗台语几乎是起着桥梁的作用”。最新的研究成果甚至把这些相关语言分化的时间深度与聚合关系用量化和树形图的方式勾勒出来了，通过各语言之间同源词比例的大小，借鉴分子生物学的研究成果，计算出每一个语言和其他相关各语言之间分裂进化的具体年代。王士元、邓晓华两位专家研究得出结论，侗语与东亚、东南亚其他语言的分享大致为："侗——水"是六百年前才分离的，"侗——仫佬、毛南"为八百年，"侗——壮、布依"为一千四百年，"侗——傣、泰、老挝、临高"为两千年，"侗——黎"为两千六百年，"侗——南岛"为三千五百年，"侗——汉藏"为六千五百年。当然，我们并不仅仅信此一论，但作为学术研究此论可备一说，自有其参考价值。

"横看成岭侧成峰，远近高低各不同。"从某一个角度看待事物，经常导致以偏概全，只有多角度、多层次、全方位地去审视事物，才能接近其真实的全貌。对于壮侗语系的研究，逐渐向多语种、跨学科研究发展，让我们一步步走近事实和真相。

可以肯定地说，未来壮侗语系的研究趋势是多方言、多语种的比较和多学科的交叉。侗语既然是连接东亚、东南亚人群和文化的重要桥梁，必将发挥更大的作用。

三

侗语的讨论通常都是从哪里切入的呢？无非是从语言学研究、相关学科理论及创新的关系开展的。

侗语是数百万侗族人民的母语，是侗族社区交际的最主要工具，它是一条承载侗人之间信息传递的"光缆"，是维系着侗族社会各成员之间以及侗族社会各环节之间衔接和运转的"枢纽"，是有机地融和在侗族非物质文化遗产体系中的"内核"，更重要的是它还是所有其他形式的非物质文化遗产赖以存在和传承的媒介。

如果说相对于物质文化遗产的显著性和重要性而言，非物质文化遗产较晚才得到整个国际社会的承认和重视的话，那么语言资源在非物质文化遗产体系中的功能、性质、价值和地位到现在为止也没有得到足够的研究、定位和肯定。语言资源的理论探索和实际工作目前主要着眼于濒危语言的定义、记录、研究，以及语言多样性的保护。对于作为交际工具的人类语言和社会各层面、文化各部分之间的连接论之甚少。

侗族的传统文学形式种类繁多、色彩纷呈，但都和侗语的语言结构本身有直接关系。杨权、郑国乔两位先生把它分为六个大类：一是侗歌；二是款词和白话；三是神话、故事、传说；四是侗戏；五是谚语；六是谜语。侗族历史上没有自己成体系的文字传统，民族的历史、迁徙、生活事件和文学的传承完全依赖口耳相传，说语言是侗族口头传说的最重要媒介和管道丝毫不为过。

侗族表演艺术涵盖侗歌、侗戏、款词和白话等上述第一、二、四类。这些艺术类型的实现及其特征依然离不开语言，比如大歌的韵律结构及其唱腔的形成就和侗语丰富的声调表现息息相关。侗族民歌短则四行，长的可达上千行，虽然长短不一，歌行音节数目悬殊，但都讲究整齐和谐的韵律，比如行数一般为双，每行音节数一般为单，具体数目可以灵活多变。尤其需要指出的是，侗歌用韵要求极其严谨，侗语称之为 oul nyoux（钩钮），即连环锁之意，是侗歌具生命力的内在素质，有正韵、勾韵和内韵三种形式。

杨权、郑国乔两位先生整理出来了著名的侗族民歌二十四大韵，归纳和揭示了侗族民歌内在的韵律结构。足见侗语的声韵调数目基数大，实际使用的音节达二千多个，而汉语普通话实际音节只有一千三百多个。侗语可用音节数目相对庞大，为侗歌的押韵提供了源源不断的可选资源。所以，侗语词汇到现在为止还是以单音节的为主，原有语言结构能够提供足够的具有区别特征的可选择音节，大部分双音节和多音节例子都是借词。与之形成对照的，现代汉语词汇构成的特点就是双音节化的大幅扩张。

在这些可能的音节数搭配中，侗语的声韵调相互之间有严格限制，比如声调的舒促就和韵尾性质相连、阴阳调就和声母的音类有关，而送气声调的产生则是受声母的发音状况调控。韵母数目是声母的两倍还多，这暗含在所有允许的音节中，声调和韵母之间可以结合的频率要远高于和声母之间的结合。与之相随的侗歌韵律表现就是声母部分的双声相对宽泛，而以叠韵和平仄为主轴。这从二十四大韵中只有三个双声，而全部要求叠韵、声调高低对立得到完全体现。

声调丰富的语言，在歌曲的演唱和理解上难度相对要大，因为音节原有的音高和音乐的音高交叉重叠，大大减低了语义的可识别性，音乐的音高覆盖了语言原有音节的高低，从而导致成句和成段的语义认知必须更大程度依赖上下文和语境其他因素的帮助才能达致，有时甚至非得看歌词才能明确。英语等无声调语言就很少遇到这个问题。

相同或者相似语音特征的有机使用，大大增加了歌词作为文学艺术表现形式的表现力和感染力，款词中的抑扬顿挫和歌曲中的首尾相连、上下嵌合就是一个明证。

对于创作者而言，要想让自己的作品被大众接受并流传下去，很重要的一点就是要朗朗上口，优美动听，易学易记；对于业余表演者而言，在没有文字帮助的条件下，要想记住成百上千的歌行，单纯依靠记忆显然成本太高，歌行之间内在的语言特征链接极大地减低了他们这方面的支出，是浩瀚侗歌传统曲目得以世代相传的内在因素之一。

四

侗族各种各样的社会风俗、礼仪、节庆同样离不开侗语。侗族北部方言的白话不仅是侗族民间文学代表形式之一，而且在婚丧嫁娶、建房立屋和其他文化程式中起着重要作用。侗族南部方言中婚恋的对歌、风水先生丧葬仪式上的用语、祭祀的呼喊和春节时期的讲款，不仅都是通过语言和程式的结合来完成，而且还是决定其民族和地域特质的关键成分。换言之，这些社会风俗、礼仪、节庆之所以是有侗族特色的文化内涵，是因为它们是通过语言和程式的相互交融变化，为社会的文化要求服务。我们可以想象，节庆和礼仪中使用侗语以外的语言会是一种什么样的情形，其性质是否仍然是侗族文化事项，就极值得商榷了。此外，侗语在侗族有关自然界和宇宙的认知与实践，以及传统手工艺的技能实现过程中的作用，类似于在侗歌传承中的关键作用，须臾离不开侗语。不同的是，这类知识的获取及其传递主要通过在日常生活中，以老传少、持之以恒、点滴汇聚而达致的，和具体的某一语言结构特征没有什么特别明显的、直接的联系，而是和语言作为信息传递工具相关。

总而言之，所有侗族非物质文化遗产的源起、发展、传承、实践都和侗语有内在的关系，都必须通过口传心授才能得以延续。作为非物质文化遗产的一部分，侗语不仅在履行其社会交际工具的最主要功能，而且其自身的结构特征深深影响了其他形式的非物质文化遗产的特征、形式和实践。正是语言这一看不见的资源把各个部分无形地串接在了一起，成为一个有机的整体，共同构成侗族丰富的、具有鲜明侗族特色的侗文化。语言及其相关资源无疑是侗族非物质文化遗产的最核心成分。

五

郑国乔、杨权等专家是当然的侗文大师。作为侗文的主创人员，郑国乔是侗语研究里程碑式的人物。

他本来是上海的汉族人，成为侗文的主要创制者之一，这个跨度确实太大。新中国成立之初，国家一切都是实行军事化调配。1952年秋，郑国乔在上海复旦大学读完大二，教育部一纸命令下来，要复旦大学等几所老牌大学各保送几名学生转校至中央民族学院攻读民族语言专业。本着一腔热血，他报了名。以现在的世俗的眼光看，他那是“从老牌大学自愿到白手起家的新校，情愿从热门专业到冷门专业，甘心从熟悉的上海到陌生的北京”。他被分编在布依语班，1953年夏天毕业留校任教，当年秋天就任教刚刚招收的侗语班。因为他不会侗语，只能当辅导员。主讲侗语的是侗族人杨权，杨权是1951年从广西三江到民院学习的，跟郑国乔同时毕业和留校。辅导员中有侗族人龙明耀，他和杨权都是湖南通道县坪坦人，并同时到京入学、毕业和留校。郑老师一边当老师，一边当学生，向两位侗族老师学侗语，杨老师讲课，他场场必听。郑国乔学过语言学、语音学，又会国际音标，而且学过同语族的布依语，学习侗语基础条件好、进展顺利，没多久，就掌握了侗语。

历史上，侗族没有文字，记录侗歌，一般采用汉字记侗音，不规范，不准确。三位老师以通道坪坦话为标准音，从严式记音开始，采用拉丁字母设计出一套记录侗语的符号，编写了侗语课本，作为侗语班教材。这套以科学方法设计的侗语符号，实际上是侗文的雏形。

1955年秋天，杨权和郑国乔带领大三的侗语班学生到通道坪坦及周边的侗寨进行侗语实习。通过八九个月的采风、体验和田野调查，侗语班学生有了生动的实践和真切的感受。作为带队老师之一，郑国乔更是处处留心，句句必记，记录了大量的侗语单词和句型，对侗语的语音和语法，已有系统的认识了。

1956年7月底，侗语班师生离开通道，到贵阳集中，参加中国科学院少数民族语言调查第一工作队侗语调查组。调查完毕，在贵州省民族事务委员会领导下，郑国乔等人在贵阳拟定侗语调查报告和侗文方案。报告和方案经过集体讨论，由郑国乔起草。1958年8月，在贵阳召开的侗族语言文字问题科学讨论会，通过了侗文方案，侗文正式诞生。

郑国乔在侗族语言文字方面的著述具有创始性、权威性，如《侗族史诗起源之歌》、《侗族通览》侗语部分、《侗语讲座》网络版。他的专著还有《仫佬语简志》，还合著有《壮侗语族语言文学资料集》、《壮侗语族谚语》、《侗族文学资料集》第一集、民族知识丛书《侗族》、《中国少数民族文化史》侗族部分、《中国民族百科全书》侗族卷、《中国少数民族文化大词典》侗族部分、《贵州侗语》等。

中央民族学院先后开过三届侗语班，即1953级、1963级、1985级。郑国乔是1963级和1985级主讲教师。1985年，他还到贵州民族学院给侗语班上课。可以说，他有一批侗语“桃李”。称郑老师是侗族语言文字事业的开山者，真的不是过誉。

更为可贵的是，无论侗族地区的干部、研究者还是他带的侗语研究生，都可以在他家吃喝、住宿，他既面授机宜，又亲自买菜、下厨，让大家边吃边聊，美食与学识共进，感情与快乐俱增，真是其乐融融！在学生眼里，郑老师亦师亦父，亦师亦友。

郑老师在课堂上，讲得最多的是侗语、侗文；在著述中，写得最多的是侗族、侗族语言文学；在社会上，交的朋友最多的是侗族；在地理上，走得最多的地方是侗族地区。

他真是与侗族有不解之缘！

他真是我们应当永远铭记于心的大师！

让我们向这些为研究和传承侗族文化倾注一生心血的伟大导师致敬，并弘扬他们的精神，把侗文化传承下去、发扬光大。

六

当前，随着现代化和全球化的不断快速推进，我国各地乡村文化受到了过度商业化、无控制城镇化、文化同质化的严重影响，而逐步衰落。与乡村融为一体的民族文化正日益受到威胁，侗族丰富的非物质文化遗产正在加速消亡。特别是城乡经济一体化导致了青少年人口朝沿海发达地区和城市单向流动，与其他民族一样，侗族"非遗"难以有足够的传承人；普通话的强势推广和外出发展需要日常使用普通话，改变了侗人的纯正民族语言；公共电视、个人电脑、数字手机和以西洋乐器为主要乐器的红白喜事乐队的普及，不断取代日常的民族传统歌舞和乐器。这样，给侗族地区的文化生态带来巨大的压力和挑战，侗族语言也危机四伏。侗族的口头传说、表演艺术、社会风俗、礼仪、节庆，受到极大的冲击，有的仪式和活动不得不简化甚至取消，侗语使用的规范性、丰富性、经常性也随之大打折扣。就侗语研究而言，在诸多方面有停滞甚至退步的现象，研究队伍逐渐萎缩，侗语研究人才严重流失。究其原因，客观方面有经济发展和社会思潮的因素，在主观方面，社会各界对于侗族语言资源的价值没达成统一认识，对其在社会和文化体系中的功能和地位缺乏科学定位。

语言是人类最重要的交际工具，是人们进行沟通的主要表达方式。语言本身是一种重要的文明成果，又是文明的重要载体，人们借助语言保存和传递人类文明的成果。语言是民族的重要特征之一，是区分不同民族的重要依据。一般来说，各个民族都有自己的语言。侗语既是侗族非物质文化遗产的核心要素，又有着特别不同的特色，其保护工作应格外重视，应作为人类非物质文化遗产保护的重要内容和侗族非物质文化遗产保护工作的核心内容。任何忽略了侗语的文化研究、保护和开发都是不科学的，因为文化系统其他各部分的源起、发展和传承都离不开侗语。没有了侗语的保护、开发，其他资源和遗产的保护与开发就成了无源之水、无本之木。

目前我国民族地区的非物质文化遗产工作，随着政府和普通社会民众对其价值和作用的认识越来越深入，保护、发掘、研究、宣传和振兴的积极性也越来越大，这是一个可喜的现象。侗族各地区的侗语，虽有各方言土语之别，但没有长幼之分、贵贱之别，而且内部差别不大，湘黔桂侗语内部的方言土语差别都较小，互相之间可以顺利通话。由于民族共同语本身具有极大的亲和力和凝聚力，对于沟通感情、增进了解、化解矛盾、凝聚力量有独特的作用。以语言的保护、开发和利用来带动其他非物质文化遗产资源的保护、开发与利用，会收到事半功倍的效果。作为非物质文化遗产中具有民族特色的核心元素，侗语可以在继续推介自身语言学特质的同时，配合其他非物质文化遗产的开发工作，让更多人了解和认识它在文化体系中的重要作用。因此，要确立侗语在侗族非物质文化遗产体系中的核心地位，真正使侗族语言资源得到有效的保护和科学的开发，甚至可以开展侗语“申遗”工作。

只要付出努力，随着对侗语在文化体系中的功能定位逐步明确，对侗语的重视程度不断增强，侗族“非遗”的春天就会保存一片温暖的土壤，侗族“非遗”保护与开发之花就能够稳妥、快速、顺利地绽放，从而使侗族非物质文化遗产之花长开不败。

侗戏的诉说

一

一个晴朗的秋日上午，侗族几个作家在一起随意谈起文学创作时，杨老师说:《珠郎娘美》这个古老的侗族爱情故事仍有挖掘的空间，完全可以把它写成一个中篇小说，当然得从新的角度切入。

吴老师说：在侗乡，《珠郎娘美》的故事流传十分广泛。他将一个美丽的故事娓娓道来——传说几百年以前，在黔东南大山深处的古州即今榕江的三宝镇上，有俊男珠郎、靓女娘美，在“行歌坐月”中产生爱情，破铜钱定终身。可是，娘美的母亲遵循侗族姑舅表婚的旧俗，早已将娘美与舅家的儿子订了婚。在旧时侗家，这是不由分说的，所以他们二人只得逃婚，便到从江的“八百贯洞”落脚。贯洞是一个有八百户人家的大侗寨，寨里有一个大财主银宜。银宜看上了娘美，好说歹说不成，逼婚未遂，便买通封建款老公万，设计在款会上杀害了娘美的郎君珠郎，反诬珠郎是外面派来的奸细，以断了娘美的念想，并哄骗娘美说珠郎是下河人杀的。后来，娘美知晓真相，在一个叫江箭坡的地方引诱银宜为珠郎埋骨，放出话说谁能亲手帮她把珠郎尸体埋了，就嫁给谁。银宜贪图娘美之色，毫不怀疑地前往，在银宜挥着锄头挖坑时，娘美趁机将银宜杀死，替珠郎报了仇。

吴老师说，这个故事就是侗戏《珠郎娘美》的主要内容。

我们问杨老师：你想如何重构《珠郎娘美》的故事？

杨老师沉默了好一阵，才慢慢说：不是重新构建，要说也只能算重新解构。《珠郎娘美》在侗族故事和侗戏中已经很经典了，但我们的解读可能还永远没有完，我们需要做的是一些不同如过往的解读，这正是现代社会中民间故事和民族戏曲所需要的。究竟如何重新解构，我还在思索中……

相对于侗族其他文化而言，侗戏并不为外人所知。因此，我们就侗戏进行了交流。吴老师介绍，侗戏最早形成于贵州的黎平、榕江、从江一带，后流传到广西的三江和湖南的通道等侗族聚居地区。

杨老师认为，侗戏早已成为南侗文化的主要内容之一。

我提出一个问题：侗戏是不是侗族文化将本土文化与外来文化有机结合取得成功的典型代表？

大家经过讨论，认为答案是肯定的。

吴老师进一步作深入介绍：侗戏的前身是侗族民间说唱艺术“嘎锦”和“嘎琵琶”。

我问：“嘎锦”是什么？

吴老师回答：“嘎锦”是侗族叙事歌，演员自弹自唱，夹用说白来叙述故事，内容多半为侗族的传说故事。

吴老师能不能来一段“嘎锦”？我得寸进尺地追问。

来不了，我不会啊。吴老师或者是谦虚，或者是真不会。他一脸遗憾。

那么，“嘎琵琶”是什么呢？

杨老师抢答了：“嘎琵琶”是侗族琵琶歌，分为短歌和长歌两大类，短歌为抒情民歌，长歌为叙述故事的说唱。

我故伎重演：杨老师，您能不能来一段“嘎琵琶”？

他连忙说：不不不，我不会，况且也没琵琶。

要是有琵琶，您还是可以来一段的，要不，叫人去找一把琵琶来？我跟杨老师开玩笑道。

我还真不会。

便放过他，继续讨论侗戏。我问：侗戏大约形成在什么年代？

吴老师十分肯定地说：侗戏大致在清嘉庆至道光年间（1796—1850）形成，由黎平县腊洞村侗族歌师吴文彩始创。

我说：那侗戏已有一百五十多年的历史了。

吴老师接着讲述侗戏的研创历史：开初，吴文彩等侗族歌师采取拿来主义的方式方法，用“嘎锦”和“嘎琵琶”等侗族民间说唱艺术手法，将汉族戏曲剧目改编和移植成侗戏。移植汉族戏曲的剧目有《生死牌》《十五贯》等，根据汉族故事改编的剧目有《陈世美》《梁祝姻缘》等。这些侗戏的剧目故事情节与原剧本大致相同，都几乎是汉族家喻户晓的经典故事。

杨老师说：可以说，侗戏是接受汉族的戏曲影响而形成的。

是的，但侗化后的基本结构与格式却是侗戏的特点了。吴老师说。

我好奇地问：侗戏的特点是什么？

吴老师介绍：侗戏的主要曲调有平板和哀腔等。平板或称普通调，用于叙事性唱词，前有引子、起板；哀腔，或称哭调、泪调。此外，在有些剧目中，花旦或丑旦还常采用侗歌、汉族民间曲调等。

我问：侗戏用什么乐器来伴奏？

吴老师回答说：主奏乐器为二胡，还有牛腿琴、琵琶、月琴、低胡、扬琴等。打击乐器有鼓、锣、钹、小镲，但只在开台、催台及角色上下场时用以伴奏。

杨老师问道：吴老师觉得侗戏还有什么特点？

吴老师不厌其烦地说：侗戏剧本词句生动，韵律严格，讲究尾韵、腰韵、连环韵，一出戏，也就是一首叙事长诗。与其他剧种比较，侗戏在这方面别具一格。

他稍停片刻，接着说：侗戏早期的表演颇有特色，角色到台前唱完一句后，在过门中绕“∞”字形回到台中靠后方端坐的“掌本”戏师面前，听取提示的唱词，然后再到台前演唱。丑角在台上比较活跃，有独特的程式，不论从左右方向出场，都只能向里跳跃，叫做“跳丑角”。

吴老师突然一笑，说：我们绕开说话的路子了，本来说开初侗戏是如何创造的，一说，说到侗戏特点上了。

没事没事，您继续说。我们异口同声地说。

吴老师说：前面说到开始侗戏主要靠改编汉族戏剧，后来就主要是原创了。随着侗戏创作者的侗戏创作水平不断提高，他们开始独立原创反映侗族生活的侗戏。侗族广为流传的琵琶歌、民间故事和汉族故事，都是改编侗戏的素材。《珠郎娘美》《刘美》《金俊与娘瑞》等，是根据侗族民间传说故事改编而成的，而直接从历史故事改编的剧目有《吴勉王》《李万当》等，还创作了《团圆》《二十天》《一个南瓜》《杨娃》《好外孙》等现代侗戏剧目。

杨老师提议：大家讨论累了，吴老师说个侗戏剧目所描写故事吧。

大家一致附和。

吴老师说：描写侗族生活的剧目《丁郎龙女》是侗族家喻户晓的民间故事，我就跟大家讲讲这个故事吧。它说的是这样一个故事——侗族穷后生丁郎砍柴回家，从牧童手中救了一条金丝鲤鱼，原来被救的金丝鲤鱼是东海龙王的女儿，她为报答丁郎救命之恩与丁郎结为夫妻。这时丁郎的表妹素梅挑唆丁郎与龙女关系，说娶龙女三年还没有后代是违背古理的报应。姑妈家的姑娘，本应嫁给舅家崽。丁郎听后变心，终于娶素梅做小，至此龙女受欺挨打，艰辛创立的家业也被丁郎、素梅霸占了。后来龙王得信，派虾兵蟹将接龙女回宫。素梅因抢龙女包袱被虾兵蟹将吓得掉进滚滚大江。丁郎吓得瘫倒在地，眼睁睁看着人去财散。

故事极为传统，与许多民族的民间故事一样，讲述一个曲折的爱情和因果报应故事，以达到抑恶扬善的目的。从中可看出侗民族善良的本质特性，同时也看出侗戏继承了侗文化真、善、美的本质特性，对于弘扬侗族传统美德有很好的推动作用。其实，颂扬真善美、鞭笞假恶丑一直是侗戏长期不变的主题。侗戏用自己的手法，建立了一套既相对独立又与其他侗文化息息相关的真善美宣扬系统，为社会和谐、进步做出了重要贡献，值得给予充分的肯定。

不觉时间到了中午，肚子也饿了，大家暂停讨论，立即用中餐。

二

午睡起来，阳光仍然灿烂。蓝天上有一些淡淡的白云，如细丝，如薄雾。

我们觉得说侗戏的兴趣依然未减，便索性聚集一起继续说侗戏。

吴老师便跟我们说起侗戏的创始人来：说到侗戏，不得不说侗戏鼻祖吴文彩。吴文彩生于1798年，卒于1845年，享年47岁。他出生在黎平县茅贡乡腊洞寨一个贫困侗家。吴文彩少时读过私塾，粗识汉字，家境贫寒，务农为生。他在青年时期即显示出不凡的歌才，在与青年男女对歌时对答如流。吴文彩有极强的原创能力，他对侗歌进行了深度挖掘，使之更加担负起承载历史文化传承的重任。

他将侗族起源传说编成《祖源歌》，将侗族的习俗礼仪、道德风尚编成《劝世歌》，将男女青年交往、恋爱的经典歌曲编成《情歌》。吴文彩便成为侗乡有名的歌师。

我说：吴文彩汇编这些歌曲，不仅完成了规范性的侗族歌曲集成，而且完成了规范性的侗族文化集成。侗族以前是没有文字的，全部文化靠口口相传。他这样把侗族歌曲分类汇编，强化了总结、挖掘、传播侗族历史文化和教育、指导侗族青年的作用。

吴老师说：是的。所以，他和他汇编的侗族歌曲广受侗族人民的喜欢。特别是他收集、整理的歌曲，歌词优美，情真意切，音韵和谐，便于传唱，因此四方侗族青年都尊称吴文彩为歌师傅。

吴老师接着介绍说：吴文彩中年时，受汉族戏剧的启发和影响，开创了以侗装扮相、用侗语介白、用二胡锣鼓伴奏侗歌唱词和独特步调等表演形式的侗戏。他所创造的侗戏，演员均由群众自愿组合，唱腔分“平板”“哀调”和“仙腔”，表演完全民族化。

杨老师接过话题说：也就是说，侗戏尽管学习、借鉴了汉族戏剧的许多先进手法，但最终进行了民族化的创造，因此是一种极具侗族特色的侗族文化。

吴老师说：是的。最开始，他把汉族的故事《朱砂记》《二度梅》等改编成《梅良玉》《凤姣李旦》等剧本，在侗乡广为传唱，深受侗族群众欢迎。接着他凭借改编汉族故事为侗戏的成功经验，深入挖掘本民族的民间传说和历史故事，把这些重要的素材变成了侗戏。他及其传承人根据侗族民间传说故事改编出《珠郎娘美》《刘美》《金俊与娘瑞》等侗戏，根据历史故事改编的剧目有《吴勉王》《李万当》等。其中，《珠郎娘美》已摄制成影片。这些优秀的侗戏很快由吴文彩的家乡流传到外地，传播面涉及黔、湘、桂三省交界一大片地方，从江、通道、三江等地的侗寨相继建立侗戏班子，逢年过节和村寨之间交流时演出侗戏，蔚然成风，能不能演出侗戏已经成为各侗寨有没有文化水平、有没有势力、对外客气不客气、有没有面子的象征。

至此，吴文彩名声远播了。杨老师说。

是啊，可以说，千里侗乡公认吴文彩为“侗戏师傅”。吴老师接着说。道光二十五年（1845），吴文彩在家去世。乡人为纪念他的卓越贡献，在其家乡修建了吴文彩纪念碑、纪念亭，至今仍保存完好。在吴文彩的带动和影响下，茅贡乡的侗戏创作、演出活动从未间断，侗戏创作人才辈出，戏师不断涌现。全乡村村有侗戏队，人人爱看侗戏，个个会唱侗歌。据资料表明，茅贡乡几乎每村都有演出侗戏的戏台，而且很有民族特色。

我们都感叹：吴文彩真是奇才，是货真价实的侗文化大师，对侗文化的传承和发展做出了不可估量的贡献。

不知不觉到了傍晚，夕阳的余辉将整个侗寨染得金碧辉煌，令人生出遐想。

我忽然觉得，吴文彩像一缕阳光，为侗文化增添了绚丽的色彩，使侗族人民的生活更加五彩缤纷。

吴文彩深爱着自己的民族、自己的家乡、自己的民族文化、自己民族的人民，他倾注了毕生精力和全部智慧，不但总结和发展了侗族歌曲，还创造了侗戏。他不光是一位侗文化大师，还是一位当之无愧的侗族英雄。

三

晚饭后，我们一边喝着热腾腾的茶，一边继续说侗戏。

我问吴老师，有没有去过侗戏发源地茅贡乡。他说去过好几次了，对茅贡算是比较了解了。

我想，要深入了解侗戏，必须了解其诞生地。可是我没机会去，只能查查网上的资料。资料说：茅贡乡坐落在黎平县西部，距黎平县城 42 公里，距榕江县城 56 公里，302 省道黎榕公路穿境而过。乡内 308 省道沿线村寨被称为“十里侗寨”“十里画廊”。处于长江水系和珠江水系分水岭地带，全乡境内以低、中山为主，最高海拔 1122 米，最低海拔 510 米，年平均气温 15℃，年降雨量 1308 毫米，属于中亚热带季风气候，四季如春。全乡面积为 172 平方公里，辖 15 个行政村、1 个居委会，78 个村民小组 4030 户 16845 人，侗族人口占 96%，境内居住侗、苗、汉等民族。境内虽无大江小河，而山泉星罗棋布，水源丰富。茅贡林木主要以杉、松为主，兼有多种杂木，全乡森林覆盖率 45.5%，总蓄积量 40.8 万立方米。

吴老师微笑着说：对茅贡这么有兴趣，想必已经在网上搜了它的简介。那么，我来说说它的物产。红豆杉、榉木、紫檀和樟树等名贵树种是茅贡的镇山之宝，野鸡、野兔、竹鼠等山珍野兽也颇负盛名，天麻、松茯苓等中药材因为品质优良而备受外省客商青睐，每年有几万公斤干品俏销省内外甚至出口海外。中药材、松脂、优质米、茶叶、果品、楠竹等已成为全乡经济发展的支柱产业。茅贡还是黎平县三大主要产粮区之一、优质米生产基地和优质畜禽基地，其香禾糯具有独特品味，“茅贡精米”“茅贡香米”深受广大消费者的喜爱，“茅贡香鸡”“茅贡香羊”“茅贡小黄牛”以其肉香细嫩而著称。

杨老师说：这有打广告之嫌。

我打趣说：吴老师，收了茅贡多少好处费？

收了不少，每次去他们都那么热情，让我好吃好喝，我都有些乐不思蜀了。而且，有时他们还会赠送一些土特产作纪念品。但这不是拿人的手短、吃人的嘴软，即使我不吃他们一餐饭，不拿他们分毫的东西，我也会为他们照打广告不误。茅贡值得我打广告啊！

不过这样物种丰富、产品品质优良的地方，出产这么优秀的文化也不足为奇了。我不是给他打圆场，我说的是心里话。

吴老师接着说：还不只这些，茅贡乡土特产种类繁多、独特而味佳。茅贡重阳酒是用本地的香糯和优质米于古历九月初九这天酿制而成的，加上本地独特的水土和气候条件，酿制出来的重阳酒格外醇香绵甜，且营养丰富，素有“开坛十里香”的美味。侗家人的腌鱼、烧鱼、血红、牛瘪等民族食品堪称美味佳肴。还有地扪村的辣椒、已炭村的杨梅、中闪村的野核桃、登仟茶场的花绿茶都是本地很有名气的土特产品。

我说：你适合做茅贡的代言人。

那差得远，人家选形象代言人也要帅哥、美女哟。他呵呵一笑。是不是代言人，我都要接着介绍一下。茅贡的侗寨鼓楼、花桥、戏台和侗族民居是当地侗族人民智慧的结晶与勤劳的结果。在这些优秀的物质文化遗产中，高近田间风雨桥、古戏台和腊洞的吴文彩墓被贵州省人民政府列为重点文物保护单位；地扪村的花桥群、鼓楼群、寨门和登岑村中日友谊鼓楼等建筑是侗族建筑的精华，是民族建筑的瑰宝。

杨老师羡慕地说：有这些民族古建筑，足以吸引很多人去游览，至少我会找时间去看。

不光是些古建筑，还有丰富的非物质文化遗产令人神往。吴老师越说越兴奋。这里侗族风情浓郁，斗牛、吹芦笙、踩歌堂等习俗别具风格，风味独特的侗戏、侗歌更是民族文艺花园里绽放的一枝奇葩。全乡村村有侗戏队，人人爱看侗戏，个个会唱侗歌。1994 年，茅贡乡被贵州省文化厅命名为“侗戏之乡”。

我感叹一声：确实值得一看啊！

我们找个机会去看看茅贡吧！吴老师提议道。

大家立即说好。

我说：一方水土生一方文化，一方水土养一方人。茅贡乡有这么丰富多彩的物产和文化，这是文化创新的深厚沃土，是文化不断发展的不竭源泉。这也就不难解释茅贡成为享誉海内外侗戏的发祥地和腊洞村吴文彩成为侗族人民公认的侗戏鼻祖这两个问题了。

我们都清楚，我们不会忘记我们的约定，虽然并不能立即把去茅贡参观的想法付诸行动，甚至也许不能在近年成行，但总会去的，因为它搁在我们心里，日夜呼唤着我们，让我们日夜不得安宁。

四

夜慢慢深沉下去。我还在查阅侗戏资料，思考侗戏的价值。

新中国成立后，国家文化部将侗戏列为国家的独立剧种，吴文彩被确认为侗戏鼻祖。茅贡乡因为侗戏广泛传播、深入全乡人心，1994 年被贵州省文化厅命名为“侗戏之乡”。高近村的侗戏台也由于保存原貌较好、特点突出，被列为黎平县重点文物保护单位。

我不想让同房间的吴老师安宁，不让他早睡，不停地骚扰他，向他咨询侗戏传承情况。他介绍，侗戏作为民族民间戏剧艺术的瑰宝，随着社会经济的发展，不断推陈出新，特别是新中国成立以来，继吴文彩之后涌现了茅贡籍的吴定国、赵永佳、吴远隆等一批后起侗戏之秀，他们在侗戏创作与编导上推出新的成果。

吴老师骄傲地说：他们创作与编导的《珠郎娘美》《善郎娥梅》

《孤独的王乔星》等一批优秀侗戏剧目，在州、省乃至全国都获过奖。

我赞叹道：这是登上了大雅之堂啊。

侗文化本来就很有特点，本来就应当都像侗族大歌一样登上大雅之堂，甚至漂洋过海。吴老师声音高了几分贝。其实，侗戏也确实引起了国内外一些人士的注目。

我插话道：据说，侗戏在侗乡民间十分活跃，茅贡乃至整个侗族地区形成了“少儿学戏，青年唱戏，老人看戏”的浓厚氛围，引起了国际及国内有关专家学者的关注。

吴老师说：是啊，在茅贡乡先后召开的中国侗族稻作与祭祀国际学术研讨会和中国少数民族音乐家协会第九届年会上，来自国内外的与会专家学者观看侗戏后都赞叹不已，称赞“侗戏是一朵夺目的民间艺术奇葩”。

我通过查资料知道：1990 年，茅贡乡配合上级及县文化局在侗戏鼻祖吴文彩的家乡腊洞村举办“纪念侗戏诞生 160 周年剧目调演暨学术讨论会”。这次会议有北京、湖南、广西和贵州的专家学者出席，有 6 个侗戏演出队计 240 人以及附近村寨的群众近万人前来参加，真可谓盛况空前。与会者一致公认：茅贡腊洞是侗戏的故乡，茅贡乡侗戏演出活跃，是名副其实的“侗戏之乡”。

侗戏的价值究竟在哪里？我一遍遍问自己。

从我有限的知识看，戏剧的基本特征简要地概括起来，可以这样描述：戏剧是一种综合艺术，在这里，文学、美术、音乐、舞蹈、表演等艺术类型相互融汇，既取消了各自的独立性，又通过它们自身具有的不可为其他艺术所替代的独特作用的发挥，综合为一种独立的艺术样式。从中可以看出，戏剧是多种文艺门类的综合艺术，能较为集中、全面地反映文学、美术、音乐、舞蹈、表演等艺术类型的水平。因此，从某个角度来说，戏剧是衡量一个国家、一个民族、一个地方文艺水平高低的主要考察对象。

我班门弄斧地说：侗戏产生于侗文化发展到顶峰的时期，这一时期侗族地区的经济有了长足发展，侗文化由于与汉文化交流增多，也有了新的发展。从某个角度说，侗戏的产生是社会经济、文化发展的缩影。侗戏的产生是侗族文学艺术的新发展、新提升，是综合反映侗族文学艺术的新内容。了解和研究侗戏，有利于深入研究侗族文学、美术、音乐、舞蹈、表演等艺术，传承好侗戏有利于传承侗族文学、美术、音乐、舞蹈、表演等艺术。

我这一看法，得到了吴老师的认同，他郑重其事地点了点头。

关于侗戏的传承，他也表示了自己的担忧：以前，在侗族地区，多数村寨都有群众自己组织的业余侗戏班。但随着社会的变革和现代传媒的发展，侗戏不再在民众的娱乐生活中占据绝对优势地位。侗族以前没有文字，过去戏师们全凭记忆把整出甚至数出戏记于脑中，再传授给演员，还有的则利用汉字记音，借用汉文字把传统的侗戏记录下来。这种方式的脆弱性影响到侗戏的顺利传承，有必要设法加以解决。

其实，我也一直担心这个问题，因为我看到了许多传统文化在现代化进程中渐渐消亡。

我说，那种记录是固态的，传统文化只有活态地传承才能真正传承下去。

这时，杨老师也来串门，我知道他也睡不着。他说，一个物种要想不灭亡，必须达到足够的数量。文化也是如此，侗戏也超越不了这一自然规律。

我们便沉默，心情变得十分沉重，像灌满了铅。

夜更深了，我们却还不能入睡，便索性一起去室外走一走。天空繁星闪烁，似乎在诉说着宇宙的繁荣。

杨老师打破沉默：好在现在政府还是重视传统文化的保护与传承的，侗戏也得到了政府的一些必要的保护，只是还不够，还需要加大力度。

我们都点点头，仍是沉默。

我心里说：但愿侗戏这样的民族传统文化，能有繁星一样多的人在为之闪耀光芒。

这时，星星似乎知晓了我的心思，不停地眨着眼睛，这些眼睛似乎也越来越明亮了。

以树木为神

人类远古先祖以森林为家园，无论穴居时代、有巢氏时代，还是到树下搭建干栏式建筑的时代，都是在林间生活、劳动，森林不仅给人类奉献出丰富的食物，还给人类以庇护。森林曾经是人类文明的摇篮，其中毫无夸张的成分。所以，树木崇拜曾经一度是整个人类最重要的自然崇拜之一。侗苗人民生活在西南亚热带崇山峻岭中，除了少量的田土、湿地外，绝大部分都是林地，他们的生活是与树木息息相关的。长期以来，在民族性格中积淀了特别敬树爱树的重要内容，将树木作为神灵敬奉，视树木为保护神、祖先神、生命之神、生殖之神，甚至视之为民族和国家象征。这些都是侗族树木崇拜的结果。侗族人民的树木崇拜，还衍生了内容十分丰富的树木禁忌、植树造林习俗，甚至成为侗苗“法规”侗款、理贾的重要内容。

一

中华先人早在远古时期就兴起了树木崇拜，侗族一直传承着这一崇拜，其中社树崇拜最为典型。

“社”的篆书可写为“禓”，字形直接描绘了筑起一个高高的祭台，台上栽树，此土堆上之木便是最原始的社树。社祭之日，人们围于社树下祭祀土地神，祈求大地赐予丰收。“社”，古读如“sâ”。凡读“sa”音者（其中有的音在现代汉语中分化为“sha”），其义皆与“神秘力量”有关，如“萨、蛇、煞”等。在会同，有“挂社”的习俗，“挂社”的“社”字至今仍读为“sa”。所谓挂社，就是先人新亡的三年，每年清明节“挂亲”前要去其坟地祭祀土地，祭祀时须砍一株小树插到坟堆上，象征植了一株树，并在树上挂上纸钱，然后在坟前摆上茶酒糖果，焚香烧纸，跪拜作揖。祭祀坟山土地时，要在坟堆上插上一株树，这正是古代社祭祀的遗存。为什么先人新亡的三年，要在挂亲前挂社呢？因为祭奠新亡的先人前，必须把土地祭祀好，让土地接纳先人，先人才能够享受到好的风水，否则风水再好，土地不接纳亡人，也是白费劲。

因为共同的祭祀，人们聚到一起。后来，“社”引申为人们聚集，如“结社、社会”等。《礼记》云：“王为群姓立社曰太社，王自为立社曰王社。诸侯为百姓立社曰国社，诸侯自为立社曰侯社。大夫以下，成群立社曰置社。”因为结社产生了社会组织，在国家产生后，一些机构管理集结于一定地域的人群，所以“社”进一步引申为国家行政机构，出现了里社、县社、国社、侯社、王社等。作为社稷崇拜的产物，社必植树，因此社树种类繁多，我们常说的护寨树、家族树、民族树、国家树、县树、市树等，也都可以列入社树的范畴。社树，成为民族、国家的象征，也有了故国、乡里、福禄、国祚、父母宗亲等意义。

千百年来，侗族人民延续了社树崇拜文化。侗族通过代代相传的社树崇拜，来保护那些保佑侗寨苗寨的祖宗树。和苗族崇拜枫树，把枫树作为祖宗树一样，侗族特别崇拜黄杨树，把黄杨作为祖宗树，视为侗族祖母神的意象，把神圣的萨母树黄杨作为社树。

萨文化是侗文化的核心和灵魂。在侗人心中至高无上的萨神，是侗族人民的精神文化寄托，侗家人的所有生产生活都是围绕着对萨神崇拜来展开的。侗族歌谣曰：“未建房屋，先建鼓楼；未建寨门，先设萨堂。”这反映了萨堂在侗寨中的核心地位和精神力量，也反映出侗族村寨建设文化习俗。侗族萨坛，用鹅卵石砌成约 1 米高、直径约 3 米的圆形土台。圆丘内安放一口新铁锅，锅内放置一把蒲扇、三双草鞋和碗、碟、杯、银首饰、纺织工具等，再用一口稍大的新铁锅覆盖，最后用泥土堆成圆丘。丘顶中央栽一棵黄杨，并插上一把半开的纸伞。黄杨象征祖母神萨母，伞为之遮风避雨，锅内为神之用品。萨坛、伞、铁锅都为圆形，是太阳的形象，有像太阳一样照亮山寨的寓意，说明了祖先崇拜与太阳崇拜合为一体。侗族萨坛必有一棵常青的黄杨树，这是萨母的化身，是吉祥的圣物。一些村寨萨坛上的黄杨是百年老树，便更加神圣。

杉树是侗苗地区的主要原生树种，广泛分布于侗苗山区。由于杉树成材快，木材具有不易变形、不易虫蛀、不易腐烂、坚硬却有韧性、适宜加工等特性，所以千百年来成为侗苗人民建房和做家具、农具、棺木的最佳材料，因此也是侗苗地区大面积人工栽培的主要树种。可以说，侗乡苗寨是一个杉木的世界、一个杉木的王国。湖南会同作为闻名全国的“广木之乡”，以广坪镇为典型代表的杉木由于通直、粗大、少节疤而闻名于世，因此这种杉木又被称为“广木”。会同的杉木曾作为国礼送给一些国家，也曾经吸引了世界不少国家的科学家前来考察。因为自明清以来，会同广泛人工种植杉木，至今杉林遍布全县山山岭岭。

侗族苗族有蓄大杉木的习俗，称大杉木为大木。会同各个乡镇皆仍存有一些大木，其中岩头乡坳脚村的一株古杉要三人才能合抱，被称为杉木王；广坪镇石家村芭蕉坳密集地保存着 84 株百年古杉，可谓闻名遐迩。无独有偶，黎平县大稼乡高稼村的 3 株护寨“杉木王”和锦屏县河口乡文斗苗寨“皇木坳”的皇木的胸径皆在 1 米以上。

明清时期，朝廷在湖南、贵州、四川征集“皇木”，主要用于修建宫殿。乾隆十二年（1747）七月，湖南巡抚部院的一道奏文中载：“湖南每年额办解京桅木（长六丈，头径四尺五寸，尾径一尺七寸之巨木）二十根，断木（长三丈二尺，头径三尺五寸，尾径一尺七寸）三百八十根，架木（长四丈八尺，围圆一尺六七寸）一千四百根，桐皮槁木（围圆八九寸一尺不等）二百根。”这是湖南的定额。由于所征皇木径级大、数量多，只有生长快、数量多、材质好的杉木才能遴选出符合要求的皇木。奏文还说：“桅断二木近地难觅，须上辰州以上及黔省苗境采取。”可见，皇木中桅、断两种径级最大的木材，只有到沅水上游寻找，包括渠水、巫水及清水江等支干河流域，涉及现在侗族苗族地区的会同、绥宁、靖州、通道、芷江、新晃、天柱、锦屏、黎平等地，占现在侗族地区之大部。从史料看，明朝只是偶尔征办皇木，而清朝则特立定例，如征皇粮一样，每年向一些地方征派皇木。

侗族地区有偷梁木的习惯。侗家人有“生前一栋屋，死后一副木”之说，所以对竖房建屋十分注重。偷梁木是其中最重要和最有趣的习俗之一。侗人笃信杉木是吉祥的象征，认为用当地最高大挺拔的杉木做房梁，能保证家人平安、子孙满堂、六畜兴旺。梁木必须偷别人山上的杉树，有“添财进福悄悄发”之意，也有沾别人福气和运气之义。所偷梁木，事先要目测好，不仅要选择大小适合的，而且有一丛多株、有大有小的杉树，取“房房发达、多福多寿、多子多孙”之意。因为既是偷，就不能让人看见，看见了就泄露了天机，所以偷梁木须在晚上。砍好梁木搬走前，必须在树蔸上放上红包，主人见了就知道是拿此树去做梁木了，不但不会骂、不会找麻烦，反而会封赠吉利的话。这些已经是侗族千百年约定俗成的习惯了。

侗族村村有保寨树，家家有护家树，人人有寄身树。侗族认为万物有灵，树龄在数十年上百年、上千年的古树，吸取天地、日月之精华与灵气，更是成仙成精了。因此，除对祖先树黄杨顶礼膜拜外，侗族对其它古树也崇拜至极，只要是古树就会被视为神灵，作为神仙树、保寨树、护家树、寄身树、许愿树来祭祀，以寻求一种精神上的解脱和情感上的寄托。人们通过拜祭、认养等仪式，让人与古树建立一种寄身关系，从而使古树成为人们健康成长的护身符和一生平安的保护神。要想寨子平安，必须在寨子周边培植枝繁叶茂的树木，使之蓄为古树，而具有驱灾辟邪的神奇作用。凡是被视为保寨树的树木，一概不能砍伐，甚至枯枝败叶也不能拣回家烧。倘是有稚童犯忌，家人必须以酒和鱼祭树，虔诚为其“赎罪”。这种古朴的环保意识，即便在当代经济社会里也没有动摇，更没有受到野蛮的践踏。逢年过节，要到树下烧香化纸，奉上鸡鸭鱼肉，祭祀这些树。这些古树似乎无所不能，可以驱邪避灾、逢凶化吉，人们可以向它们求寿、求福、求财、求子、求健康、求平安、求功名、求婚姻，还可以在家庭遇到不测、人生遭遇不幸之时向古树许愿。侗族认为古树有“有求必应”的神力，但灵验之后必须还愿，否则会遭灾。

侗族也有竹子崇拜，民间有“竹生人”的神话传说，从中衍生出祖先竹、创世竹、社竹、轮回竹、龙竹、保佑竹、扫寨竹等文化现象。竹树在侗乡得到广泛栽种，真的是“不可食无肉，不可居无竹”。因此，侗乡处处可见竹树，到处都有竹海。

侗族所处山区，极易山洪暴发和发生山体崩塌、泥石流，一些古树容易被深埋在泥石之中；加上，明清两代朝廷连年征集皇木，皇木靠水运进入长江，在沅水上游的各大溪河中时有烂排事件发生，皇木便容易沉入河底。因此，侗苗地区多有阴沉木被发现。据黎平县林业部门的消息，1992 年 6 月在敖市镇欧家团村发现的阴沉木，经该县林业局测定，共有 1400 多圈年轮，证明其树龄达 1400 年。经中国社会科学院考古研究所实验室碳 14 测定，该阴沉木埋藏于地下达 3506—3676 年，加上被埋前的 1400 多年生长期，该阴沉木已有 5000 多年的历史。足见侗族地区杉木繁衍、生长的年代久远，确实是侗族地区的原生树种。

二

侗族严格的、繁多的树木禁忌和侗款制度，对树木起到了很好的保护作用。

侗人笃信中国古代的风水学，认为村寨要“坐龙头”，即应建在龙头上；寨前要有玉带水，即弯弯的溪河；寨后要有龙脉，即有连绵的山体。所以，侗寨都是依山傍水而建。“仁者乐山，智者乐水”，依山傍水自然仁智双全。侗人深信：山体是龙脉，石是龙骨，土是龙肉，林是龙鳞，龙脉中如果出现光山、秃山或较大面积的岩石裸露，会影响龙脉，甚至就成为“死龙”，从而影响村寨人们的福祉，会出大凶，如果在龙脉上广泛造林能“藏风”“得水”“纳气”，保护龙脉，使龙脉具有活力和灵性。因此，侗家人特别讲究通过保土石、护林木、栽树林来保持和滋养良好的风水，使自己生活安定、吉祥健康、福祉连绵。

侗族禁忌砍伐护寨的祖先树和其他古树、消灾树，禁忌破坏风水林、龙脉林，禁忌动用坟场、寺院的一土一木等。在侗文化中，寨前宅旁的祖先树，是祖先的化身，它能够行云降雨、天朗日开，能保佑子孙发达、六畜兴旺；对祖先树，禁止不敬言行，不能砍伐，否则会触犯祖先神灵而带来灾难。侗族人认为，任何事物一旦历时久远就会成精，有生命的古树更具灵性，老槐树、老樟树、老枫树、老柳树中有精灵鬼魅，所以绝对不能砍伐。不仅如此，他们还认为，枝繁叶茂的大树古树，还是仙家的藏身之所，对此有许多禁忌，如下雨时不能待在古树下面，要不雷神在击打藏身的妖精时会伤到人。伐木也是有禁忌的，受树木有灵观念的影响，伐木被视为危险的职业，稍有不慎，就会遭到树神的报复。侗家人相信，坟地树木的荣枯反映着亡灵魂魄的安宁与否，同时也象征着死者家族是否子孙繁盛、后继有人，认为墓地宜栽象征子孙兴旺的常青树，如生命力强、四季常青的松柏之类，同时墓地的一草一木，都是禁忌被破坏的。

由于禁忌的威力，每个寨民都相信破坏了护寨的风水树家里要遭灾，会同县马鞍镇相见村的贡田古树名木群落，仍存有300余株古树名木，两个组的民居分布在古树群中，古树与民居相映成趣，如诗如画，令人神往。

侗款是约束侗人的款约，侗族款约在森林保护方面起到了“法律法规”的作用。款文化是传统的侗族结款自治制度，是侗族人民的自治和自卫组织，类似部落联盟组织。侗款广泛流行于广大侗族地区，侗人结款自治、联款自卫，侗族社会“有款无官”，是“一个没有国王的王国”。侗族地区的款组织制度一直沿袭至新中国成立前夕，甚至在新中国成立之后也还在侗族地区的个别地方残存过一段时间。侗款中有许多林业经营的规则，以规范林木种植和利用行为。如：“山间的界石，插正不许搬移；林中的界槽，挖好了不许乱刨。不许推界石往东，移界线往西”；“山坡树林，按界管理，不许过界挖土，越界砍树。”“向来山林禁山，各有各的，山冲大、梁为界。瓜茄小菜，也有下种之人。莫贪心不足，过界砍树，乱拿东西，谁人不听，当众捉到，铜锣传村，听众人发落。”

对于违禁砍伐者，村规民约做出明确规定进行处罚，如：“凡划定的集体风景树不准任何人破坏，违者罚糯米120斤，肉120斤，酒120斤”。“对破坏该寨风景林区的5种行为处以罚四个120的内容，即：现金120元，糯米120斤，酒120斤，猪肉120斤，炮响18万响，鸡鸭各一只。”这些乡规民约，传承了侗苗人民的爱林护林传统，比《森林法》更管用。

三

侗苗人民把植树造林与人生命历程中的各个重要时期有机结合起来，推动了侗族地区的植树造林。

“我本一棵树，生也一棵树，死也一棵树。”这是侗族人民的歌谣，大意是说侗人是由树变来的，生时要种一株寿木，死时要带走这株寿木。既说明了树木崇拜深入侗族人民的内心，也说明了侗族人民离不开树木，且把植树造林与生命有机结合在一起。

确实，侗族人民在人的生命历程中的各个重要时期植树造林。侗族是一个崇拜杉木、喜爱杉木的民族，甚至有一种传说讲侗族鼓楼就是仿照巨杉形态发明而建的。侗族人民不仅平常喜欢栽种杉树，杉树也经常作为一种纪念树栽种，如：生儿子要栽几棵“寿木杉”，以待百年之后将之加工成棺材；生女儿要栽“女儿杉”，等女儿出嫁作为陪嫁品；结拜要栽“老庚杉”，预示友谊常青；过生日，要栽种贺生树，祝贺四季常青、百年长寿。

与其他民族不同的是，侗族特别尊重女性，不但一直延续着女神萨母的崇拜，女性还可以做款首、寨老，生了女儿也与生了儿子一样有特别的纪念，要栽种“十八杉”。所谓“十八杉”指婴儿出生后栽植培育的杉树林，无论生男生女都一样。有的地方由自家为孩子栽种100株或8亩、10亩、20亩杉树，有的地方全寨每人为刚出生的孩子种一株杉树。孩子18岁后长大成人，杉树也长大成材，便可伐杉建造儿子的新房，或将杉木出售后用来置办女儿的嫁妆。所以黔东南的侗家有歌谣唱道：“十八杉，十八杉，姑娘生下就栽它，姑娘长到十八岁，跟随姑娘到婆家。”

如前所述，侗族喜欢造风水林，往往在村寨、墓地、龙脉、寺院、水井等风水要地营造风水林，以保护风水宝地。风水林的树种，主要选择家族树、祖先树，侗族祖先树黄杨必不可少，还常种桃树、李树、杏树、梨树等避邪驱鬼又能开花结果的树种，樟树、柏树等四季常青、寓意吉祥的树也常常被栽种在寨门口、寺庙旁，松树、杉树、竹子等生活生产用材树种和银杏、红豆杉等珍贵树种也常见种于村寨旁边。因此，侗寨基本上是寨在树间、林在寨中，真是风景如画、空气极佳，形成了一种传统的美丽宜居方式，令居住者身心俱爽。

四

侗族地区不断开发林业产业，推动了侗族地区广泛地植树造林、栽花种草。由于洪江桐油市场和木材市场兴起，沅水上游的清水江、渠水、巫水流域的桐油和木材成为其重要货源。早年，湘黔边界进入市场的杉木，都产自天然林。当洪江木市出现以后，以清水江流域杉木为代表的苗木、以会同广坪河与渠水河流域的杉木为代表的广木和以靖州与通道的杉木为代表的州木，成为洪江木材市场的三大品牌和三大主体商品，也使得沅水上游木材在中国东南木材市场名声大振，成为抢手货，各地需求量大增。原来的天然杉林多是砍伐杉树后的萌芽条长成的杉树，如此连续几届过后，生长缓慢，木质下降。会同和贵州天柱、锦屏、黎平一带的侗苗林农，为了解决这一问题，开始将野生杉苗用于造林栽种。会同自明洪武年间就开始杉木的人工栽培。《会同县史稿》有这样的记载："明代，会同林区，杉木、马尾松、油桐、油茶林，遍山密布，洪武初年，县内开始采用插条和挖野生苗的方法，人工栽培松林。今广坪蒿圮坪大丘头和岩头坳脚村的人造杉木古树群，树龄都有300多年，其中，有一些古杉树即是明末所培育。"但野生杉苗稀少，不能满足大面积造林的需要，便从秋后砍倒的杉树上采获杉籽，用以人工育苗、栽种，获得成功。实生苗培育出的杉树，不但生长迅速，而且木材质地优良。这种先进杉木人工林育苗技术，后来由贵州锦屏传播到了仅一山之隔的湖南会同县广坪一带。《会同县志》有载："清咸丰年间（1851—1861）杉木育苗技术从贵州锦屏传入会同广坪西楼、羊角坪、疏溪口一带后，当地便有以育苗为业、世代相传的农户。"他们育出的优质杉苗出售邻近的乡民，用于实生苗造林。此后，广坪、炮团、地灵开始了大面积的人工杉林种植，并形成了以种植杉木为生计的农户群体。人们称这一人群为"打山佬"。以后，就开始侗苗林农创造了"山上孔雀开屏，山下见缝插针"的杉苗定位种植，民国三十五年（1946）《湖南经济》第一期周维梁撰文称："苗民经营杉木，已具悠久历史，一切育苗、栽培、砍伐、运输，靡不熟练。苗民持此为生，刻苦经营。满山遍岭，普遍种植，登高远眺，一片青葱，树身整齐，排列有序，人工种植，叹为观止。"会同广木数量巨大、品质优良，成为知名品牌。

据民国三十七年（1948）《会同县生计志》记载，全县林业用地占全县总面积的80%，其中林地约占总面积的30%。1959年，国家林业部、湖南省林业厅和会同县联合对全县森林资源做三级联合调查，全县林业用地占土地总面积的80.48%，森林覆盖率为66.5%，居湖南省第二。其后，会同大力造林，森林覆盖率一直维持在70%以上。1954年后，《新湖南报》多次对广木和广木之乡做通讯报道。1956年后，上海电影制片厂和潇湘电影制片厂先后摄制了影片《杉木》和《广木之乡纪行》。国内外专家、作家和国内一些大专院校的师生多批次来会同考察林业工作。1958年，林业部以广坪、炮团的杉木速生丰产林为现场，在会同召开全国林木丰产会议。国家把广木样品作为"国木"赠送给苏联、印度、越南、南斯拉夫、捷克斯洛伐克。从1950年到1988年，年均有6万多立方米广木和5万多公斤广木种子销往外地。会同被列为全国7个杉木中心产区的种源区之一。

除了杉木、桐油外，茶油、楠竹等也是会同林木特产。其中楠竹，会同已经发展到50万亩。利用侗苗地区丰富、生态、优质的植物资源，开发千古神秘的植物类苗药侗药。近年来，植物药的开发热潮席卷全球。一些过去专注于化学药研究的欧美等西方国家，也开始把目光投向古老神秘的东方传统医药，特别是植物药。民间传说："苗药三千，单方八百。"苗族有利用植物药的传统，早在秦汉时期，苗族先民就有用菖蒲、艾叶、雄黄、朱砂辟邪防病的习惯，如每年端午，苗家门上都要挂菖蒲、艾叶，用于辟邪；用雄黄酒、朱砂粉洒房间内外，以防虫兽。苗族大人小孩都喜欢口含当地的一种苗药苦藤，以预防风湿病。事实上，侗药也与苗药类似。苗药侗药，成为侗苗地区植物药的金矿，不但为侗苗人民乃至全人类的健康播下福音，还为侗苗地区带来源源不断的经济收入。

这样，侗族地区不断通过产业开发，促进了植物的保护和栽树种花。经过侗族人民世世代代的努力，侗族地区的许多地方成为闻名遐迩的“楠竹之乡”“木本油料之乡”“中药材之乡”。

侗族以树为神，而这些数量巨大的“树神”，有力地保护着侗族人民生活的生态环境，为侗族人民带来生活物资、健康长寿和滚滚财源。这样，树木确实成为侗民的保护神和财神。

侗族牛图腾

说到牛图腾，我们就想到了中华农耕文明的始祖神农炎帝，典籍里记载，神农炎帝“牛首人身”；我们也会想到苗族，苗族女性头戴了牛角状的银饰，完全是“牛首人身”的形象。

无论历史学、人类学，还是民族学、民俗学，都说苗族是蚩尤的后裔，而蚩尤又是神农炎帝集团的重要部落首领，苗族是“人首牛身”的神农炎帝之后也顺理成章，苗族传承牛图腾文化也是事之必然。

侗族有着深厚的牛崇拜文化，这是很多人所不知道的。其实，侗族崇拜牛，这不足为奇。侗族是典型的农耕民族，农耕民族对牛格外看重，甚至可以说是敬重。更重要的是，侗族与苗族有着相同的远古族源，都能追溯到神农炎帝老祖宗那里。所以，侗族的牛崇拜十分浓厚，这与苗族一样缘于古老的牛图腾。

一

牛头、牛角作为一种象形符号，深深地嵌入侗族人民的生产生活之中，这是侗族牛图腾的重要体现。

侗族、苗族民居的屋脊都呈牛首状。屋脊两端有的用瓦片堆叠，有的用泥塑而成，两种都做成高翘翻卷的形状，活像牛的两只大角，而屋脊正中也堆叠一坨瓦或三合泥高凸出来，整个形态正像甲骨文中的“牛”（）字的上端，也恰是牛首的形象化描绘。这形成侗苗地区民居的一个显著特点。这样的形态，不仅彰显了牛图腾文化，还让整个屋面增添了雄浑的气派和灵动的气韵，使之与蓝天、青山、绿水和谐统一。

侗族、苗族认为人与神是相通的，人与自然应和谐统一。所以，不光民居屋顶呈牛头状，寺庙、土地祠等的屋顶也无不如此，甚至许多墓碑顶端也凿成牛首的样子。所以，侗乡苗寨，到处都刻满牛的符号，有人在就有牛的形象在。

以前，侗族民居多是木屋。会同县的木屋堂屋门楣上两个门簪子的正面即前端，分别刻着八卦中乾坤（☰ ☷）两个卦象符号，代表着天地和谐、阴阳平衡，集天地之灵气，得天地之护佑，因此而吉祥顺利；后端则削成两只左右对称的牛角，既是古代牛图腾的遗风，又有辟邪镇宅的作用。另外，木屋中凡是榫头穿过柱眼的地方都要打上一个“关楔”来栓住方片、固定柱子。每个关楔都削成牛角的形状，既是利于楔进的需要，又要以牛形暗喻其力量巨大、牢不可摧，更有牛图腾的意义。

耙旱地使用的踏耙的齿也做成牛角形。耕牛拖着这样的踏耙，农夫踩在踏耙上，在田野上有些劈波斩浪的气派。这时，农夫欢快而自豪地叫唤、催促着牛：“嘿！嘿！嘿……”真像大海中的一位舵手或驾着战车冲锋陷阵的勇士。这些密集的“牛角”，深深地切入泥土，将泥土切得又细又匀又松软。

我们小时候喜欢下“牛角棋”。两个小伙伴玩体力游戏劳累了，就静下来玩智力游戏，时常在地面或石板上画一个牛角似的棋盘，捡些小石子或折些小树枝当棋子来下。我感觉双方是在一只牛角上角逐，这只牛角在我眼里有时很大，它就是一个天地、一个战场；有时又很小，当自己处于劣势时，感觉被逼进了牛角尖。我不知道这是不是斗牛形式的转换，也许是吧。

侗人不光把牛首作为这种形象化的符号，与牛相关的其他物件也常常被作为一种牛神的化身。比如，侗族认为小孩若犯了“四柱关”，大人就得为小孩写上红纸签子“诚心寄拜牛栏土地位前”，贴在牛栏上，“虔望保佑凶星退位，吉星常临”。因为牛栏恰好有四个柱子，正可以破“四柱关”，且牛栏里都有神灵，乞拜牛栏土地相助，能够得到神的护佑。

二

牛图腾不单是一种牛的物化形象，更不只是一种生产生活的实用品，还塑造成艺术形象，或者演变成一种节日。

神农炎帝故里会同连山存留的省级“非遗”——连山斗牛舞，流行于会同县连山乡、团河镇、高椅乡一带，是人们感谢天地赐予五谷、感谢神农炎帝发明农耕、祈求农作物丰收的图腾舞蹈。这种舞蹈是一种牛图腾，起源相当古老，它与神农炎帝时期的原始农业和牛耕种植水稻有关。会同侗族先民是南方最早种植水稻的农耕民族之一，《边城晚报》2018 年 1 月 9 日报道：从距会同 50 公里的高庙文化遗址，“稻作文化很发达，最近已在距今 7400 年的文化层中发现了碳化稻谷颗粒和薏米粒……”连山斗牛舞也叫“人扮牛打架”，表演人数为八至十六人不等，有牧童二人，每头牛由二人扮演，一人演牛头，一人演牛尾。也有三人表演的，两人执牛头格斗，一人扮罗汉。表演时没有十分固定套路，随意性较强，舞蹈动作主要是摹拟牛的生活和格斗的形态，如表演牛的种种生活习态，吃草、磨草、舔毛、弹腿、挨背、恋凼等各种动作，也可套以犁、耙模仿耕田动作。格斗时有对角、拗角和勾、绊、撞、踢等战术。牛与牛的格斗虽然紧张，但配上两个牧童生动的神态，又是吆喝、鞭打，又是扯尾巴、牵牛鼻子，最后以火攻牛，使其分开，这样就极为生动有趣。整个过程的每个情节一环套一环，紧紧相连，动作细腻逼真，把牛与牧童的千姿百态表现得淋漓尽致，令人有如身临其境，使整个舞蹈显得有张有弛、风趣盎然。连山斗牛舞与西方斗牛截然不同，它完全没有血腥，是文明和谐、绿色生态的农耕文明的体现。

当然，侗族也组织真正的斗牛，就是让牛与牛相斗，这个虽然偶有血腥，但毕竟不是牛与人斗，不至于让人每每有生命之灾的惊恐。这种集体娱乐，人们的参与度高，举办地方圆百十里的侗寨都会精心准备，提前挑选、饲养、训练好斗牛，积极参加。参加搏斗的牛，一般不服役耕作。一般选在农历八月初八，各村寨牵来各自的牛王，举行比武大会。其时，老少咸集，人山人海，锣鼓喧天，铁炮震山，欢声雷动。正式比赛前要先放铁炮，“咚！咚！咚！”三声铁炮炸响之后，金锣、鞭炮齐鸣，斗牛开始了。一个寨子一头牛参赛，一对一对地进行，通过抓阄抽签进行配对。比赛时，决斗双方的主人即牛头公，各自举着一张写有牛名的牌子，牵出膘肥肉满的牛王，随着锣鼓声绕场一圈，是为“亮相”。之后，由裁判人吹响一声长哨，双方牛头公松开手，两头牛王四蹄腾空向前冲斗，“哐”地一声，两头牛犄角猛地撞击在一起。这时，满坡助威的群众有的呐喊，有的鸣锣，整个场面热烈欢腾，气氛远比看一场世界杯足球赛紧张。如果有一方的牛被斗翻在地，即作失败论。为了让牛不受到致命伤害，主持人手持长竹竿，点燃顶端的鞭炮，放至获胜牛的跟前，让它受惊后退，一轮斗牛就宣告结束。最终的胜利者，由裁判为之披红挂彩，牵之绕场一圈。回村后，村民们鸣锣放炮“贺牛”，欢乐不已，胜过节日。还要给牛喂红米饭、甜酒，以奖赏它光荣获胜，赞美它为寨子立功，犒劳它为全寨人争光。此后，此牛身价百倍。

送春牛是侗族的传统习俗。农历立春之日，家家将牛圈修整、打扫一新，用嫩草、糯米酒饭喂牛。晚上，在村寨中进行舞春牛的表演活动。所谓春牛，是用竹篾做成骨架，上面糊纸，做成牛头，用灰布缀以棉绒做牛身，上挂一朵大红花。称之为春牛，是因为春天的牛忙于耕耘，给农家带来收获的希望，最是勤劳、吉祥的象征。表演中，两个人提着书有立春二字的大灯笼引路，另二人合舞春牛，紧随后面是一群挑担荷锄的青壮年，边走边表演各种耕耘动作，如驱牛耕地、挖泥耙田、送肥捉虫等，舞姿简朴粗犷，极富生活气息。他们先是在村寨的场坪中焚香烧纸，祭祀牛王，开启表演仪式。“送春牛”活动一开始，锣鼓喧天，爆竹轰鸣，村子里一片欢腾。送春牛领头人高唱《送春牛歌》：“春牛来得早，家家阳春早。要想地生宝，耕牛保护好。”歌声刚落，大家便欢呼相和：“多少代，多少年，我们和耕牛紧相连。哪颗白米不沾我们的汗，哪滴米酒不沾我们的趼。”之后，他们挨家挨户一路表演。各户人家都热情接待，燃放鞭炮，端上茶水、糖果，还要赠送一对糍粑或一碗米。每到一户人家，都要由两个小伙子舞着“春牛”绕堂屋走几圈，仿效犁田、耙田等动作，再现春耕生产的各种劳动场面，展现一幅紧张而欢乐的农家春耕图。春节期间，也常常有人走村串户送春牛。一般是在主人家堂屋门口，要唱吉祥的《送春牛歌》：“春牛来得早，你屋里阳春好；春牛来得迟，你屋里正当时；春牛角奁奁，你屋的金子银子着箩拿；春牛角埋埋，金子银子滚进来；滚进冇滚出，你屋是老财主……”

唱罢这些祝福恭维的话，主人欢头笑脸地打发来人一双红糍粑，讲义气的还筛茶、端甜酒给送春牛的人食用，然后叫他到别家去发财。送春牛的节目把春牛奉献给各家各户，呈上吉祥，送上美好的祝福，也暗示要抓紧春耕生产了。尽情欢乐之后，家家户户都要忙春耕生产了，这才是真正的春耕画面。从这一活动可以看出，侗族民间是把牛当作吉祥物、当作财神、当作天官来看待的。

农历六月六日，是侗苗人民祭牛神的日子，俗称敬牛王菩萨。这一日，家家户户杀鸡宰鸭，先要从杀了的鸡、鸭身上扯下几根翅膀毛插到牛圈旁，表示为牛洗尘，祝福耕牛清洁平安。相传，牛王原是天宫诸神之一。古代农耕无牛，靠人拉犁翻地，工效极低，百姓饥饿难挨。凡间怨声直冲云霄殿，玉皇大帝听见后，派牛王菩萨下凡传旨：三日吃一餐，粮就够吃。牛王体恤凡人，来到人间，下田与农夫一起拉犁，又累又饿，不要说三日一餐，就是一日一餐也受不了。于是，他改传圣旨，让人间一日三餐。玉帝闻讯大怒，逐他下凡。牛王菩萨请求玉皇大帝让他下凡变为耕牛，为百姓拉犁耕地。从此，人类便用牛代耕了，工效大大提高，粮食产量也大为提高。

每年农历四月初八，侗家都要为牛祝寿，庆贺牛的生日。每家主人先把牛栏打扫干净，铺上新稻草，并把牛圈整修一新，在栏柱上贴起小红纸条，上面写着“除瘟灭害”“四季平安”等吉祥语言，然后将牛牵到溪边，用水洗涮其身上的污垢，用篦梳清除身上的虫虱，再牵牛回屋，让牛休息一天。到中午时，各家各户还要举行隆重的敬牛仪式。首先是给牛“开荤”，主人事先将糯米饭夹上肉块、油发豆腐，用棕粑叶包起来，卷成筒状，再将晒干的黄鳝碾成粉末，用米酒调配好，由家里年岁最大的老人去喂耕牛。长者来到牛圈前，摸着牛头说：“牛啊，你一年到头为我家辛苦耕田，今天让你好好过个生日，感谢你，祝你健康长寿！”说完将糯米饭包肉、米酒黄鳝粉喂到牛嘴里。到了傍晚，欢庆牛生日的气氛达到高潮，家家户户在堂屋摆上丰盛的酒菜。用餐之前，放牛伢仔将牛牵到中堂门前，长者给牛披红挂彩，燃放鞭炮，家里人则围着牛打躬作揖，祝贺牛健康长寿。然后，全家人才围桌就餐，唱“敬牛歌”，老人讲述牛生日的故事。

人要过年，也让牛过年，侗人从不亏待牛。过年的时候，农户不仅给天地、神龛祭供茶酒三牲，牛栏土地也一样敬奉。特别还要用青菜叶包了肉片、饭团、糍粑之类喂给牛吃。

三

会同县城北边，有一座古老的小镇，名叫堡子镇。集镇南边山头，就是闻名湘西的耕牛交易市场。表面看起来，它特别普通，但深入其中就会发现其耕牛交易形态那么原始，保留着古老的牛市风情。

买牛卖牛，首先得相牛。牛市没有公开牌价，论价标准全凭专门做牛生意的“牛客”那相牛本领，能够讲出某头牛的各种不足，那头牛的价格可能够压下来。在长期的职业生涯中，牛客们总结出许多经验，然后提炼成行业谚语：“撑开嘴巴看牛龄，走路翻蹄知懒勤，旋毛单双分耐力，扯扯尾巴知疾病。”“前肢直如箭，犁田不用鞭，后肢弯如弓，犁田快如风。”牛客们长期积累的这些相牛谚语式经验，也是会同普通老百姓耳熟能详的。因此，牛客也不能过于欺骗牛的主人，交易也就比较公平。

议价前，“牛客”从袋里抽出一根两面削得光溜溜的细竹篾，先用竹篾条围牛肚，量其宽度，然后以拳量竹篾，黄牛量至十三拳为大，水牛量至十六拳为大。再以此配合牙齿数量来论牛的等级，齿少拳多为少壮牛，要价就高；齿多拳少为劣牛，出价就低。

厉害的牛客，有一套特别的相牛本领，把细篾丝对着牛横向、纵向各甩一次，便知牛的大致重量。那篾丝横向甩出时忽地围着牛肚子包了一次，纵向甩出篾丝从尾部展至头部，这样就把牛肚围径和身长都量出来了，牛客用他们固定的公式运算，牛的重量便八九不离十。

卖主和买主讨价还价时，不兴讲出数目，而是用手指暗语来成交，当地人称“握手成交法”，也俗称“掐掐法”。这种方式也和猜拳一样，一般是吉利奉承的语词，如：一定大发、二逢二喜、三朝吉庆、四季发财、五子登科、六位高升、七星高照、八月桂香、九九长寿、十全十美等。在握手成交时，双方必须用斗笠或衣襟将双方的手遮住，再用手指暗语来成交。一般成交暗语是“要这样的娘娘，要这样的崽崽，要这样的孙孙，近来一点，远去一点”。“娘娘”表示大数，“崽崽”表示中数，“孙孙”表示小数。“近”表示价钱要低，“远”表示价钱要加。如果一方将手指摇一摇，则表示两个样，就是加一番或减一番，每掐一轮指头，都伴以一番说合，使价差逐渐缩小，直到买卖双方都可以接受。然后中介人在牛屁股上猛击一拳，高声宣布生意谈成。临别时，卖主还要向买主热情地说些“四蹄端正，水草通行，耕田田旺，耕土土兴”之类的吉祥话，双方相互敬烟，含笑告别。

这种古朴的牛市交易习俗，一直延续至今。由之可见，牛崇拜已经深入到侗族生产生活的各个方面，并衍生出种种行业规矩，形成了有趣的独特的文化。

四

牛角经常被侗人直接用到生产生活之中。

木匠师傅造房子、做家具时要在木头和方片上作标记或书写“木匠字”，便用竹片和牛角分别做成笔与墨盒。其中的墨盒是牛角尖端的一截，里面填满用棉花或棉布做的墨衣，浸饱了墨汁，既能保湿，可随时有墨可蘸，又不至于倾倒而泼出墨来。为了方便随时随地将竹笔插入，蘸墨写字、画符号，墨盒系上带子扣在手腕上。竹笔在不用时则用耳朵夹着，也可随时取下使用。木匠师傅把这截牛角叫做墨角。小时候我每每见此，便觉得木匠师傅真聪明，心里想：我读书写字要是没有笔，也可不可以用这样的笔写字呢？后来，我看到父亲用家乡的水竹制作竹笔写硬笔书法，我很是兴奋。父亲告诉我：他的祖父就常用竹棍柴枝作笔教他认字、写字，他在祖传竹笔书法的基础上进行改进，写出的作品特别有枯润、肥瘦变化的韵味，有位省文化专家说这是一项很好的“非遗”项目。

牛角角质坚韧细密，做成的牛角梳子，格外耐用，且不会产生静电，据说还有保养头发的功效；做成油漆工用的刮灰刀，硬度和韧性结合得相当不错，用起来力度好、弹性好，让人格外有手感，刮出来的底灰平整光滑，犹如绸缎。

打猎用的火枪最怕火药受潮和碰上火。那时，社会物资不丰富，没有多少器皿可装火药。牛角便成为最佳选择，一是因为它有良好的密封性，既防潮，又隔离火种，且便于携带，还因为侗苗人在野外需要随时有牛角在身上，起到护身符的作用。平时，猎人把火药装进牛角里挂在壁上，始终保持干燥，方便随时取用。

若有人偶感风寒头痛头晕，侗人用牛角当火罐在“印堂”穴上拔出一个“火疤印”以祛寒止痛。侗家，人人都是医生，但毕竟一般人只能医治一些小病小痛或者会几样偏方，真正家里有大病奈不何时，一般都会请巫医来治疗、打理，甚至会请来老司捉鬼敬神。天黑时分，老司吹起牛角“夜乌夜乌”地来到雇主人家，完全一副“号令三军”的样子。相传，蚩尤是老司教、梅山教的鼻祖，所以老司在行法事时总是装扮成传说中的蚩尤模样，头戴三角昂扬挺立的头饰、身穿毛须打绺的蓑衣，施行法术时数度吹响牛角、屡翻筋头倒立牛角，一场“蚩尤”与“邪鬼”的战争风起云涌，最终以蚩尤胜利而圆满结束。

在这种境况中，牛角已经不再是牛角了，它是实用的物品和神力的化身。

五

由于古老的牛图腾文化根深蒂固，牛在侗族人民心中的地位十分高。侗人不仅在祭祀中和过年过节时敬重牛，在日常生活中也格外敬牛、爱牛。

传说，从前有个农夫耕田，家人送了早饭来，他坐在田边吃饭时，却不给牛松绳子解轭。他在吃，牛在饿，结果惹怒了天神，一个炸雷把他打死在田边。从此，农夫耕田半途吃饭时，一定得放牛去吃草。有的农夫在头天就一边看牛，一边用“禾则”采好几大捆青草，以便次日随犁耙带到田间，自己吃饭时，让牛也吃到现成的草。

夏天，牛经常被牛虻叮血，看牛的人手握蝇拍，高度警惕，一发现牛虻就将其拍死。冬天，牛久不洗澡，就会生虱子，农夫就用一种铁制的梳子把牛身上的虱子和虱子蛋清除掉。牛的尾巴不停地左右扫打，既是一种本能，也是为了驱赶蚊子。但如果牛尾巴上生了一种叫“铁旋虫”的疾病，牛尾巴就会断掉。农夫用烟草秆熬水或直接用旱烟油涂在牛的患处来救牛的尾巴。水牛身上还会发一种俗称“抬壳虫”的癣，农民就用红叶大菜擦牛的患部。牛的胯下常生一种寄生虫叫“蜇蓖鳖子”，专叮在牛皮上吸血。农民一发现牛胯下的蜇蓖鳖子，总不嫌脏，要一一除之而后快。牛喝了不干净的水，肚内会生“肉蚂蟥”，农民每年给牛灌饲几次茶油，以此杀灭肉蚂蟥。

当功夫做完，给牛松绳解轭后，农民还要给牛揉一揉肩脖搓一搓背。如果牛轭与牛肩不太适合，磨烂了牛肩，农民就会给牛肩的伤口涂上桐油以消毒生肌，在牛轭上包一小张兽皮以减少磨擦。立冬以后就不能用牛耕田了，不然此后牛脚会经常痛。

乡间溪涧之上到处架有桥，牛不能走过。山民们又在木桥上铺上许多横木块，再填一层砂土，做成土木桥，牛就可以在桥上如履平地般行走了。

牛老了、病了、残了而不能再耕作了，户主就要请人屠宰。宰牛前，要在牛圈前点燃香烛，祭祀牛圈土地菩萨和牛王菩萨，说些吉利话，祝愿被宰的牛“脱了毛衣穿布衣”，下辈子变为人。宰牛时，当场围观者必须将双手背至身后，以此表示不是我不来救你，只是因为我的双手正被捆住。

这些细节彰显了侗民的爱牛之心。

六

由于生产生活离不开牛，牛也成为侗族地区谚语、俗语的重要内容。仅就会同方言来看，含有“牛”字的谚语、俗语相当多，又极为生动有趣。这里试举几例：

人在年轻时使得起暴力，读书人说是“年富力强”，会同方言说的是“识不得你有几根牛气马力”。

“丝茅草，两面刀；牛尾巴，两边摺。”这说的是一个人很圆滑或两面挑拨，与“墙上一根草，风吹两边倒”和“两面三刀”是一个意思。

砍倒一棵大树，扛不动，抬不走，必须就地分解，化整为零，就说：“哪里死牛哪里剥。”

“快刀遇着豆腐切，钝刀遇着韧牛筋。”表达的是事不凑巧、事与愿违之意。

如果说话东拉西扯，偏离主题，别人听了不得要领，就叫做“牛经踏马经”。

“牛皮放在庞桶上——成了鼓（古）。”这句歇后语讲的是某一件事或一句话成为过去或者成为典故。

某人做事拖沓，反应迟钝，漫不经心的样子，急性子的人就会说这样的人“像烈（烫）死了的牛虱婆”。

如果欠账越来越多，则说：“落雨背牛草，越背越重。”

倘若做事自食苦果，别的地方说这是“搬起石头砸自己的脚”或“木匠戴枷自作自受”，而会同方言说这是“牛踋缆牛吃亏”，因为耕田时牛脚跨出缆绳之外，缆绳就会磨擦烂牛脚，是一种自作自受的行为。

牛驯化为农耕劳力，最晚也是神农炎帝时代，距今至少有5000年的历史。5000年以来，中华民族一直延续着农耕文明，其中的牛图腾也在各个民族中得到传承。侗族是糯稻民族，是南方最早的农耕民族之一，其牛崇拜有着古老的渊源和独特的传承，是侗族先民推进文明进程的瑰丽结晶，能窥见中华民族进化的轨迹和内涵，它对探讨神农炎帝文化、中华农耕文明和绚丽的侗族文化有着不可替代的重要价值。

侗乡是乐海

离开侗乡去广东从事音乐教学很多年的朋友吴老师，突然“驾到”，我自然欣喜。十多年不见，一见相互感觉对方都老了，我们便同时感叹岁月无情。还好，两人的精神状态都还不错。我说，音乐给了你快乐和力量。吴老师爽朗一笑，说，滋养了我吧，在广东那样物欲横流、压力巨大的地方，音乐给我的是不一样的力量。

他便打开了话匣子。说起了侗族的歌舞，比如侗族大歌，比如婚嫁歌曲。看来，他对侗族的音乐越来越迷恋了。我知道这是一件好事，对于侗族文化而言，越有专业人员来了解、研究，越利于传播；对于吴老师这些音乐家而言，越是深入研究民族音乐，越能取得成果。

他还带着在侗乡采访所获得的高度兴奋。他高兴地说：侗族确实是一个能歌善舞的民族，到了侗乡就是到了歌山舞海。

我说，当然，每逢年节，村寨之间赛歌、赛芦笙，天天是盛会。

他用诗歌的语言跟我描述：收亲嫁女之时，有哭嫁歌、唱盘歌、拦路歌排满了婚嫁喜庆的日子；在野外劳动，山歌从东山飘过来，从西岭飘过去，一处唱来四处和；妇女在家做女红，手不停，嘴也不闲着，总是有姊妹歌等歌曲陪伴。

这些是我小时候在我的官舟寨司空见惯的情景，他描述的时候，那一幕幕像电影一样在我脑海里回放，如此清晰，如此亲切。

我知道，这些都是侗族习俗，侗族音乐最常见的就是这种口头流传的民歌。侗族民间音乐活动事事涉及、处处体现，且绚丽多姿。他以专家的角度进行专业的解读，可是我并不觉得他过于“高大上”：据统计，各地侗族音乐和曲调约100多种，足见侗族音乐形态多样、内容丰富。

我向他请教一个专业问题：侗族语言和习惯都按地域分为南北两个区域，侗族音乐也是这样类似的情况吗？

静默了片刻之后，吴老师作了详细的介绍：是的，侗族民间音乐的形态，按传统习惯也和侗族方言区一样可分为南北两个区域。北部方言区民歌以单声部山歌为主，山歌侗语称为“阿高井”，意即高坡歌，是北部侗歌的主要歌种。它主要包括山歌、玩山歌、白话、酒歌、伴嫁歌及其他礼俗歌曲。

我插话：侗族山歌基本上是在山坡上劳动和路途行走时唱的，因为都在野外，适宜放声高歌，也必须尽情表达，所以其曲调高亢嘹亮、音域宽广、极具穿透力。

是啊，山歌侗语称“嘎摆进”，就是上坡的歌、在野外演唱的意思。他接着说，山歌的歌词结构短小，由上下两句构成，节奏较自由，曲调开朗豪放，唱时用大嗓，有时用木叶伴奏，使曲调更具有山野风味。无论只在野外唱的山歌还是在家里唱的酒歌，多为见景生情、即兴编唱，因此最考验一个人的才情。

所以，青年男女找对象多是通过唱山歌来考验对方的“肚才”。我接过他的话说，那些最有才情的人都是最先能挑选到满意对象的，比如，会同县宝田侗族苗族乡连道苗寨村彩云谷的张姓兄弟二人，因为山歌唱得好，能随口编词，接连唱个三日六夜没问题，都在湘黔边界的歌场上找到能唱善对的对象，然后结了婚。

他继续谈这些山歌，说到了古歌、放排歌、拉木歌、苦情歌、反抗歌等。然后又由此谈到了在家里唱的歌，有酒歌、伴嫁歌、孝歌、上祭歌、龙灯歌、桃源歌。此外，还谈到了北侗人民也唱佛歌，说这无疑是受中原文化的影响。

玩山歌实质上是情歌。我说，玩山是侗族青年男女的社交活动，每逢节假日，男女相约上山唱歌游玩，故称玩山歌。

吴老师对北侗玩山歌进行了专业解读，他说玩山歌有一套歌曲，按一定的程式唱，如初次见面唱《初相会歌》；初恋时唱《深情歌》《成双歌》；失恋时唱《伤心歌》等。玩山歌曲调优美抒情，唱时常运用一种独特的装饰性颤音，使歌曲独具风韵。流行于天柱、锦屏等清水江流域一带的《河边歌》（侗语称为《阿惹》），也属于玩山歌类。曲调简单朴素，每句尾音延长，然后以装饰音六度下行，很有特点。

他还在继续说他的专业话题：白话侗语称“垒”“晓宋巴”“阿板宋”等，是唱玩山歌中插入的一段朗诵性歌调，音域较窄，基本是一字一音，速度较快。酒歌亦称好事歌，侗语称“阿煞”，在喜庆筵席时唱，曲调丰富，内容广泛，除有历史题材的古歌外，还有赞颂、感谢主人的歌，相互问答斗智的盘歌等。有的曲调流畅优美，含蓄深情；有的音域宽广，开朗热情。以真假声结合的唱法，采用一领众和的形式，气氛热烈。酒歌还常因衬词的不同而冠以“阿哦哩”“阿诺”“阿哩”等名称。

这些，我并不太懂，太阳春白雪了，是我等下里巴人所不懂的。但侗人唱山歌的情景一直在我心里清晰如昨。唱山歌是很有意思的事，记得20世纪80年代会同县炮团侗族苗族乡与相邻的贵州省天柱县大洋乡的群众，还联合在边界山野举行赶歌场活动。用作歌场的山上到处都是人头攒动，山歌此起彼伏，双边群众组队对唱，又有一些青年男女自由挑战，还有一些老年山歌爱好者展示了随编随唱的扎实的山歌编唱功底。前些年，会同县团河镇、岩头乡的群众在平天山举行了山歌比赛，夺得冠亚军的竟然是年近七旬的两位老年男女，他们对歌几个小时，都能每支山歌不重复地唱下去，特别是见物编词、触景抒情的功夫十分了得，十分娴熟地运用了文人所称的“赋比兴”手法，听起来生动形象、充满感情，又押韵、顺溜。现在，一些歌手进城带孙子、外孙辈上学，把山歌带进了城。天一断黑，会同县城的休闲广场就有一些老年人在对唱山歌，由于借助音响设备，歌声传播得很远，让人仿佛回到了山间的歌场。

此时，就有山歌隐隐约约地飘过来，像为我们的聊天话题做注脚，也像为我们特意做的背景音乐。

男声：

哥是高山一锦鸡，怕来平地莫敢啼。
飞高只怕岩鹰呃，落地又怕遇猫狸。

女声：

哥是高山一锦鸡，大胆过来放声啼。
飞高冇怕岩鹰呃，落地冇怕遇猫狸。

他说，侗族有一种河歌，侗语称为“嘎尼亚”，意为流水歌。这种歌结构短小，曲调轻柔质朴，接近口语，节奏比较自由，旋律多级进，音域一般在四五度以内。

因为我对于伴嫁歌比较熟悉，想跟他探讨一下为何侗族有哭嫁歌的问题。他说：就是姑娘出嫁前夕由新娘及伴嫁姑娘们唱的那种歌哦，曲调委婉，多倾吐包办婚姻的痛苦及离别亲人之情啊。

吴老师的兴趣并没有被我引入到哭嫁歌上去，他一下就把话题转回专业性问题来了：北部侗歌的音乐只有单声部民歌，从乐曲结构来看，属于分节歌的形式，歌节的划分以歌词为准；曲调以五声音阶为基础，常以 sol、do、re、la 为调式主音，旋律中有时出现上下滑的非调式音，这特别是在朗诵风的歌曲里比较明显，但并不影响调式的确定，在同一歌节内有时有调式、调性的转换；歌曲中衬词衬腔较多，这使乐句得到扩充，使曲调更加优美；歌词一般都押韵，歌词行数为偶数，韵脚一般在偶数行上。每行字数不定，但必须是奇数。

南部方言区民歌则不同，它保留着更为原始的形态。我说。

他告诉我：南部方言区的民歌可分为小歌、大歌、习俗仪式歌三个类型。小歌是南部侗歌中单声部民歌的统称，大多为青年男女“行歌坐月”时的一人独唱或二人对唱，这时由于在室内，相互相距较近，用小嗓轻声慢唱，内容多为情歌，曲调短小，委婉缠绵。其中有用乐器伴奏的琵琶歌、牛腿琴歌、笛子歌；有无伴奏的河歌、山歌等。大歌就是其他民族所称的侗族大歌，是由集体演唱的结构比较长大的民间复调歌曲，流行于贵州的黎平、从江、榕江和广西三江县等部分侗族村寨。

对于大歌，此前我们探讨过几次了，此次不表。

我问：你能说说习俗歌与仪式歌中的《踩堂歌》《拦路歌》《酒歌》《赖油歌》吗?

他侃侃而谈：所谓《踩堂歌》，侗语称《哆耶》或《耶》，为古老的祭祀歌，侗族在全寨男女老少集体敬奉萨玛神时，在供神的社堂前围成圆圈，手牵手边歌边舞，内容以歌颂祖先、祈求丰年和老少平安为主，或由歌师即兴编唱，歌中多出现“哆耶”和“耶”的衬词。

此情此景在通道县见得多了。我说，不过如今在皇都、独岩等地都把《哆耶》歌舞变成旅游的表演节目了，这也有很积极的一面，能够很好地推介侗族文化，彰显侗族旅游的文化特色。

他接着说：所谓《拦路歌》，侗语称《嘎撒困》，就是侗族于婚嫁喜事或节日相互请客吃酒，客人来时，男女歌队列于寨前，以各种杂物将进寨路阻塞，主人与宾客分别唱《拦路歌》《开路歌》等，以歌声问答，客方回答了主方的各种提问后方可入寨。我到过贵州从江龙图寨，那里仍保留着一套比较完整的拦路歌，共有数十首歌曲，曲调丰富，其中一些歌曲带有多声部民间支声复调性质。

我感叹：只是，像我这样完全不能喝酒的人，难以过关，必须等能喝善饮者先闯关，我才求情放我一马，让我不喝酒不对歌而进寨，呵呵，说好话总是有用，我每次都能凭此成功过关。

《酒歌》，侗语称《嘎靠》，包括《酒令歌》。他说，顾名思义，《酒歌》是在请客吃酒时唱，歌词与北部地区酒歌相似，音乐具有南部侗歌特点。

我说，我小时候，经常看到自家的中堂屋里男人们喝酒行令、唱酒歌，气氛就沸腾起来。也有女人们唱酒歌的，比如，婚礼中的送亲客常常要感谢男方家人及厨师等帮工为招待他们所付出的努力，就会在敬酒时唱起答谢招待的酒歌。

在吴老师的坚决要求下，我试唱了两首酒歌：

吃酒就要杯杯干，糖蜂冇采臭牡丹。
燕子冇进愁人屋，日头冇照背阴山。

桐树开花如白银，桂树开花似黄金。
今朝有缘同席坐，席上大姐最聪明。
人才赛过七仙女，肚才胜过孔夫人。
白面银牙高山雪，嘴唇好似映山红。

席上饮酒多少客，难寻大姐这等人。
才貌双全福分好，大姐命好落高门。
姐夫朝中为宰相，大姐一品上夫人。
到州就有州官接，到县必有县官迎。
大官小官齐来到，一声炮响似雷鸣。
出入丫环服侍你，又有卫兵保安全。
龙凤金珠配衣领，八宝金环附耳根。
不是我来夸奖你，名不虚传果是真。

他奉承我道：你可以去参加山歌比赛了。

你这是挖苦我了，我这死背了几句，曲调都不对。我是说的内心话。

莫谦虚，莫谦虚。他停了停又说，风俗性歌曲还有《送客歌》《分手歌》等。

我讲我知道《赖油歌》，他说侗语称之为《嘎拉油》。我跟他介绍广西三江一带的《赖油歌》：三江地区盛产茶油，每年收油季节，外寨女青年常常结队到侗乡讨油，每讨一家油，献上一两支歌，因而被称为《赖油歌》，意即通过唱歌来赖人家的油。内容为歌颂茶油丰收，感谢主人盛情等，曲调欢快流畅，是当地一种独特的风俗歌。

也许是“职业病”的缘故吧，吴老师喜欢从专业角度来分析：南部方言区侗歌的音乐具有自身的显著特点，它结构多样，既有短小的两句歌，如山歌、河歌、牛腿琴歌，又有以上下句为基础作变化重复后再加引子及小结尾所构成的琵琶歌和小歌，还有由一些相互有联系的歌组成的套歌，如拦路歌、踩堂歌等。大歌的结构完整，一般都有各自固定的序歌、三支歌为一组的主歌和尾歌；在调式上基本只用以 la 为主音的五声调式，在琵琶歌中有以 do 为主音的七声调式，但四度音 fa 只作下行经过音和倚音，七度音 si 只作六度音的上助音用，此外还有大量以 do 为主音的五声调式；侗族多声部大歌在声部结合上具有支声复调特征，表现在声部派生性及相互应和或模仿，以及对主句的装饰、变奏等。

虽然我无意于对侗族音乐作专业性研究，但仍然有兴趣听他这样作专业分析。待他分析完，我说：侗戏中也有音乐啊。

是的。他说，因为侗戏主要流传于南部地区，是在侗族传统叙事歌谣的基础上，受汉族戏曲的影响而逐渐发展起来的，吸收了汉族戏剧的营养，但曲调上有着明显的侗族音乐特点。侗戏唱腔主要有平板“哭调”“仙腔”“侗戏大歌”等，过场音乐有“起板”“大过门”“小过门”等。伴奏以二胡为主。近年来，又改编了一些民歌曲调为唱腔，使之日臻完善。

我班门弄斧地在他面前抖了一下书袋子：中华人民共和国成立后，一些专业音乐工作者深入侗族村寨，对侗歌、侗戏进行了较为详细的调查、搜集和整理，曾出版了《侗族大歌》《侗族民歌》等专集。1958 年，黎平县的侗族民歌合唱团曾演唱了 100 种不同曲调的民歌，对侗歌的交流发展起了很大作用。

他说：侗戏《秦娘美》被摄制成彩色艺术片在全国上映，侗族民间歌师潘老替深受侗族群众的喜爱，这两件事在侗族音乐史上很重要。

侗族的器乐有些什么特点？我问。

他说：南部侗族民歌多有乐器伴奏，常见乐器有琵琶、牛腿琴、侗笛、芦笙等。而北部侗族民歌则多不用乐器伴奏，偶尔用木叶吹奏伴唱。侗族民歌按形式大致可分为《大歌》《小歌》《广场歌》《叙事歌》《酒会歌》和《拦路歌》等六种。

说到芦笙，我接过了话题：每个侗寨都有芦笙乐队，十人、数十人不等，最大的芦笙约二丈余高，小芦笙一尺左右高，还有只吹奏一个试音的筒卜，真是无奇不有。

还是他说得专业：完整的芦笙乐队音域宽广，达三个八度之多，音响洪大，气势雄伟，夜间能传声十里以外。芦笙比赛以音响洪亮、整齐和掌握曲目之多而取胜。芦笙乐曲约有一百多首，经常演奏的有30余首。

他继续作专业解读：同为竹制的侗族乐器有侗笛，直吹，吹口加簧片，有六孔，音域两个八度，有独特的滑音、打音等装饰音奏法。侗笛一般由男子吹笛，女子唱歌，侗语称“嘎滴”，汉译为“笛子歌”。笛子歌曲调华丽流畅，悠扬动听，吹奏者运用循环换气法使笛声不断，并为民歌吹奏前奏和间奏，使乐曲结构更趋完整。还有一种苇笛伴奏的侗歌，称为“嘎笛套”。

我认真地听着，不打岔，只是“哦哦哦”地应和。

他说：同样侗族琵琶也是与歌唱结合在一起的，叫琵琶歌，侗语称“嘎琵琶”。侗族琵琶有大、中、小三种。以低音大琵琶自弹自唱的称叙事琵琶歌，歌唱时穿插说白，由歌师一人表演多种角色，是一种说唱性音乐。曲目有《秦娘美》《秀良与吉妹》等。以中、小琵琶伴奏的琵琶歌，是男青年晚间唱的一种情歌，用小嗓唱，曲调含蓄轻柔。

侗族经常用到牛腿琴，这种乐器有什么特点？我给吴老师提了一个问题。

这当然难不倒他，他说：侗族的情歌和叙事歌多以牛腿琴伴奏，叫牛腿琴歌，侗语称为“嘎给”。牛腿琴歌结构短小，速度徐缓，音色柔美，乐器伴奏与歌声常构成简单的支声复调。

他说侗族也用二胡、鼓、锣、镲等乐器，不过侗族独立地用乐器演奏少，所以独立的器乐曲比较少见，多为民歌伴奏。

然后，我们东拉西扯地聊了一些与侗族音乐挨点边的话。

末了，他说起2015年7月，他来到湖南通道采风，碰上英国伦敦大学和湖南大学的教授学者，在通道侗族自治县坪坦乡横岭村录制侗族音乐，进行侗族音乐的数字化创作。这次侗族音乐数字化研究团队包括8名来自英国伦敦大学数字音乐中心和12名来自湖南大学设计艺术学院的教授、研究生。其中，伦敦大学数字音乐中心院长Nick和英国皇家艺术学院的Alex主要负责BBC电台节目音乐的制作。这次15天的活动时间，教授、学者们亲自动手制作芦笙和琵琶等侗族乐器，创作出既独具侗族特色又符合国际审美品位的侗族数字化音乐作品，活动后还举办了音乐晚会展示研究成果。

他说：这真是一件好事啊，侗族音乐一定要顺应时代的发展，跟上时代前进的节拍，借助现代化科技手段，进行保护、收集、整理、归档和传播。

他提高了声调说：坪坦乡实在是研究侗族音乐、建筑等系列侗文化的好去处，乡境内有六个独具特色的申遗古侗寨，16项非物质文化遗产。这么多好东西，不值得一去吗？

我只有表示遗憾，因为我实在是没去过。

我知道早在2009年，瑞士音乐人马蹄率领外国音乐团队深入坪坦乡，成功创作了近20余首音乐作品，并用采集到的音乐素材在纪录片《隐居中国》中进行配乐。我说：坪坦乡优美的天籁之音将吸引更多国内外音乐界人士前来采风、创作。

临告别的时候，吴老师邀约我，以茶代酒，相互祝愿，他唱起了祝酒歌：

月挂寨头桂花香，天地融和日月长。
以茶代酒敬奉你，渠水两岸是故乡。

唱着歌结婚

在深圳打工的小青要回乡结婚，她要回到湘黔边界侗寨完成传统婚礼，她特别想哭嫁一场。这不是因为嫁出自己而悲伤，是因为她心底里总有《哭嫁歌》挥之不去。她这个举动，我并不感到惊讶，因为她曾经是文青，身体一直保持着侗族文化的骨血。

婚前，她来与我交流侗族文化。对于侗族传统的婚恋方式，她很有兴趣。她说，侗族青年男女走向婚姻殿堂，一路都是唱着歌的，唱着歌相识，唱着歌恋爱，唱着歌结婚。她大学毕业就一直在外闯荡，没有以歌相爱的经历。但小时候她多么爱唱侗歌，她的童年、少年时代就是看着那些哥哥姐姐唱着歌恋爱、结婚的。如今，她仍然觉得歌声中的侗族婚俗有诸多有趣的事件，让人感叹侗族真有趣味，真懂得快乐地生活。

她聊起这些的时候，我应和着说：确实，侗民族是喜欢歌舞、开朗快乐的民族。侗民族是水的民族，是月光民族，自由、浪漫、包容。侗族男女青年谈情说爱多是以歌为媒，因此是自由的，是格外愉快的。爱情在侗族人们的生活中占有相当重要的位置，他们把爱情作为人生的一种最美好的情感来歌颂、来体验。他们的恋爱不是“谈”成的，而是“唱”成的。

我告诉她，我走过一些不同的侗族村寨，北侗的，南侗的，这种以歌为婚姻之媒的社交活动，各地采取的形式有所不同。在清水江流域，侗族青年男女利用农闲时节或赶场路途，三五成群到山坡上去约会，对唱情歌，倾吐爱情，当地称之为“玩山”。“玩山”一词翻译成现代汉语应当是“山玩”，类似于“街舞”这样的词汇，这是侗语仍然保留着古汉语词序倒置语法的实证，词义意为“在山上玩”，即男女青年在山上游玩恋爱。

她感叹道，在绿色葱茏、蜂蝶纷飞的山野，景增情意，情景交融，真是如诗如画啊。我也很有感触地说，是啊，他们在诗情画意里自由歌唱，以优美动听的歌声争相向意中人表达心曲、倾诉衷肠。我把我学到的一首情歌唱给她听：

莫要礼物莫要媒，莫要媒人两面吹。
只要哥妹情意合，变成燕子双双飞。

小青兴奋起来，充满激情地说，这首情歌正好是侗族青年男女自由恋爱的真实写照。在对歌过程中，相互了解内心，相互考量智力，若合己意，即倾诉爱慕之情，不少青年男女由此确定恋爱关系，为走向婚姻殿堂奠定良好基础。

她说，侗族各地区青年男女谈情说爱、挑选对象的主要形式是传统歌会。我接过她的话说，记得小时候，我的家乡每年农历的三月三、六月六、八月十五，都是侗族群众约定俗成的传统歌会日期。以前，清水江流域每年都要在山野举行盛大的赶歌场活动。相对于“玩山”，这种集会更是青年们选择伴侣的最佳时期，可选择的范围广，优秀的人才多。但在这样的大型歌场中，想找到自己满意的对象，必须有勇气、有智慧。如果不敢面对大场面，或者在众多的竞争中没有才能、难以脱颖而出，则很难引起异性的关注。

歌会真好玩！她说得眉飞色舞。每逢这一天，侗族的青年男女们都会精心收拾打扮一番，穿上盛装去参加歌会。歌会主要的形式是对歌，一般是两人一组，由歌喉圆润、声音清脆的人主唱，另一人伴唱。先唱《问姓氏歌》互相了解姓氏。如果没有姻亲血缘关系，方可唱《借带歌》，也就是小伙子向姑娘借“把凭”。我插话说，这是侗家小伙子向姑娘求爱的一种方式。她接着说，这时，姑娘可以通过山歌提出许多问题，让小伙子回答，以了解小伙子的才学、智慧和真实感情。如若姑娘对小伙子有意，就将随身携带的手帕、手镯、带子一类的东西交给小伙子作为信物，这类信物叫做“把凭”。姑娘将“把凭”交给小伙子后，算是结为“朋友”，男女双方可以公开约定下次见面的日期和地点了。相反，若姑娘无意，便用委婉的山歌谢绝，并鼓励小伙子不要自暴自弃，要积极生产、努力工作。我也兴奋起来，忍不住学唱起来：

波丝织网在屋檐，大风吹来破半边。
破嘎破嘎又来补，断嘎断嘎又来连。

她问，波丝是蜘蛛吧？我说，对啊，你太聪明了。她说，在歌场上，他们斗智斗勇。我说，心仪的对象或举棋不定，或中途与他人有些意思了……出现了各种状况，都巧妙地用歌来解决。他们以歌为媒，从唱歌开始而相识、相爱，许许多多的有情人就是在这种活动中结成了美满的姻缘。

她问，是北侗地区的习俗吧？我回答，是的，“凉月”是在晚上进行的。每当到了晚上，男青年就相约到女方寨边或仓脚相会，谈情对歌。他们以歌述志，以歌传情。通过相当长一段时间的多次“玩山凉月”活动，双方得到了进一步了解，感情进一步加深并发展到一定的程度后，双方才互订终身。

那夜晚对歌谈爱，在南侗地区叫“行歌坐夜”，也叫“行歌坐月”，是的么？她问。我说，是啊，比如，三省坡地区的侗族青年，就喜欢采用这种自由交往、谈情说爱的方式。晚上，几个要好的姑娘聚集在一家堂屋里纺纱、绣花，等待男青年的到来。即使有的男女后生之间并不相识，但姑娘们都是转过不停，一面纺纱、绣花，一面热情接待。他们所唱的情歌都是即兴而编，脱口而出的，歌里充满着谦虚、礼貌和真诚。随着感情的交流，他们一步一步更深入地唱下去，在他们的歌里，绝对没有自夸自赞的狂妄语言，而是自己谦虚而尊重对方，用美好的语言赞美对方。他们就是在这种“行歌坐夜”的活动中加深了解，不断增进感情，直到双方都认为情投意合了，就可以订婚了。如果是初恋，就唱“深情歌”“成双歌”。如果是失恋时，则唱“伤心歌”。男女青年之间以歌相问、以歌相答、以歌传情，往往玩唱到深夜才离开。这样，经过多次接触、对歌，相互不断加深了了解，最终结成眷属。

她说，我晓得，与此相类似的是，广西的侗族同胞在择偶时有走寨与坐妹的婚俗。我说，所谓走寨，就是晚饭后，三五成群的小伙子便会拿着风雨灯，弹着侗族琵琶，吹着侗族笛子，一路唱着侗族情歌，到别的寨子去找女朋友。到了那个寨子，凡是有女青年的家庭就会亮起灯来，或者女青年从木楼里伸出头来看看。这时，这群男青年就以各种借口到某家去坐一会儿。如果女的看中了这群男青年中某一个的话，她也找出各种借口把这个男青年留下，比如说借他的灯笼用一下。这时其他在场的人，包括女方父母，都得统统回避，这就是走寨。接下来就是坐妹了。在其他人走后，女方慢慢地向男方靠拢，最后一起坐在火塘边，一面低声地对唱情歌，一面闲谈，借以达到双方初步的了解。直到三更过后两人才约定下次相会的时间、地点，然后女的把灯笼送还给男方。以后双方便设法增进了解，直到都认为情投意合了才到订婚阶段。

架着梯子爬到心仪姑娘的闺房窗下与室内的姑娘对歌、谈情，你没见过吧？我不等她回答，就急着揭开谜底。这是榕江、从江、黎平县一些地方别具一格的男女社交方式。青年男子架着木梯，爬到二楼闺房窗前和姑娘隔窗唱歌、说爱，我们会觉得这个世界太有意思，侗族太有意思了，以歌谈情竟然这么特别、这么好玩。经过无数次如此闺窗夜语和情歌对答，如果相互觉得有感觉，便一起订下终身，姑娘也就会打开房门让男子进入闺房。这是世间难得一见的恋爱方式。

我解释说，虽然侗族婚姻制度对男女青年恋爱给予较大的自由，但大多数地方也早已不是母系时代的走婚制了。侗族婚姻多是男女有恋爱基础后，由媒人说合缔结而成，这是学习借鉴汉族婚姻制度而来的。侗族择偶不避同姓，但同一房族内的男女不能成婚。侗族还有“姑舅表婚”“姨表禁婚”的习俗，这显然是母系时代婚俗保留与进化的双重结果。母系时代，以母亲为核心建立了部落，形成了部落之间的对偶婚制度，为了防止近亲导致部落的基因退化，慢慢禁止了相近血缘关系部落间通婚；由于母系时代，子女只知其母与舅，不知其父，无法弄清父亲遗传的血缘关系，也就无法禁止父系与母系血缘关系的婚姻，发展到后来姑舅表之间的婚姻成为部落之间、团寨之间联合的手段。

我进一步介绍，侗族婚姻中，不论是先经过自由恋爱再由人做媒，还是他人直接说合，都得由男方请媒人到女方家说亲，得到女方父母的应允，才择日完娶。当然，也有些青年摒弃“父母之命，媒妁之言”的古规而自由结合，婚后，再给女方父母道歉认亲，个别甚至与家庭决裂。

小青插话道，我有一个广西龙胜的朋友介绍，在他们那里，姑娘出嫁前，男方都要提鸭子到女方家征求结婚的意愿，并且要去三次以上。如果不吃拿去的鸭子表示还不愿结婚，吃了后才表示可以定下良辰吉日结婚办酒席。第一次拿鸭子去女方家，即使女方家父母对男方非常中意，也会是委婉拒绝的，表示不舍得将爱女嫁出去，第二次男方提鸭子去时，姑娘会巧妙地把鸭子收藏起来，全力保住鸭子不被宰杀，表示留恋父母不舍得出嫁，待男方出门时悄悄把鸭子塞给男方带回去，仿佛在告诉男方，好事要多磨。只有到了第三次以后，姑娘和父母意见统一后，姑娘才半推半就并显得无奈地让鸭子被宰杀，这个时候，男方心里会美滋滋的，恨不得赶紧奔回家去把喜讯告诉所有的亲朋好友。如果第一次女方家就把鸭子宰杀吃了，会被人认为不值钱，会被人家看不起。

小青与我见面后，就去忙婚礼的准备工作去了。她的婚礼定在春节前。其实，以前侗族大部分地区婚礼大多选择在冬闲特别是春节期间举行。婚礼期间，新人双方家庭都要举行隆重的婚庆活动。侗族不少地方把这种活动称为“吃糯米饭”。

小青的家是贵州天柱和湖南会同交界处的侗寨。以前，这里无论是自由恋爱还是父母包办婚姻，均得请媒人说亲三次方成。女方家庭答应婚事后，就按放篮（也叫放小话）、定亲（放大话）、结婚三个阶段完成婚姻。结婚时，新娘要“哭嫁”，即哭着唱《哭嫁歌》，家族中的女性和村寨女友要“伴嫁”，也是哭着唱《伴嫁歌》，通常都要哭三日三夜。嫁娘哭诉父母养育之恩、亲情、离别情，也诉说到婆家后的各种担忧。

小青突然来电话，要我参加她的嫁礼和婚礼。我原来只打算去参加她的在男方家办的婚礼，她这样邀请是要我既参加娘家的嫁女活动，又要参加她婆家的婚礼活动了。见她这么看重我，同时我自己也想重温一下侗族嫁娶活动，便依约来到她娘家。好在她找了一个侗家小伙，婆家离她娘家也就百十里路。我赶到她家时，她正在跟她母亲哭嫁：

一个鸡蛋两个黄，搭介命丑两个娘。
服侍我娘冇长久，服侍他娘久久长。

母亲也哭唱着教诲她：

大船弯到三汊口，小船弯到女面前。
花花轿子前门进，炮响三声女动身。
脚踩门跏进他屋，耐烦他的父母亲。
阿公骂你莫应嘴，阿婆骂你莫做声。
丈夫打你你就笑，伸手难打笑脸人。
栈上碗筷易相撞，十次伤心九耐烦。
莫去塘边说长短，莫去溪边诉苦情。
我把这话交代你，也算尽了娘的心。

后来，不断有人来伴嫁，都是哭劝她要好好为人处世、勤俭持家、孝敬公婆、顺从丈夫、养育好子女、与他人搞好关系等。这样，一首接一首地唱《哭嫁歌》，声声动情，场面极为动人。在侗家，嫁娘的《哭嫁歌》唱得越好，就越能表现出她的聪明才智、明事达理，也就越能博得人们的称赞。

我知道，侗族青年的恋爱方式较为多样，恋爱环境宽松自然。无论南部方言区的“行歌坐夜”，还是北部方言区的“玩山凉月”，都是以群体的形式进行，一般是三五成群相约而行。他们恋爱时所唱的情歌种类较多，有琵琶歌、牛腿琴歌、笛子歌、木叶情歌等。琵琶歌曲调优美，抒情性强，从而备受侗族青年喜爱；牛腿琴歌，速度徐缓，委婉缠绵，是男女青年“行歌坐夜”时喜爱唱的情歌；笛子歌，旋律优美，技巧性强，多为男女青年“行歌坐夜”时演唱；木叶情歌，因用木叶伴奏而得名，其演奏简易，是恋爱中的青年上山耕种和幽会的最佳选择。美妙的情歌在侗乡终年飞扬，千里侗寨无不沉浸于歌的海洋之中。

小青的要好姐妹告诉我，小青很想补一个“粑粑传情”，但这个实在是补不上了。我明白，侗族是食糯民族，“粑粑传情”是侗族男女青年的独特婚俗方式。“十二对离娘粑”是糯食进入到侗族生活的各个方面的一个缩影，是侗族婚俗的一大特色。侗族姑娘和小伙子互相中意后，姑娘会背着父亲到嫂子或叔娘家里去做粑粑，以用于与情郎约会。幽会时，姑娘唱完优美的情歌后，将十二对雪白的粑粑送给男友，以表达她一年十二个月对男友的相思之情。男友吃了姑娘的粑粑后，到下一次幽会时就要回送给姑娘十二包糖作为酬谢。举行婚礼的前一天晚上，寨上的姑娘和年轻妇女要连夜赶做十二对碗口大的“离娘粑”，送给两个新人，以表示新娘新郎年年十二个月生活美满，并且不忘父母的养育之恩。“离娘粑”被接亲人带到婆家，切成细片和油茶拌在一起，摆到婚礼的酒宴上让每个人都吃，而分享幸福和快乐。出嫁前几日，新娘的族人、同寨人和六亲（各路亲戚）纷纷送来其他礼物，有被面、果子等，象征温暖和谐、多子多福、五子登科。新娘家则要宴请他们，所有酒水和肉食多为新郎家送来。我心里说，你的“离娘粑”实在不好补了。

新郎家的接亲队伍，天未亮就出发了，据说接了新娘也要天黑时分才进新郎家，可谓晨发昏至。我知道这是古礼。这看似只是因为侗族地区村寨之间交通不便、山高路远所致，其实这里暗含着远古人类的习俗。古人认为，男女结合，是阴阳结合，最好要阴阳平衡才与天地相应，达到天人合一的目的。现代科学证明，天亮和天黑时分，地球上呈现出晨昏线，晨昏线上阴阳最为均衡。古人认为晨昏之时正是阴阳能量对等之际，阴阳最为平衡和谐。选择晨发昏至接亲，能够让新婚男女阴阳和谐、幸福美满，这既符合中国古代哲学，又符合现代科学道理。

接亲队伍是一帮男青年组成，他们穿着一新，挑着青、红、黄、绿等各色糯米饭和猪肉、米酒，拥着新郎往新娘家走来了，一路吹奏唢呐、鸣放爆竹，好不热闹，好不喜庆。以前，我还见到过这样的情形：如果路途不远，则需要在路上停留，等待吉时进入女方家，也好按规矩在黄昏时把新娘接入新郎家。快至新娘小青家时，接亲队伍被新娘的同伴们拦住，以草标、用具和其他农作物为障碍，堵住路口。此时，双方对起《拦路歌》来。一道道关卡靠唱歌打开，迎亲队伍每经一道“歌卡”都要对歌。一盘一对，对答如流方许进去。进了寨门，是否能接出新娘，还要突破最后一关。因为新娘屋里歌手云集，即兴盘问，用刁钻古怪的问题，来考验接亲客，并表示对嫁姑的挽留。盘问对答完毕，女方家才宣布发亲。

到了大门前，迎客礼炮响起来了，众亲友出门把新郎和同伴迎进堂屋，堂屋里摆起分离酒，合家同饮后，父母把自己置办的和亲友赠送的嫁妆，交给接亲的队伍，由他们进行整理、捆绑成“抬式”。出嫁吉时到了，也照样是鞭炮阵阵响、唢呐连连吹。新郎一行在炮声中，担着新娘的衣服、头帕、侗锦和尖顶船形绣花鞋，在喜气洋洋的气氛中告辞。姑娘们组织群送，依依而别，三步一停。新娘由兄弟背出大门，由接亲队伍中的两位姑娘轮流背着走，当然现在交通发达，有了接亲的车队，新娘也不像以前在路途上大多由自己行走了。新娘的亲友组成一支数十人的送亲队伍，一路浩浩荡荡地送到新郎家。送亲客在婚礼中处于至高无上的地位，所以叫做“皇客”，我也被盛情邀请为“皇客”。

因为新郎知道新娘特别喜欢传统习俗，把迎亲的过程搞得饶有兴味、十分复杂。接亲的队伍快要进入新郎的侗寨时，天快要断黑了。而那连接村寨的要道、岔路口、小溪旁，燃着三五堆篝火，时明时灭。篝火旁围着侗家的男青年，他们早就为新娘设计好行走的路线，在他们认为新娘不应该走的路上，铺上烂塘泥，洒上阴沟水，只留下唯一的通道，穿着新鞋袜的新娘别无选择，只能乖乖地按照他们设计的路线朝篝火边走来。当新娘走近第一堆篝火旁时，新郎寨子的青年抑制着兴奋，悄悄溜入暗处，突然欢呼起来，一些半大的孩子还齐声念唱：“新娘新娘快走吧，快快跟郎到婆家，恩恩爱爱同哥睡，早日抱个胖娃娃！”声音在夜空中传到遥远的地方，守在下一堆篝火旁的人们听见了，激动异常，赶快添加柴草，迎接新娘。这样一堆堆篝火传送，就到了婆家门口。小青体验到的就是侗寨里流传久远的篝火迎亲。

当迎亲的队伍把新娘及陪同新娘来的娘家客人接到男家门口时，男方“引亲娘”一边热情地上前迎接，一边唱着《迎亲歌》。此时，娘家客人唱《答谢歌》。在歌声中，新娘由“引亲娘”领进堂屋，新郎全家人回避不照面，然后把新娘引入洞房。之后，再举行结婚仪式。

新娘进入夫家茶堂屋，是侗族婚俗中一个很重要的程序。在这之前，必须通过两道“关”：第一“关”是跨扁担，即新娘在良辰吉时进入夫家火炉屋时，夫家把一根系着红绸的挑水扁担，横放在火炉屋的进门的楼板上，让新娘跨过。新娘跨过后，就预示新娘：“已属夫家中一员，扁担永远不离肩，一年忙里又忙外，挑水干活不偷闲。”第二“关”为穿草鞋。事前夫家备好一双新草鞋，置于火塘屋门外。新娘进屋时，必须自觉又愉快地穿上新草鞋，再跨过门槛，进入火塘屋。设置这一道“关”是让新娘知道：新娘入夫家，劳动是本行，脚下穿草鞋，肩上横扁担，艰苦创业绩，节俭把家当。

晚上，就是婚礼的正餐，各式酒菜非常丰盛。主客入席就餐，在就餐前，主人先唱《请客歌》。随之，客人唱《祝贺歌》《赞歌》等。在席间，主客互相敬酒，这时主人唱《敬酒歌》，客人唱《谦让歌》。主人以歌献酒，而客人则以歌致谢，彼此你敬我让，你唱我答，哪方答不上歌就自觉喝酒，整个席间几乎不需要靠说话来交流，一切都是以歌代言。歌越对越精彩，酒越喝越尽兴。对歌喝酒，喝酒对歌，一直延至深夜，围观的人也济济一堂，整个侗寨的夜晚显得格外热闹。

侗族婚礼举行当天，新娘小青在婆家打第一次油茶。晚上，新郎寨上的后生们聚到新郎家就闹吃新娘油茶。新郎家非但不阻止，反而认为是吉祥如意。后生们使出浑身解数，“闹”得新娘非出来打油茶不可，否则就不罢休。新娘在打油茶和敬油茶时，把一碗盛有用细线串起糍粑、猪肠的滚烫油茶敬给一位最调皮的后生，他成为最“幸运”者，当他左思右想怎样喝完这碗油茶时，新娘却偏偏先到他的面前来收碗，一个劲儿地催快喝。此时，一屋人的视线全集中到他身上，羞得这个后生像大姑娘似的。这正是侗族婚闹的特色，这样浪漫而风趣的油茶，给婚礼增添了喜庆欢乐。

第二天清早，小青按规矩去寨子中的水井里“抢金水”。“抢金水”，是新娘到婆家后第一次向村人亮相，不经过一番精心打扮，是不轻易出门的。在此之前，婆家请几个在行的妇女帮新娘插花戴银，忙上忙下。打扮后的新娘，里外都穿着自家织染的新衣，手腕套上花手镯，大圆形的项圈盖至胸间，发髻上插一束束银花银朵，耳环串串丁零作响……当铁炮三响，新娘挑着水桶出门了，由一男童和两位伴娘陪伴新娘。男童吹起欢乐的芦笙曲在前头引路，两位伴娘在新娘的前后各一人，陪着新娘朝着寨边水井走去。寨上人听铁炮一响，正当吃饭的赶忙丢下碗筷，干农活的立即丢下工具，蜂拥到各个巷道路口，饱览新娘美丽的容颜及风姿。这时的新娘，是她一生中最荣耀的时刻。寨上的人们借机观赏新娘的服饰、面容、风度，等等。此时此刻，寨上女人们交头接耳观赏新娘的刺绣，评析其技艺是否精湛，布局是否得体和大方，从中窥见其技艺的精美与粗劣、勤快或懒惰。男人则观赏新娘走路的步履及其风度，洞察出新娘内心的涵养及其对待劳动的态度。

依侗族习俗，小青的婚礼进行了三天。其活动内容丰富，场面热闹非凡。到第三天，客人要走了，在酒席上，主人唱起《留客歌》，真诚地留客人再住几日；客人则唱《感谢主人歌》，对主人的热情招待和挽留表示感谢。他们边喝酒边对歌，双方非常活跃。待时辰差不多，客人执意要走了，主人便鸣放鞭炮送客。在送客人出门的同时，主人唱起《送客歌》，直至把客人们送出寨门，整个婚礼便结束了。

“皇客”在新郎家吃住三天后，和新娘一起回娘家。据了解，有的地方，新娘没有跟新郎返回婆家，只是逢年过节，才到夫家小住几天。也有些地方分情况来确定新娘回门后是否立即返回夫家住，感情好年龄大的，婚礼一年半载即可到夫家落户；包办说合或年龄小者，两三年甚至七八年才上夫家共同生活。

夫妻不睦、感情破裂、提出离婚的，古俗非常简便。黎平、从江一带有些村寨，女方提出离婚，只要挑一挑水到夫家，对其父母说句“我今后不能来服侍您老人家了”之类的话，就算离婚了；男方要求离婚，则砍一挑柴到女家说句“望妹另找好人家”等语，从此算离婚。有些村寨搞象征性的离婚手续，媒人用男家的破饭篓装饭和鱼给女方吃后，将饭篓扔掉，表示各奔东西，不再往来了。但女子提出离婚的一般还得赔偿男方的彩礼钱。

临告别了，我再次祝福她新婚快乐、幸福美满。小青表示感谢之后说，很开心打工回来能办这样一场侗族传统的婚礼。她也觉得还有一些遗憾，因为侗族的婚俗与歌是结为一体的，侗族婚俗中进行每个阶段的活动都要唱歌，其歌的内容和题材也随着活动的推进而变化。从初相会时的《问姓氏歌》到结婚时的《酒歌》，整个婚恋的过程均以歌代言、以歌来表达感情。她说，侗族的婚俗离不开歌，侗歌也在婚俗中得到更充分的展示，可是她却没有享受到全过程，只用歌完成结婚这个部分，还是有不少遗憾。

其实，侗族的传统对歌活动实际上就是以婚恋为中心目的展开的。通过这些对歌活动来增强男女之间交流的机会，从而使更多的年轻人找到自己的恋爱对象。

我对她进行劝慰后，转向她最感兴趣的话：唱着歌结婚，这种独具魅力的民族文化，缘于侗族的民族心理，受侗族历史和居住的地理环境影响而形成。她接着说，侗族喜欢聚族而居，大的村寨五六百户，小的村寨也有三五十户。侗家山寨依山傍水，寨前寨后绿树成荫，山间小溪潺潺流水，曲径幽林鸟语虫鸣。优美的自然环境塑造了侗族人甜美的歌喉，激发了他们创造美妙动听的侗歌，同时，也为青年男女谈恋爱提供了宽松和谐的自然环境。我说，在侗家，青年男女选择情侣时，除了相貌、性格、情趣等因素以外，最重要的共性是对方得有歌才，其歌才出众要比其是否漂亮、是否有钱更能引起人们的关注。她感叹，在侗家，人人会唱歌，处处都有歌，事事都与歌紧密联系着，尤其是男女谈恋爱，更是唯歌方可言，唯歌方能互诉仰慕之心，这真好。

我们也对这种习俗渐渐丢失表示担心。我希望更多的青年像小青这样办一场唱着歌的婚礼。小青补充说，这还不够，要唱着歌谈恋爱，唱着歌结婚。然后，她放声唱起酒歌来：

天上和来风雨顺，地上和来草木生。

文武和来天下正，官民和来风气清。

邻里和来村寨好，夫妻和来家庭兴……

神奇的美食

侗族是分布于贵州、湖南、广西三省毗邻地区的南方少数民族，古代文献中称“骆越”“僚”“侗蛮”。侗族有着神秘的特色，大概因为这个少数民族长期居住在云贵高原东部边缘的崇山峻岭中，长期不为外人完全了解。其饮食文化也带有神秘性和新奇感，可谓独具特色。

鼓楼和风雨桥是其特有的精湛建筑艺术，是侗寨的标志性建筑。走近侗寨，就可以看到雕梁画栋的鼓楼和风雨桥。

侗人主要从事山坝农业，兼营林业和渔猎，手工业发达，善于编织侗锦。侗族地区出产香禾糯、稻花鲤、茶油、桐油、杉木等特产。

侗族的饮食文化自成一体，大致可用“杂”“酸”“欢”三个字来概括，“杂”就是膳食结构杂，“酸”就是口味嗜好酸，“欢”就是筵宴氛围欢。糯米饭最香，甜米酒最醇，腌酸菜最可口，叶子烟最提神，酒歌最好听，宴席上最欢腾，这是侗家人的理念。到了侗乡，你不仅身陷歌山舞海，还会身陷神奇的美食海洋，让你难以脱身，也不太愿意脱身。

热情似火的拦门酒、合拢宴

山路边挖有水井，或者用枧把山泉水引到路边，水井和竹枧的旁边放着一个竹筒勺，以便路人渴了喝水，这样的地方就是侗乡了。侗乡坚持方便他人就是方便自己的理念，讲究利己与利人并重。

侗人为了路人方便，还在路途建了不少花桥、凉亭。作为生长、生活在湘西南侗乡苗寨的山人，我经常行走在湘西南的山寨中，也不时穿行到与此相邻的黔桂侗族地区，感谢在每条路上都会遇上这样的建筑。侗乡处在云贵高原的东缘或东南缘，多有崇山峻岭，无论生产还是生活多是行走不便。当人们顶烈日、遭遇大雨或疲惫于途时，正需要有一个纳凉、避雨、歇气之所。侗人把凉亭之类建在需要的路途。坐在凉亭里稍事休息，看青山绿水，享习习凉风，听小鸟欢歌，聊柴米油盐，或者独自唱起山歌来，这实在是极其自在惬意的。

这是侗乡温馨的情，而侗乡的情更多是火辣辣的。

那次，我们作为贵宾被邀请到侗乡做客。尚未进寨门，便听到了阵阵芦笙和着侗族大歌从寨子里传来。下得车来，我看到了一个比较原始的村寨在青山的环抱之中，一色的古旧杉木屋，依山而建，层层叠叠，如簇簇蘑菇，鼓楼在其中高高耸立。古香古色的风雨桥卧在寨口的小溪之上，让人未进侗寨门，先受侗寨的护佑。风雨桥前，身着民族服装的侗家男女，列队吹奏芦笙，唱着迎宾侗歌。

侗乡的朋友跟我翻译了其中一首：

侗乡溪水起浪波，
慢慢流进人心窝。

山有情来是水有意啊，

请你贵客来歇歇脚……

在风雨桥前，拦着一条红绸布，十多个俊俏的侗家姑娘端着酒杯，唱着深情的侗歌，向我们一行人敬酒，这就是拦门酒了。吃拦门酒是侗乡习俗，姑娘们唱着歌敬拦门酒时，客人如能以歌对答可免酒进门，否则就得饮酒，喝了酒你就成了侗人的朋友。侗族是豪爽的民族，如果你扬脖子一饮而尽，侗人就非常高兴，会特别相信你，因为从此可见你是一个豪爽的、讲义气的人。我们一行中的大多数人哪听得懂侗歌？所以无以对答，只得饮酒。这酒侗人叫“苦酒”，其实是清冽甘甜的甜酒汁。我想这也是侗族独特文化的一种体现，事先按规矩，规矩之内讲感情，所以表面严肃谓之“苦”，实则热情是为“甜”。这样的哲学，正是侗族文化的一种本质。

上了风雨桥，就进了侗寨，就融入了侗家。

风雨桥上的架式让我惊呆，可以围坐数十人的长条桌，上面摆满了侗家佳肴，这就是合拢宴。相传当年侗族英雄吴勉带领义军经过侗寨时，被寨老留下宿营，热情大方的侗人个个都希望请英雄到自己家吃饭，吴勉左右为难。这时，一位聪明的姑娘提出：把各家各户的桌凳搬到寨子的空地上拼成长桌，每家都拿出自己最好的饭菜集中在一起，以共享邀到英雄的荣耀。这样就形成了合拢宴的习俗，且代代沿袭下来。我不知道这个传说是不是真的，但我知道侗家喜欢抢着待客是真的，侗族喜欢倾其珍馐热情待客是真的，侗人全寨融和为一家、不分你我是真的。

在主人的安排下，我们一行人和当地人交错地坐在一起。开宴了，我们喝“转转酒”，吃“转转菜”。所谓“转转酒”，就是每次喝酒每人的酒杯先传给左边客人，这样左三杯后再右三杯。所谓“转转菜”，就是不时以顺时针方向把菜传一传，使每个人都能吃到每一样菜。

吃过左三杯右三杯后，主人带领大家一起站起来跳耶罗耶，手挽着手，唱起酒歌，围着长桌边转圈边舞蹈。如此氛围让人不能不兴奋，会唱歌的放声高歌，不会唱歌的大声欢叫。同行的一位先生开玩笑说：耶罗耶跳起来后，哪怕你是一条狗，就算不会唱歌，也一定会叫喊几声。耶罗耶后，侗家姑娘小伙子们就开始逐个向客人敬酒，特别那些姑娘，六个八个一齐举着酒碗一位一位客人地敬，面对如此盛情，加之兴致高涨，客人大多爽快饮尽。见此架式，不会饮酒的我只得快些吃了饭躲起来。几个同行朋友以为自己平日有海量，不想却招架不住此般盛情，终于七晕八晃了。

突然，几个漂亮的姑娘径直走到一些客人身旁，伸手直抹客人的脸，几个客人的脸上便黑乎乎的了，大家哈哈大笑，把欢乐引向了高潮。这是侗族风俗，侗家姑娘们喜欢在自己“喜欢”的男孩子的脸上“涂黑”，所涂的“黑”系用油与锅底灰搅和而成，用餐巾纸是揩不掉的。被抹了黑脸的客人也是极开心地笑着，入乡随俗嘛，客人自然不会能因此生气，姑娘不断地给他敬酒，他还得笑着喝。

吃过合拢宴，我们来到寨子的鼓楼前，表演团的姑娘小伙为我们表演了《哆耶舞》《酒歌》《闹茶》《板凳情歌》《扯扯摸摸》等反映侗族民俗的传统歌舞。这些歌舞充满浓郁的民族风味，别有一番风味。

侗家炕腊肉

侗家人也和汉人一样看重春节，一到腊月，就忙着酿酒、打糍粑、杀年猪。历史上，侗家人都是居住在崇山峻岭之中，交通极为不便，商业很不发达。一户人家杀一头年猪，十天半月吃不完，就得想办法把猪肉贮藏起来。南侗人喜欢把猪肉腌起来，制成“酸肉”。北侗人喜欢把年猪剁成三四斤一条的刀条肉，悬挂在炕头熏烤，因在腊月做成而称为“腊肉”。无论是“酸肉”还是“腊肉”，都是庆节日和迎贵宾的佳肴。

腊月中旬，是杀年猪的最佳时期，但还得选吉日宰杀。清早，先要焚香烧纸敬天地、祖先和大门、家宅、猪圈几处的土地菩萨，然后把修猪的水烧开。几个人在屠夫的带领下，将大肥猪捉到板凳上，死死擒住。屠夫握着刀，一刀从猪喉捅进，直刺心头，血如泉喷。不一会儿，猪即气绝倒地。如果年猪一刀杀不死，侗家人会认为兆头不好，第二年不吉利。所以，这是对屠夫的考验。

待将猪刮洗得雪白雪白、光滑如玉，便开膛破肚，将内脏也洗好放好，再将猪肉砍成三四斤一块。为使腊肉不变质且皮不变硬，将食盐用铁锅炒黄，擦到猪肉上。有的还佐以五香、麻椒粉。然后，把这些猪肉置于盆内，沤了三四天后，食盐和佐料渗浸肉内，再挂到茶堂屋的火炉上方，天天生微火熏烤。个把月后，肉块干枯，就成了腊肉。这时，任之继续挂在茶堂屋楼板下，远离一点火即可。老一辈的人喜欢将炕干的腊肉藏到仓库稻谷中。还有一种办法，就是把腊肉擦洗干净晾干水气，切成坨块，放进腌缸封好，过两三年颜色、味道都不会变。

烹调前，要把腊肉烧好。把肉皮烧软后，洗净，切片，拌以干蕨菜炒好。两大盘干蕨拌腊肉摆上桌来，只见肥肉橙黄透明，瘦肉呈枣红色，它们在青黑色的蕨菜中或隐或现，真是“草里藏宝”。腊肉的香味袭来，令人垂涎。腊肉入口，瘦肉使人满口盈香，肥肉酥而不腻，骨头越嚼越香。这时，如果请尊贵的客人，主人会唱起酒歌来：“丰收的酒（登得登），开怀喝（登得登）……”歌声在山寨、在人们的心中久久回响。

侗家人在漫长的历史中，创造了独特的文化，实在了不起。侗家的炕腊肉只有侗家人制作出来的才真正有风味。因此，旧时它是侗家接待贵客的珍馐，是走亲访友的最佳礼品，也是富有的一种标志。现在，社会进步了，种养业、商业和交通都发达了，侗家人不必大量贮存肉食，所以腊肉炕得少了，但因其独特，炕腊肉是不会失传的。不是吗，城里宾馆宴席上也把腊肉作为一道名菜，满足人们的美食欲望，为人们内心深处的乡愁解渴。

侗族杨家乌饭

湘黔边界的侗族杨家有吃乌饭的习俗。侗族杨家的乌饭是用一种被侗族称作“乌饭树”的杨桐树叶汁染黑的，所以一些地方也称为黑饭。每年农历四月初八这一天，是侗族杨家的乌饭节，侗族杨姓家家户户吃乌饭，节日气氛极浓。

节日的清晨，侗寨的杨家姑娘们迎着旭日，踏着朝露，唱着山歌，欢笑着，嬉闹着，轻轻快快就上了山。她们采来乌树叶，挑到山泉边，用清亮甘甜的泉水洗净，放到石臼里舂烂，再放到盆中的泉水里浸泡。深蓝的叶汁溶到水里，直到水蓝得发乌就滤渣取汁，用以浸泡白糯米。待这些糯米浸得变为乌色后，即倒入锅中煮熟。煮熟的饭，黑乌乌、香喷喷的，姑娘媳妇趁热将之捏成团，分盛在全家人的碗中。全家人吃着乌饭，喝酒吃肉，津津有味，其乐盈盈。

因乌饭是用树汁染白米制成，所以一些误称为“黑米饭”是不正确的，侗家的黑饭（乌饭）不是用黑米做的，完全有别于黑米饭，有着独特的文化，所以只能叫乌饭或黑饭。

这乌饭是有其来历的。传说北宋时候，侗族英雄杨文广被捕入狱，判定四月初九处斩。亲戚朋友送给狱中杨文广的饭食常被狱卒截食。因此，本来身体强壮、力气过人的杨文广被饥饿折磨得奄奄一息。之后，其八妹杨金花想了个主意，去山上筛选到极易染黑物体的杨桐叶，用以把送给哥哥吃的牢饭捏团染黑，狱卒一见乌黑的饭，以为下了慢性毒，果然丝毫不动地送进了大牢。由于饭食基本得到满足，杨文广身体渐渐恢复，体力慢慢正常。兄妹在饭里暗藏纸条，约定四月初八这一天里应外合，采取行动越狱。四月初八这一天，在八妹带领的人马配合下，杨文广越狱成功，并重举反抗压迫剥削义旗，与官府斗争，得到了湘黔边界的人民的广泛响应，为侗族人民伸张正义，给侗族地区的人民争取了一段平安、幸福的日子。

四月初八，杨文广成功越狱这一天，大家聚集到他家，用乌饭为他接风洗尘，更是以此感谢充满智慧的八妹金花。也就是从此以后，侗族杨家每年农历四月初八过乌饭节。为纪念杨金花这位黑饭英雄，湘黔边界侗苗其他姓氏的许多老百姓也在这一日吃乌饭。吃乌饭节便成为这一地区的传统节日，长期流传下来了。

侗家风味茶

黔东南及湘西南一带的侗族同胞，将“豆茶”象征为“吉祥如意”的“喜茶”。豆茶是用米花、包谷、黄豆、炒米等经过特别加工后和茶叶一起入锅煮制而成，喝之香甜可口。小时候，我奶奶经常煮这样的茶，我从小就极熟知这一美食。豆茶又分“清豆茶”“红豆茶”和“白豆茶”三种，以“望文生义”的方法来看，这无非是根据颜色来区分的，其实并不尽然。

清豆茶不加其他带颜色的东西，纯粹是豆子的本色，多为平常和节日饮用。除日常自家作饮食之用外，在节日饮用时，寨人会聚，将各自自制的清豆茶献出来汇聚一起，大家一起吃，边吃边唱歌跳舞。这可谓侗乡“游艺茶会”。

红豆茶用于子女行婚姻大礼时喝。煮红豆茶时要加入猪血汤，茶汤呈红色。喝红豆茶时，新郎新娘同站于堂屋门前迎客。将一碗碗豆茶放于托盘上，由新郎新娘共同托着，向前来贺礼的宾客献茶。

白豆茶却并不是白色的，只因用于长者过世的白喜事时喝而得名。煮白豆茶时加入牛血汤，茶汤有些混浊，象征着一种哀思。喝白豆茶时，由死者儿女用茶盘托茶，向前来祭奠的宾客献茶，以示感谢亲友对死者的哀悼。

广西侗家还有一种“十五茶”。每于农历十五夜晚，男女青年三五成群地去他村走寨。寨中的姑娘则会聚集于某一姑娘家，待小伙子们到后以打油茶款待。喝茶前还要先对歌，由女方问，男方答，答对者方能喝茶。女子献茶时先于一只碗上放两双筷子，目的是试探小伙子是否有对象。待双方用歌对答后再行第二次献茶。这时，则有碗无筷，以试探小伙子是否聪明。再次答歌后则开始第三次献茶，这时一只碗放一根筷子，是探问男方是否有情于女方。答对后再第四次献茶，这时即一只碗放一双筷，表示成双成对，两心相印。每次试探，男方要以歌取胜才能过关，女方就会补齐筷子，让男方顺利食用所献之茶。

广西和湘西南的侗族同胞，喜喝油茶。打油茶所用茶叶，有砖茶，也有新采摘的鲜茶叶。侗乡多有野生茶树，诸如粗茶、细茶、大叶红果茶、接骨茶、刺茶、苦茶、甜茶、八担紫叶茶、大山茶等，品多质优。侗家所采的茶，既有采自人工栽培茶树的，也有采自山上自生野茶树的。清明前后，春意盎然，草木生机勃勃，茶抽嫩芽，此时采摘的春茶为上品。侗家姑娘小伙背上竹篓，成群结队上山采茶，他们唱着山歌，欢快地采下细嫩茶叶尖放入竹篓内。有的小伙子随手摘一片茶叶置入口中，吹奏侗乡木叶曲。暖阳之下，和风轻拂，百灵鸟一样的歌声和悠扬婉转的木叶曲，在山坡上如烟如雾飘荡，让人如入仙境，似痴若醉。

茶叶采摘回来后，先稍过一下开水，使之柔软，然后把它塞入蒸糯米饭用的木甑内，用手压紧，茶叶每加一寸高时就铺一层丝瓜络，煮至自然粘合后，取出晒干或晾干，成为状若盘子的茶饼，以备常年煮“油茶”之用。

制打油茶时，先将铁锅烧热放油入锅，油熟后将茶叶倒入锅中翻炒，至茶叶发出清香时加入芝麻、生姜等佐料炒片刻，然后加水煮沸即成。待客时，将沸茶水盛入装有肉丁、鸡丁、豆粒、葱花、香菜、花生等食品的碗中，美味可口，油而不腻。但喝油茶时，需当心滚烫的茶水烫伤嘴巴。

油茶是侗族人生活中不可缺少的日常饮料。因其清香爽口、开胃提神、填饥解渴、脆甜味浓、别具风味，而且一年四季、一天到晚可随时制作、随时饮喝。

侗族人好客，总以茶待客、以茶交友。客人至主人家喝油茶不能客气，不然是对主人的不恭。喝够了只要将主人发的一双筷子架到碗上，主人便不会再斟茶给你。侗家男女青年还以喝油茶作为相恋相爱的媒介。

侗家一日吃四餐，其中：正餐两次，油茶两次。第一次吃油茶是清晨出工前，第二次是下午收工后，农忙之时也常常送到田间地头上去吃，作为补充热量和营养的加餐。

油茶也是侗家待客的佳肴，是侗家人非常好客的象征。有客来访，侗人必待以油茶，且随到随敬。油茶制作便捷，可免客人久等而挨饿。油茶由家中主妇或姑娘炒煮。客人进屋，立即在四四方方的火箩上生火架铁锅，倒入适量茶油。一烧开，便将晒干的糯米饭粒放入锅内，待炸得膨胀如金球，再炸黄豆或花生，然后炸籼米。籼米炸至焦黄时，从茶饼上撕下一些茶叶一起炒香，立即冲入冷水，使之滚开一阵子，再用自制的竹篾漏勺过滤，制成香味浓郁的油茶水。

此时，女主人按在座人数往矮桌上摆好碗，每个碗里放入一勺油炸米和一撮黄豆或花生，冲入半勺油茶水，与筷子一起递给客人，男主人就说："请吃茶。"第一碗必须敬给在座的长者或上宾，以表特别敬意。

客人吃完后，将空碗递还主人，主人依次摆在桌上。在座者即使有十个八个，主人绝对不会把茶碗递错。

第二次，女主人往碗里加入切成小片的熟糍粑、糯饭、籼饭、熟红苕等食物，面上再放米花、黄豆，泡入茶水后，依次又递给每个客人，男主人再次说："请吃茶。"

客人如果吃饱了，就将筷子连同碗递还主人，或把筷子搁到碗上放在桌上，就是表示不再吃了。主人客气，劝客人再吃一碗时，客人若说："我只吃一点点茶了。"主人就只在你的碗里放些米花和黄豆，再冲上茶水。若说："不吃了。"女主人就收了碗筷，端上一杯清茶，以清涤肠胃油腻。

侗家的这种饮食礼俗，既热情大方，又文明礼貌。

侗家油茶有着较为科学的搭配，不仅甜香酥脆、开胃提神、填饥解渴，而且可治疗轻微的感冒、腹泻等疾病，是侗家必不可少的常年饮食，也是待客佳肴。

笋中别有滋味

“江南鲜笋趁鲥鱼，烂煮春风三月初。”这是“扬州八怪”之一的郑板桥咏笋名句。可见，郑板桥不仅酷爱兰与竹，对竹笋也极为迷恋和推崇。

其实，不独郑板桥有此嗜好，古代不少文人墨客都有爱笋之好。传说，苏东坡在杭州做官期间，一次路过于潜县金鹅山，遇见大片竹林秀色可餐，引来诗兴大发，于是即兴赋诗一首：“可使食无肉，不可居无竹。无肉令人瘦，无竹令人俗。人瘦尚可肥，士俗不可救。”诗尚未成，于潜县令以“笋焖肉”款待他。诗人吃得津津有味，食毕仍连连称赞，并情不自禁地提笔续诗：“若要不瘦且不俗，自当日日笋焖肉。”

白居易不仅爱吃笋，而且对吃笋有自己独到的见解。他在一首名为《食笋》的诗中写道：“置之炊甑中，与饭同时熟。紫箨拆故锦，素肌擘新玉。每日遂加餐，经时不思肉。久为京洛客，此味常不足。且食勿踟蹰，南风吹作竹。”诗人认为长久地食笋，连肉都不想吃了。

竹笋实在是一种珍肴，自古就有“素食第一品”和“蔬中第一鲜”的美誉。而侗家所烹调出来的笋菜又独具风味。“侗不离酸”，酸笋子是侗家待客的美味佳肴。腌制时，先将笋子剥洗好，若是楠竹笋就切成块，若是细竹笋则崭之为几截，然后将之放入腌坛，或用清水煮沸，冷却后再放入腌坛。几天后，便可食用。自腌坛取出后，楠竹笋切片切丁，细竹笋手撕为丝，笋蔸切为末。炒时，佐以辣椒，鲜红缀淡绿，色泽诱人；食之香酸可口，或松脆或柔韧，越嚼越有味，于是胃口大开，食欲骤增。此是素食。

侗家的竹笋荤食亦有滋有味。肥肉清炖笋片，肥肉不腻，笋与汤更鲜；腊肉炒笋，二者之香脆相得益彰，二者之素荤相补相辅；冬笋入火锅，嫩脆清甜，食之不厌。在侗家，竹笋的烹制方法还很多，竹笋的风味就更多了。如今，竹笋已成为侗家人招待客人的当家菜之一。城里人吃惯大鱼大肉，一吃到如此花样繁多的山珍自然交口称赞、加倍喜爱。

一种菜反映着一个民族的文化、风俗、习惯，一种菜成为人民交流的桥梁和纽带，这种菜已经不再单是菜。因此，竹笋也就不仅仅是竹笋。

偷月亮菜

偷菜成为一种风俗也许令人惊奇，但在侗乡这很正常。湖南侗乡的中秋之夜，流行着一种有趣的“偷月亮菜”风俗。

相传古时候，中秋晚上，月宫里的仙女要降临下界，她们把甘露洒遍人间。仙女的甘露是无私的，因此，人们这一夜可以共同享受洒有甘露的瓜果蔬菜。侗家给这种风俗，取名为“偷月亮菜”。

中秋之夜，侗家姑娘打着花伞，选取自己心爱后生的园圃，去采摘瓜菜，而不会被人看成是“偷盗”。她们还要有意地高声叫喊：“喂！你的瓜菜被我扯走了，你到我家去吃油茶吧！”原来，她们这是借助月宫仙女传递红线呢。如果能摘到一个并蒂的瓜果，这表示她们能有幸福的爱情。因此，成双生长的豆角便成了她们采摘的对象。嫂子们这夜也同样到别家园圃里去“偷月亮菜”，不过，她们希望能采到一个最肥的瓜或一把活鲜青翠的毛豆，因为毛豆谐音毛头，借指小孩，而瓜肥、豆鲜分别象征着小孩的肥壮、健康。小伙子们也有“偷月亮菜”的习俗，因为他们也希望月宫仙女赐给他们幸福。不过，他们只能在野地里煮了吃，不能带回家去。

“偷月亮菜”，这么与众不同，这么有趣，使侗寨的中秋之夜，增添了无限欢乐和神奇异彩。

侗酸出美味

一

前些日子，我问我娘官舟寨老宅里的大酸菜坛子还在不在，娘说还在还在。那些酸菜缸子深深地烙印在我的记忆里，它们像一些守候在乡下的亲人时常浮现在我脑海。记得很小的时候，家乡官舟寨家家户户都有好几个大酸菜腌缸，那时不明就里，以为天下只有官舟寨及其周边的一些地方喜欢吃酸菜，也以为仅仅是当时过于贫困的权宜之计。

其实，喜食酸味是侗族饮食文化的最重要的内容之一，是侗族文化最重要的一个组成部分。侗族在发展过程中，形成了以酸为主的饮食习惯，“侗不离酸”为侗族所公认，也为其他民族所共知。

说到“侗不离酸”，竟有一个世代相传的故事。传说古时，有对侗族夫妻十分恩爱，过着男耕女织的幸福生活。丈夫上山犁田，妻子每天去送饭，一般都要美滋滋地看着丈夫津津有味地吃完了饭后，再把碗筷提回家。有一天，她特意杀了只鸡犒劳天天劳累的丈夫，因家事忙碌，她把饭菜送至田边，招呼一声就回家了。当丈夫犁完田吃下饭菜，死在田埂上。男方家族认定是这女子有意投毒害夫，便将她扭送官府。官府再怎么严刑拷打，妻子也誓死不认。官府觉得事出有因，即令她持同样的饭菜到现场演示，没过多久，便见一条大蜈蚣从岩板下钻出噬食鸡肉，于是真相大白。农人免不了要在野外放饭菜却会招来毒虫而致命。这怎么办呢？侗家人觉得用酸菜比较防毒虫，从此侗家人离不开酸食。

故事美则美矣，却有杜撰、附会之嫌。但，这样的故事绝不是空穴来风。故事中的蜈蚣，正代表了侗族地区的地理环境。侗家饮食离不开一个“酸”字，恰恰和地理环境与生活条件有关，正所谓一方水土养一方人。在历史上，侗族所处的山区盐是极为稀少的生活物资，聪明的侗人就用酸水代替盐水，同时侗族地区山高林密，溪河和水井多为草木所遮掩，毒虫遍布，瘴气弥漫，酸菜存放时间相对较长，能防止毒虫侵食、污染，还能防治瘴气所致之病。可见，一种文化的产生，不是偶然的，一定与产生它的土壤有着密不可分的关系。侗民族生活的地理条件和其历史发展过程，使得其饮食文化呈现出以酸为主的特色。“吃鱼吃肉皮包骨，酸汤泡饭肥肉肉。”这句侗家谚语，道出了侗家对酸食价值的认知。侗家还有句俗语：“三天不吃酸，走路打倒蹿。”可见，侗人特别喜爱酸食，竟到了离不开的程度。侗族人不仅平日食酸，而且待客送礼、红白喜事、敬神祭祖，皆不离酸。侗谚有云：“吃的糯团饭，送的鲤鱼酸。”

后来，我到广西三江、贵州天柱和本省的通道等侗族地区，才知道，官舟寨的酸菜算不了什么。湖南会同这样的县域，毕竟汉化得严重了，山寨也不同程度汉化，官舟寨基本上只把蔬菜制作成酸菜，而侗族习惯保持较好的地方，如上述这些县，猪肉、牛肉、鸭、鱼、鹅，都用坛子腌制。家里来了客人，必定拿出腌制的肉食和用糯米酿制的米酒或甜酒糊招待，以表示侗家热情好客，越是尊贵的客人，拿出的酸肉酸鱼腌制得越久。

第一次吃到酸鱼，是 20 世纪 90 年代，那时到通道出差，通道的朋友特别客气，请我们一行人吃合拢宴，其中就有酸鱼酸肉。怀着好奇，我试吃了一点点，一时竟然吃不习惯，用力吞下又酸又咸的一丁点鱼与肉后，把剩下的放在盘子里。其时，我好尴尬的，主人反复强调这是腌了五年以上的肉和鱼，因为把你们当贵客才拿出来的，而我实在吃不下，我看看同事也没怎么吃，虽不光我一人这样，但我仍然觉得这是不礼貌的，因此有些不好意思，变得拘谨。好在主人们发起新的活动：跳耶啰耶舞，大家手拉手围着合拢宴席欢快地跳了起来，完全投入到快乐之中，谁也没在意我们是否吃了酸鱼酸肉。

其实，我的整个成长期都是与酸菜相伴的。那时候，家里十分困难，饭都不能吃饱，鱼与肉就不要奢望了，一年到头只有过年才有可能尝到荤腥，由于缺油蔬菜无味，只有酸菜才最出味，最开胃、下饭，所以几乎每餐饭都离不开酸菜，变换的花样只是酸品种的不同：酸萝卜、水酸菜、豆角酸……炒完酸菜装进碗里，舀一勺水放进锅子里与残余的酸菜一起烧开，既得了酸菜汤，又洗了锅子。吃完饭后，每人喝一碗酸菜汤，这种汤被称为“神仙汤”，这大概是对物资贫乏年代喝一碗涮锅汤也极为惬意的自我解嘲吧。

我自以为是酸菜养大的，哪还有吃不下酸菜的？而在这样的酸鱼酸肉面前，我只能望洋兴叹：世界比我想象的要大！现在回想起来，这酸鱼酸肉竟然让我一直没有忘怀，竟然与官舟寨的酸菜一样仍然在我心中清晰如刻。是它太有特点了，是它把酸菜做到了极致。侗家人这么喜爱它，它一定很不错，只是它一直不肯改变自己去适应外人，而需要外人慢慢去懂得它、适应它、喜欢它。这是不是正是能够保存至今而仍具自己鲜明特色的侗文化的写照？

而侗文化却又不是僵化不变的，它在固守着根本的东西时，另一面呈现出吸收和融和的特性。这恰如清水江流域的酸汤火锅，到贵州天柱等地，不说去农家，就是在县城的饭店里也常常是把酸汤火锅作为招牌菜，且一年四季不变，再炎热的夏天也“不下火线”。这种火锅的底料就是酸菜，然后什么菜都往里烫。一个火锅可以包容一切菜蔬，无论荤素。由于水路交通更便捷地与汉化地域和苗族地区广泛交流的缘故，清水江中下游的侗文化更多地融入了汉族文化和苗文化，这种一锅打天下的形制，足以说明侗文化的包容性。

因为酸汤的文化特征十分突出，这个侗族、苗族集中分布的地区成为一个很有名的特殊语言区，叫“酸汤话”区。很多研究语言的专家对“酸汤话”极感兴趣，深入这一区域采风、写作，发表了大量相关学术论文，甚至出版了一些专著。但这些语言学专家有一个误区，认为“酸汤话”专属于这一区域的苗族，这与历史和事实不符。事实上，沅水上游清水江流域的大多数侗族、苗族人民讲的汉语都属于“酸汤话”；历史上，侗、苗、瑶等民族是一家，这些民族的文化有着同源性和同一性。“酸汤话”区清水江流域侗、苗人民共同的居住地，是其文化成长和存留的共同地域，“酸汤话”是清水江流域的侗、苗人民学习汉语形成的共同语言。奶奶是从清水江边的贵州地域嫁到会同县炮团侗族苗族乡的官舟寨来的，说一口的“酸汤话”，一生未改。官舟寨的原居人语言却已经汉化，是纯粹的会同话，我由奶奶带大，小时候只说“酸汤话”，不说会同话，如今还能说一口顺溜的贵州省天柱县兴隆镇（原叫牛场）“酸汤话”。

二

和我青少年时期的感觉一样，酸食是侗族菜肴之首，侗人每天食用的菜肴有五成是酸味。侗族的酸食种类分为荤酸、素酸、煮酸、腌酸。侗家腌酸品，一年四季皆可制作，几乎所有的菜肴都可以作酸处理，有什么就腌制什么，荤素皆可，既有菜园里的蔬菜，也有山上采摘的蕨菜、竹笋、香椿，还有河里捞来的小鱼、小虾，猪肉片拌以米粉，也放在缸中腌成酸食。因为原料这么广泛，酸菜又是侗家主菜，侗寨家家户户都置有五六个酸坛或酸桶。

最常见的是腌缸酸菜，腌制都是用陶制缸子。这种器具看似粗糙，实则其透气性和密封性恰到好处，又很经济耐用。很小的时候，我曾经对腌菜缸怀有很大的好奇心。家里大、中、小腌菜缸藏在屋子的角落里，灰头土脸的样子，缸子檐边的水槽里不时冒出气来，发出“呱呱”的声音，奶奶要拿酸菜时，揭开缸盖，一股挟带着浓浓酸味的香气扑鼻而来，我的口水就流了出来。我认为“呱呱”声是酸菜缸和酸菜想对人说话，也认为这种香味因为发自内心而让人感到亲切甚至沉醉。有时我忍不住要去揭开缸盖，就想看看缸里有什么神奇的机关能生出这么奇妙的声与香来，就想闻闻这种神奇的香味。好多次被娘看到了，娘怕坏了酸菜，把我骂得无地自容。

据说，侗乡最喜欢吃的酸菜还有庞桶酸菜，这个我没见过，官舟寨已经丢失了这一传统。据一些资料介绍，它是用猪肉、鱼、鸭、鹅等腌成的酸荤。侗族地区的稻作模式是“稻—鱼—鸭”综合耕养模式，秋收前，稻田必须放干水才便于收割稻谷，放水同时捉鱼。若栽种的是侗糯禾，则鸭子吃不到糯谷，什么时候赶鸭子出来，就看主人的意愿了，现在大多改种杂交水稻了，鸭子须在禾谷打苞时就转移，以防止毁坏谷穗。鱼、鸭、鹅、猪宰杀时，以杂碎及猪之头、脚宴请房亲与朋友，其肉全部腌入庞桶。

据广西三江的朋友介绍，制作腌鱼时先剖开鱼腹，去内脏，撒盐粉，将糯米饭和辣椒粉加水拌之成糟，然后桶底垫糟，糟上放鱼，鱼上加糟，依此垒叠，最上盖阔叶、草圈，并以岩石重压。之后灌以清水覆面，使之与空气隔绝，两三个月后即可取出食用，一年后

侗人喜欢用糯米做粽粑、糍粑、粑粑和打油茶，甚至粑当饭、粑当菜、粑作礼，除日常生活常吃这些粑和油茶外，红白喜事、走亲馈友都离不开粑粑和油茶。

对于酒水，侗族还是喜欢自酿米酒，特别是喜欢用糯米酿成的“重阳酒”。侗族重阳酒，就是在农历九月用新糯米做的“甜酒酿”，糯米煮好，拌上自制的草曲，密封于坛内，置于火塘边慢慢焮烤，有的人家还将酒缸埋在牛屎堆里，任其发热发酵。待到春节期间，便可取出来饮用。这样酿出的酒十分黏稠，可拉出丝，味甜如蜜，醇香诱人。侗家男子多会饮酒，在应酬仪礼、节日、祭祀、社交往来时多会豪饮，时常还伴以酒歌和舞蹈，特别是宴席中间穿插啰耶啰歌舞，主客手拉手一起歌舞，把气氛搞得十分热烈，让人流连忘返。侗族也有诸多能饮酒的女性，如果遭到有酒量的侗家女，一定“在劫难逃”“醉生梦死”。

专家们认为，侗族饮食文化除有“酸”与“杂”外，就是一个“欢”字，可以说侗家宴席是欢腾的宴席。

尊贵的客人进入侗寨时会享受到特殊的迎宾仪式——“拦路酒”。侗家人在进入寨子的门楼边设置“路障”，这不是要挡住客人，而是要与客人饮酒对歌，你唱我和，用诙谐逗趣的歌唱，让所有的人开怀大笑，双方高兴了，主人便撤除路障，恭迎客人进门。客人进入侗人家中，邻居或自动前来陪客，或争着把客人请到自己家中，或族内各家“凑份子”在鼓楼中共同宴请。酒席上还有“鸡头献客”“油茶待客”“酸菜苦酒待客”“吃合拢饭”“喝转转酒”等规矩，欢中有序，乐中有礼。

不歧视任何一个人，是侗族包容性好的体现。敬重厨师是侗族有别于其他民族的特点，也是侗族饮食文化中一个奇特的内容。侗家宴席上客人与厨师大多要对唱，互相致谢。侗族有一首《谢厨歌》

这样唱道："厨房师傅得操心，睡半夜来起五更，坐了几多冷板凳，烧手烫脚费精神。扣肉堆成鲤鱼背，萝卜切成绣花针，内杂小炒加木耳，猪脚清炖拌香葱，蛋调面粉做酥肉，蜂糖小米做粉蒸。巧手办出十样锦，艺高算得第一名，吃在口里生百味，多谢厨师一片心。"

侗族地区处于中国亚热带季风区，又在云贵高原边缘，山岭纵横，树木茂密，野果甚多。侗家人或采摘直接食之，或加工成食品摆上餐桌。其中，栎木果做成的豆腐最有特色，香、韧、微涩、微甜，营养好又清热。松菌、鸡丝冻菌、木耳等野生菌类十分丰富，时常能采到。甜藤、葛根可制成粑粑与粉丝，随处可见的竹笋无论鲜吃还是干吃都有滋有味，野芹菜、水芹菜、鱼腥草等野蔬到处都是。大山森林里野生动物种类繁多，经常可捕到鼠、蛇、蝌蚪、四脚蛇、幼蝉、幼蝗、土蜂蛹、石蛙、穿山甲、娃娃鱼、麋鹿、麂子、野鸡、野猪、野羊、野兔，侗人均能做成美味佳肴。据专家估算，侗族常见食料不少于五百种，天上飞的、水里游的、地上长的、草中爬的，只要能吃，无不取食。这充分显示出侗民的聪明才智和特强的生存适应能力。

四

侗族对鱼有着格外的喜爱，有"无鱼不成礼""无鱼不成祭""识鱼来认族"的说法。每逢过年过节，或是操办红白喜事，侗家招待客人的第一道菜就是酸鱼或炖鱼。大年初一早餐，户户都要吃鱼，预兆新的一年里喜庆有余、五谷丰登、鱼肥鸭大。大年初一吃鱼要先由家里的长辈先尝，然后依辈分年龄大小逐一而食，年纪小的最后吃，必须人人都能吃到。人情往来，鱼是最体面的礼品，给小孩办满月酒，外婆家必送鲜鱼和酸鱼；男女青年订婚，男方聘礼中必有腌鱼；结婚办喜酒，宴席上须有鱼制品；新娘回门时，新郎要给新娘家以及其家族各户送大片腌酸鱼、大团糯米饭；祝寿席、乔迁席等及各种聚会活动就餐，都离不开鱼。甚至，侗人的生死都离不开鱼，婴儿呱呱落地和老人过世都以鱼作为头等祭品，婴儿满六个月也是用鱼汤来开荤；给老人办丧事期间，死者亲属可以吃鱼，但是禁食其他肉类。

在侗家人的眼中，“鱼”就已经不是一般意义上的鱼，比如“侗款”中，对偷鱼者的处罚常常比对犯其他罪行者更重。凡偷鱼者，轻的被九钟捉罩，重的处以极刑。侗族认亲或认族，先要问对方知不知“三鱼共一头”。如果答得对便认你为同族亲人，如果答不出来，便被认为其中有诈。“三鱼共头”是如何来的呢？这得从远古说起，图腾是侗族各个部落、氏族的共同图腾，唐末宋初侗族祖先“飞山蛮”将侗族十峒团结起来，形成了涵盖整个侗族地区的侗族特大款组织，便用“三鲤鱼共一个头”的图案表示侗族各部落之间的团结，“三鱼共一头”便成为侗族的图腾符号。显然“三”是“多”的意思，表示众多侗族部落或所有的侗族部落。侗家村民把这个图腾画或刻在鼓楼、风雨桥、门楼、住房等建筑物上，还有绣在枕头被单或背带上，特别是刻在每座桥头铺路的青石板上，行人踏石过桥进村，谁都会“一脚踩三鲤”。

侗民把“始祖母”与“鱼”都称为“萨”。闻一多在《说鱼》里分析道：“为什么用鱼来象征配偶呢？这除了它的繁殖功能，似乎没有更好的解释，大家都知道，在原始人类的观念里，婚姻是人生第一大事，而传种是婚姻的唯一目的，这在我国古代的礼俗中，表现得非常清楚，不必赘述。种族的繁殖既如此被重视，而鱼是繁殖力最强的一种生物，所以在古代，把一个人比作鱼，在某一意义上，差不多就等于恭维他是最好的人。”另外，鱼是团聚动物，侗族用之象征“团聚”。

侗家人喜养鱼，每家每户都有一个或几个鱼塘，在鱼塘中大多要建一个鱼窝，供鱼类生殖、聚合、防范天敌。鼓楼从某一意义上来说，它就是侗家人集体的一个“窝”，是侗家人的一个聚合的场所。这在侗族《古歌》里有很明确的说明：“鲤鱼要找塘中间做窝，人们要找好地方落脚；我们祖先开拓了‘路团寨’，建起鼓楼就像大鱼窝。”

烧鱼是侗家喜食的一种菜肴。烧烤的方法有两种：一是于暗火上烘烤，以内脏烤透、色黄不焦为佳；再是置于茅草之中烧炙，待草烧尽，鱼亦透熟。以草烧鱼，有芳草清香。烧鱼食法有三：一是以蘸食，即以烤辣椒捣碎，加葱蒜、芫荽等佐料拌成辣酱，以烧鱼蘸其辣酱拌食和酸汤拌食；辣酱烧鱼是将烧熟的鱼捣碎拌入上法所制的辣酱中即成；酸汤拌鱼是以芋头酸汤和辣椒面以及葱蒜、芫荽、折耳根等佐料与捣碎的鱼拌匀食用。

为什么鱼这么受侗家所喜爱？是因为鱼在侗族社会发展的历史进程中具有举足轻重的作用。古百越之一的侗人祖先，原来生活在江南水乡，在远古时代的渔猎生活中，鱼成为最重要的食物，捕捉野生鱼和驯养鱼类成为最主要的生产方式与技能。侗族迁徙到现在的湘黔桂边地区后，基本还是依山傍水而住，居住和耕作的地方多为溪河密布、水田相对较多的坝子，鱼是最先养活侗族先民的食物之一。在水稻还没有得到发展之前，侗族先民以食鱼为主，从侗族的诸多传说中也得到不同程度的说明。后来，稻作文化发展起来，侗人就发明了“稻、鱼、鸭”综合耕作模式，养鱼、捕鱼、加工鱼的技术更加成熟，爱鱼、敬鱼的文化更加巩固和发展。因此，最初鱼仅仅是作为一种最基本的生活资料而备受侗族先民厚爱并加以崇拜，在漫长的历史过程中对鱼的特性有了更深的了解和认识，以后在不同的历史时期便渐渐地输入了生殖崇拜和图腾崇拜的观念、文化内涵。

有人这样评价侗族的饮食文化："糯米饭最香，甜米酒最醇，腌酸菜最可口，叶子烟最提神，酒歌最好听，宴席上最欢腾。"其实，侗族以酸为主味、以糯为主食、以鱼为主菜、以糯米粑和鱼为主礼，是其民族在迁徙、发展过程中形成的，是历史地理积淀起来的文化。因此，侗族饮食不仅仅是吃的概念，已经是从一个特殊的角度展现出来的侗族文化，是可以从中探寻侗族人文历史的一部活着的巨型标本，这才是侗族饮食最大的美味。

当我看到官舟寨那些闲置的酸菜缸时，心里不免失落，而当我在一些侗寨看到那些酸菜坛子仍在发出"呱呱"的声音时，我感到了一些欣慰。写到这里，我记起要跟娘说一说，我们家留在官舟寨的那些空酸菜缸，好好留着吧。

糯稻的异香

走进侗寨，见到村寨旁边建有许多特殊的木架，木架上晾晒着禾把，你便惊奇地凝望这些其他民族地区见不到的建构，甚至你的欢呼声也就迸发出来了。陪同你的侗家朋友阿良，告诉你这些禾把全是糯稻，这些木架都是专为晾晒糯稻穗而特制的，除此还建有专门存放糯稻的粮仓。你并未像一些小女孩或一些总要装作小女孩的女人那样喜欢一惊一乍，但这一刻你还是忍不住大叫了一声："啊！"这样一声惊叹，代表了你心中莫大的惊奇。"侗族为什么这么喜欢糯稻？为什么？"你急切地想知道原因。

阿良并不急于给你答案，而是不急不慢地告诉你有关侗族糯稻的故事：糯稻是侗人恋爱和发布订婚、结婚信息的媒介。糯稻成熟的金秋时节，如果哪位男青年的糯稻格外壮硕，侗家女青年们便邀约一起，用竹竿、棉花、辣椒等物做成花竿，插在这位男青年的糯稻田里，这是一个约会的信号。依此信号，男女青年们一起来到这块田里采摘禾把、吃烧鱼，然后将采摘到的禾把挑回姑娘家做扁米，男女青年借此机会对唱情歌、倾诉恋情，寻找自己的心中人。男女青年订婚之后，逢年过节，男青年家必须给未婚妻家送去糍粑或大粽子，制作这些礼品通常要用到数百斤乃至上千斤糯米。未婚妻家收到这些礼品后，立即分送给寨中各户人家，以向全寨通报自家女儿与谁订了终身。结婚时，新郎的亲戚朋友会给新郎家赠送糯米，新郎家则将之蒸成糯米饭装进侗家人特制的葫芦瓜里，然后由精心打扮的本房族年轻姑娘们挑着葫芦饭，浩浩荡荡送至新娘家，这就是送葫芦饭。新娘家收到这些糯米饭后，再分送给全寨各家各户享用，以此向大家通报本家姑娘要出嫁了的消息。新媳妇生了孩子，全寨的亲戚朋友要给新生儿表示祝贺，多以糯稻或糯米或糯米甜酒做贺礼，然后生了孩子的人家把送来的甜酒或用送来的糯稻、糯米做的甜酒用来给产妇补充营养和招待客人。所以，侗家人把祝贺揭璋弄瓦的喜事称为吃甜酒。一对新人结婚，人们常常祝福说："吃了喜酒吃甜酒啊！"这相当于文人说的"早生贵子"。

你是一个文学和民俗文化爱好者，对于各种奇风异俗有着特别的兴趣，仿佛这些就是酒鬼的美酒。你听入了迷，张着嘴想说什么，还是觉得什么也不需要说，只需要等待阿良继续他的话题。阿良生来是慢性子，停顿了一下，但你觉得是过了好一大阵子，然后他才接着说："侗族人无论是上山劳作，还是出远门，身上都会带上糯米饭。平常，侗家人也把糯米食品作为美味佳肴招待客人，一般用糯米酒、糯米饭或用糯米为主料做成的油茶、泡茶等招待客人。""看来，糯稻在侗人心中有着崇高的地位。"阿良没有接过你的话题，而是继续按自己的思路说下去："远路的客人离去时，侗家人便用糯稻秆包上糯米饭送给客人在路上当午饭。""有意思，那么我离开时，你也得用糯稻秆包上糯米饭送给我。"阿良说："好！好！好！"你们便像小孩一样拉钩，然后把爽朗的笑撒在侗寨。

你跟着阿良边在侗寨转边聊着侗族文化的时候，有着太多不一样的感触。其中，重要的一条就是如阿良所说："从一定意义上讲，侗族文化就是糯稻文化。"你心里感叹：是啊，侗家人生生死死、事事处处都离不开糯，怪不得侗族人称自己为"糯米人"。

“客听主人排”，客到侗寨，侗家就会用糯米饮食招待。你在侗寨享受到了糯米食物的盛宴。进寨门喝了拦门糯米酒，进到侗人家里吃了三道茶后，就先后吃了泡茶、油茶、糯米甜酒、手抓糯饭、糍粑。虽然你不会喝酒，但还是吃了两小杯侗家自酿的糯米酒，然后在他们豪气冲天的划拳声和热情似火的酒歌声中，你就醉醺醺了。你感到你浑身上下、里里外外都是糯香味，整个寨子都是糯香味，甚至身边的人与物品全是糯香味。当时你疑心只是因为自己醉了而出现的幻觉，但当你完全清醒后，发现这根本不是幻觉，而是真真实实的气味，糯香像风一样在整个寨子里流动，许多糯香停歇在人身上、树上、花上、房屋上、牛身上、猪身上……糯香这样日醺夜染、时时渗透，侗寨就成了糯寨，侗民就成了糯民。你迷恋上了这种奇妙的情境和意味，像在酒醉中不能清醒过来。

回到纷繁的城市，小区门口夜宵摊传来刺鼻的浓香。这些不正常的香味像一群闯进都市的野马，在恣意狂奔。你觉得呼吸有些困难，真憋气，真难受，而侗寨弥漫的糯香却总是在鼻下和心间挥之不去，甚至经常扎进你的梦里舞蹈。你一头扑进资料里，急于要弄明白为什么侗人那么热爱糯稻。

你潜回古代，看到了世居长江中下游地区、珠江流域、东南亚等地的古代越人一直在大量种植糯稻。《山海经·南山经》记载：“其祠之礼……糈用稌米。”表明这些古越人用其时称作稌米的糯米祭祀神灵，作为古越人后裔的侗人种植糯稻的历史在3000年以上。

你从有关中国农耕文明的文献中去追寻更深层次的答案，尽管这些是你以前的阅读所从未涉及的领域，像屋外的黑夜，不知有多宽，不知有多深，但你还是一头扑进去——百越是中国古代东南部民族之名，百越人的最早祖先之一雒越人就是糯民。中华南方首创水稻农耕的这些民族，以他们最为钟爱的稻种糯稻作为族称，即

“糯”，文献多记音为“雒”。你又求助于古语言文字学家杨先生，他告诉你：古代文献记名通常用同音字，特别是中原汉文化，在未完全理解“蛮夷”语言中的一些词义时，便多是用同音字来记音，所以在汉族文献中“糯民”有“傩民、雒民、倭民、瓯民、骆越”等多种称谓。杨先生还告诉你：“农”字实际是古“糯”音的转借字。你翻阅人类学论著时明白：糯民在尝百草中得出经验，最终选定了野生水稻为主食，又在各种水稻中选定了“nuo”（糯）作为他们长期培植的对象，于是便将他们自己称为“nuo”（糯），即“种糯的民族”——糯民。你从古语言文字学家杨先生那里得知，像糯这样柔的特性也称为“nuo”（懦），像揉搓糯饭那样的动作也就称作“rou”（揉，会同及其周边地区方言仍读如“nuo”）。

你对稻作文明的兴趣越发浓厚，像一个刚刚下水想学游泳的孩子，越学越有劲。随着深入阅读，你查到了有关稻作的考古学资料。从考古出土的文物看，迄今发现的世界上最早的农耕文明遗址是中国湖南道县玉蟾岩，其年代在公元前2.05万～1.65万年，出土的距今1.85万年前的人工栽培稻，是全世界最早的人工栽培稻。这说明糯民创造的水稻农耕文明已有2万多年的历史了。而湘西南的高庙文化遗址中也发现了距今7400余年的人工栽培水稻。考古学证明，由此孕育的稻作文明不断传播，东向长江下游并延伸到朝鲜半岛和日本列岛发展，南向东南亚和中南印度半岛发展，形成后来世界主要的稻作农业区。因此，糯民广布于中华大地尤其是长江流域及其以南各省和东南亚。林河等一些专家说，东南亚是古糯民的主要发展之地，留下的语音痕迹难已磨灭，一些国家的古名和族名与“糯”的音相近或是其音转，如：孟加拉、伊朗、扶罗、老挝及古诃罗国、罗越国、罗迦戌国、罗钵底国、诃利难罗国、犍陀罗国，等等。你觉得这看起来有些牵强附会，但历史的真实或许就隐藏于如此扑朔迷离之中。

你在古代文献中发现了对远古先人发明农耕的有趣记载，众多典籍讲述中国农耕文明起源时，说远古时代的农耕开始是一种象耕鸟耘的自然原始农耕，如《文选·左思〈吴都赋〉》云：“象耕鸟耘，此之自与。”你认为这并不是一个神话，中国南方的远古祖先观察到大象、鸟雀等动物在长满野生稻的湿地上吃食稻谷时，将水稻践踏入泥，无意进行了播种，结果这比自然生长的要好得多，苗更壮，穗更长、粒更粗，便由此得到启示，将自然耕作推进到“牛耕人耘”的人工耕作，人类文明也由此发端。你觉得这些是自然而然的事，是人类认识自然的产物。

你是一个辛勤的穿越者，此刻又返回到现代文献，阅读中国社会科学院专家邓敏文的调研论文，了解到邓教授等2006年做调查时，在当今杂交水稻全面覆盖水稻耕区导致传统稻种纷纷灭绝的大环境下，于贵州省黎平县等地采集到各种传统糯稻样品40余种。侗人自己命名的品种就有：长芒糯、红糯、黑糯、白糯、旱糯等。你抬头望望窗外星光闪烁的天空，心里涌起一句感言：侗族人民多么固执地爱着糯稻啊！

深夜了，你还是这么兴奋，一时穿越时空，回溯到古代；一时又飞回当下。“当初糯稻生在溪沟边，禾苗冲出土皮高九秆。稻秆像那枫香树，要用斧头去伐砍；砍伐倒地众人去把稻穗剪，稻粒像瓜大，一箩装一颗，萨母采摘往家搬。”《侗族史诗——起源之歌》收录的侗族古歌用浪漫主义的情怀和生动有趣的语言描述了糯稻文化的起源。传统糯稻生长期长，一般都在160~180天左右，所以米质优良、营养丰富、用途广泛。由于侗族人历经了上千年迁徙，最后他们定居在湘黔桂边这片多大山、大山间多坝子且野生水稻十分丰富这样的地理环境中，发现最适应栽种的粮食作物是水稻。在长期的稻作实践中，他们发现糯米的营养价值最高，最能耐饥饿，容易加热至软和而便于食用，种子也便于携带。而且，侗人始终保持的古百越人爱糯敬糯的基因永不磨灭，时时在左右着他们的思想、情感、意志和行动。因此糯米在侗族人心中有着十分崇高的地位。侗人给予糯饭或糯稻的都是尊称：粘饭、大饭、好饭、蒸饭、摘稻、穗稻……而对其他粮食作物却有意贬低，常常被称作猪饭、鸡饭。在侗族发展的历史上，侗人将糯稻视为正宗主粮，而其他粮食作物都被看成替代品或者饲料，所以一直以来，侗人祭祀祖先或其他神灵仍用糯米饭，不能用做饲料的食物。

由于稻作文化的积累，侗人也十分擅长种水稻，尤其是他们最喜欢的糯米。你记得阿良自豪地跟你讲过：我们侗族人种出来的糯米，有一种独特的香味，黏性很强。当时，你总觉得他这话有王婆卖瓜的嫌疑。但是，回到了城里，你费尽力气找到糯米饭食吃，或者自己到超市买了糯米煮而食之，总觉得不是那个味。你固执地忽略了其他的因素，相信阿良讲的话是真的，认定侗人种的糯是最好的。

从诸多资料中，你得知学术界认可了侗人把侗族种植的糯稻称为“香禾糯”这一名称，这更证明阿良所言侗糯最好的话不虚。“香禾糯”既是侗族人民千百年来利用当地特殊水土资源和气候环境栽培筛选的结果，又是侗族人民科学实验、积极探索“稻—鸭—鱼”共生模式等天然有机农业耕作方式栽培的结果。这样选育、栽培的糯稻，其蛋白质和人体所必需的赖氨酸含量都超过一般优质稻米，并具有气味香醇、糯而不腻、营养丰富、口感极好等特点，素有“一家蒸饭满寨香”的美誉，被称为“糯中之王”。

说起糯稻，不能不说种植糯稻的水田。侗族地区山岭和溪谷纵横如网，山岭环抱的那些大大小小的坝子，一般都有丰富的水源，以前一年四季都蓄水的稻田所占比例较大。这样的水田，被侗族称为“软田”。因为四季为水所浸泡，田泥柔软，一般不用犁田、耙田，而且侗家人一贯喜欢原生态的生产方式，秋收后人们把糯稻秆踩进泥里，稻秆腐烂后就是上好的底肥，这种有机肥特别能增强稻田土壤肥力，改善土壤结构，种出来的稻谷品质格外佳、口感格外好。这样的软田相当适合传统糯稻的生长，因为传统糯稻植株较高，一般都在 1.5 米以上，有的高达 1.8 米甚至 2 米，不怕水淹，不用晒田，鸭子也吃不到谷粒，便于在稻田里积蓄深水养鱼养鸭。据专家研究，侗族这种立体生态综合种养方式极其科学：其中的鱼可以吃掉稻苗根部的害虫；其中的鸭子可以吃掉稻苗中部和上部的害虫；鱼和鸭子还可以吃掉稻田里的杂草，又让稻苗根部的土壤得到疏松，还能使稻田里的上下水温得到搅拌调节，而鸭子的粪便是鱼的好饲料，鱼的粪便则成为糯稻的上佳肥料。把视野放得更广阔些，还发现有更多的生态价值，比如：这些水田是天然的积雨池、蓄水池，成为无数“微型水库”，累计起来储水量相当于好多大型水库，但由于这些“微型水库”面积巨大而又分散，更能上补“天上水”，下补“地下水”，中补“空气中的水”，很好地起到调节气温、空气湿度和利于防洪、降雨的作用。这样广泛分布于山脉之间的人工湿地，既是动物的王国，又能为植物提供水汽，还不会像大型水库那样有溃堤的危险和破坏自然生态、人文生态的负面作用。所以，这种耕作制度既大大提高了土地的利用率，还实现了生态防虫、自然资源综合利用和生态平衡的目的。

侗族人千百年来培育的糯稻，即“香禾糯”，在与外来稻种相区别时，侗族又称之为“禾更”，即“侗稻”或“侗禾”的意思。你要阿良用侗话发发“禾”字的音，你发现“禾”在侗语里发音类似汉语的“谷”或“狗”字。你天真地想：谷与禾的关联是明确的，但禾与狗的关系是不是真像我国西南地区十多个民族中广泛流传的狗取稻种的神话那样，这需要专家、学者们去考证了。这是一个你很早以前就读到的故事——神农时代，西方恩国有谷种，神农张榜布告天下：谁能去恩国取得谷种回来，愿以公主许配给他。谁都不敢揭榜，结果被御狗翼洛揭了榜。翼洛爬山涉水，经历千辛万苦，最后到了恩国，爬进刚刚收进稻谷的谷仓中去，滚了又滚，黏了一身稻谷，爬出来就往回跑。当国王骑马快追上他时，他猛回头一蹦，跳上马去，一口将国王咬死了，将谷种送给神农。得到谷种后，神农却不愿把公主嫁给一只狗做妻子，用高官、美女许给他，翼洛都不愿意。神农只得推辞说还得去问公主愿不愿意，他心里打着小九九，断定公主不会嫁给狗。谁知公主认为部落集团首领要讲诚信，竟然满口答应。这样，神农便将公主嫁给翼洛，翼洛夫妻生育了儿女。

杨先生却告诉了你这个故事在湘西南会同的另一个版本。说很古的时候，地上涨了漫天水，只有一座最高的山还露出一个山头，只剩下少数人逃到这山顶上没被淹死，过了很久，洪水退下去不少，正是播种季节，却没有谷种，眼前还可以吃些淹死的动物，可以后面对这光秃秃的大洪荒，能有什么吃？听说西边有更高的地方没被水淹，有不少稻种，但谁能游过几乎是无边无际的汪洋呢？正当人们一筹莫展时，一直伴随他们身边的黄狗跳下了水，不久游了回来，带来了稻谷种，虽然它在西天谷堆里打了几滚身上沾满了谷种，但在水里泡了这么久，所剩不多，还好，人们用这些有限的稻种繁育了稻谷，活了下来并繁衍了人口。

神话归神话，历史归历史，二者并不能完全等同。应当说，早在渔猎时代，狗已成为人们的伙伴了。而瑞典皇家理工学院的遗传学家彼得·萨弗赖宁确信狗是发源于东亚，那么依此理论，中国远古人最先与狗结为伙伴。前一个神话，可能想表达的是水稻先只是某个局部地区将野生稻进行了人工栽培，其他地区以暗取的形式获取种子进行种植。后一个传说，则可能描述了世界大洪荒时期，稻谷像许多物种一样濒危，但是狗这样的动物因毛的拖带使稻种得到传播。你想，这两种可能都是有的。你认为，神话绝不是虚无的，也绝不产生于虚无，一定暗含了某些历史事实，只是进行了文学性的加工，这是口口相传时不断神化的结果，也是口口相传历史的共性。你忽然觉得自己瞬间成熟了许多，从对待神话的态度可以看出这种变化，以前对神话总是一笑了之，认为那些是根本不可能的事情，现在终于窥破了一些东西，至少知道狗沾来稻种可能是一种历史事实的折射。

你感到有趣又可笑的是，人类走了一圈又回到原点：人类在发展现代农业生产时滥用化肥、农药，导致农业生态遭受严重破坏后，又重新提倡生态农业、生物防虫；人类在大修水库获取短期利益之后，发现生态损失无法弥补，人们面临的危险十分巨大，所以美国等西方国家不惜炸掉不少拦河坝。但生态遭受重伤后，其虚弱的身子需要较长时间的努力才能慢慢恢复，这个代价是沉重的。你自言自语地说：这是上帝给试图改造自然者的当头一棒。接着你又自语道：我们的老祖宗给我们留下了许多十分宝贵的财富，生态农业就是其中重要的一笔，可恨人们急功近利、浮躁冒进，把太多的优秀历史文化当作封建落后的东西甚至是垃圾丢掉了。你狠狠地说：可惜！可气！可恨！

是啊，糯稻这样的耕作传统历经数千年都一直得到传承，但走到 20 世纪中叶之后，在短短的几十年间，却遇到了前所未有的困境与挑战，现在越走越艰难。由于片面地追求高产，糯稻先是被引导或强制“糯改籼”，然后侗乡各地大力推广种杂交水稻，传统糯稻的种植面积和软田面积不断锐减，专家经调查称已经减少到当地稻田总面积的10%以下，且许多传统糯稻品种濒临绝灭。据地方农史专家研究，至民国初年仅广西三江一县就至少保留有数百种各具特色的香禾糯品种，目前三江幸存下来的品种仅剩十数种。贵州清水江流域的天柱、锦屏、剑河等县和都柳江流域的黎平、从江、榕江等侗族地区，直至清朝末年仍都是主种“香禾糯”的地区，各类品种有上千种之多，而时至今日只有黎平、从江、榕江、锦屏等县的极少数侗族村寨保持传承，幸存的品种总共也不过20余种了，已经岌岌可危。在历史上曾经普遍种植香禾糯为主食的湖南通道、靖州、会同、新晃等侗族地区，目前香禾糯品种已经基本绝灭。耕作制度变革后，侗乡的单位面积粮食产量的确提高了，但大量的软田变为硬田后，对生态环境的破坏也是显而易见的：从大的环境看，泉水干涸，河水减少，干旱频发，山洪时发，泥沙俱下，灾害不断；从稻田生态看，“稻—鸭—鱼”共生模式等天然有机农业耕作方式不复存在，广泛推广单一的杂交水稻，使用大量的化肥和农药，土壤板结、虫害加剧、损害人体，破坏了生态系统，后患无穷。

像精美的宝器，当它残缺或者被打碎时，人们会觉得它特别珍贵。这个时候，努力去保护它，是极有意义的事，能够起到一些亡羊补牢的作用。不管怎么说，你觉得侗族这些糯稻品种和种植经验，是人类珍贵的文化遗产，也是人类生态文化的重要组成部分，是悠久的中国稻作文化中的一颗璀璨的明珠。你觉得我们这一代应以在我们手上丢失这些宝贵的财富为奇耻大辱，应以我们能保护好这些优秀文化为无上光荣。那么，这些责任是大家应共同承担的，政府、社会和个人都责无旁贷、义不容辞。

已是下半夜了，你立于窗前，望着星空。人类世界以及人类与自然的关系，像这个星光闪闪烁烁的星空，有着太多的神秘，人们常常不知一些事物从哪里来、要到哪里去，仅仅一个侗糯就有那么长的历史，蕴含着那么多的故事，积淀了那么丰富的文化，能引发人们那么多的思考。你心里很沉重，感到双肩压了一副担子。你从不抽烟，此刻多么想抽一支烟。你想，无论如何也要睡一觉，睡醒来，天就亮了。

小习俗不小

一

“六月六，早禾熟，尝新谷。”

我不知道，古代的稻谷是不是这个时间段就成熟了。反正，在侗族地区，六月六尝新谷的习俗，自古传到现在。

确实，至少现代的水稻不可能六月六成熟。为了完成千古留传的一年一度的六月六尝新节，侗人就想了一个办法：摘一些刚刚灌浆的稻穗放在快要煮熟的米饭上蒸熟。我自小就见到母亲这样。

清楚地记得这样的时光：六月六这一天，天才麻麻亮，母亲就起来，生了火，让家里更有了温度。她用凉水洗了脸，整理了一下衣服。那件打着补丁的衣服，刚刚洗晒过，此刻显得有些神圣。因为家里困难，她没有更好一点的衣服。她沉着、稳健地疾步走向田野。淡淡的雾像轻纱笼罩着田野和村庄，禾叶上凝满露珠，稻穗上挂着比水晶更透亮的露珠。这是天地布置好的朝圣场景。母亲双目微闭，念念有词。然后，摘下三穗稻穗，不徐不急地回到家里。她双手捧举，将稻穗安放到神龛上，焚香，点烛，烧纸，轻声念叨，以感谢天地、神灵和祖宗。尝新更应让天地、神灵、祖先首先品尝，在神龛上上过贡，才可给人食用。这个时节的水稻才灌浆，所以无法食用，只能放到饭上蒸熟，然后用碗装上饭，把蒸熟的稻穗放在饭上面，再敬一次天地、神灵和祖先，之后将之奉送给家族中年纪最大的长者品尝，然后其他人才可以吃。当然，无论是敬神，还是长者品尝，这些饭都会佐以时蔬。在我们官舟寨，除了六月六尝新节，平常也总有尝新的礼仪，当年第一次收获的各种五谷、蔬菜，都要精心烹调好，敬天地、神灵、祖宗，然后让家族中的长者品尝，再自家享用。

稻谷作为五谷之首、饭菜之要，到六月六之时，稻谷却还未成熟，新米未出，似乎不便过尝新节。但我们的古人不是这样想的，他们认为进入夏季，农历六月初六在夏至附近，是三伏之中心时段，阳气最旺，这时是尝新、晒谱、洗晒衣被、杀虫的好时节。而不把阳气最足的夏至作为节日，是因为要作为节日的日子，肯定是要固定到某一天。六月六既在夏至附近，“重六”又是一个吉祥数字，所以这一天便成为了一个节日。

侗族地区把这一天作为尝新节，只是侗族地区各地尝新节内容略有不同。尝新节这天，除了敬天地、神灵和祖宗外，侗族许多地方把狗作为上宾。在新米饭煮出来，敬过天地、神灵、祖先之后，先要让狗尝过以后，人才可以尝。这一习俗源于“黄狗黏谷”的神话故事。为了纪念狗的功勋，每年尝新节，人尝新前都要请狗先尝。

二

说到吃的习俗，不能不说社饭。

说到社饭，我就仿佛回到了小时候，春日里，母亲在一片青蒿、野葱、腊肉、糯饭的香气中忙碌……这就是母亲在社日中做社饭的情景。

社日是社祭的一种。社祭之俗，相当古老。社日是古人祭祀土地神的节日，汉代以前只有春社，汉以后开始有秋社。因戊属土，汉以后，就用戊日作社日，以立春后第五个戊日为春社，立秋后第五个戊日为秋社，分别处在春分、秋分前后。唐代诗人王驾《社日》云："鹅湖山下稻粱肥，豚栅鸡栖半掩扉。桑柘影斜春社散，家家扶得醉人归。"唐朝，在社日里，人们集结祭祀，然后一醉方休。

侗族的诸多习俗保留着唐及唐以前的风貌。侗族的社节最重要的是三件事：

一是"忌戊"。就是每年立春后第一个"戊"日起到第五个"戊"日止，每逢"戊"日都要禁忌犁田、动土、挑水、挑粪、舂米、推磨等，这就是所谓"一戊天地，二戊本身，三戊牛马，四戊阳春"，违犯了禁忌就叫"犯戊"。唐代张籍《吴楚歌》："今朝社日停针线，起向朱樱树下行。"明代谢肇淛《五杂俎·天部二》："唐宋以前皆以社日停针线，而不知其所从起。余按《吕公忌》云'社日男女辍业一日，否则令人不聪'，始知俗传社日饮酒治耳聋者为此，而停针线者亦以此也。"

二是煮社饭。到了五"戊"社节当天，家家户户都以吃社饭来隆重庆祝这一祭祀土地的节日，正是："万家年后炊烟起，白米青蒿社饭香。"这时，春回大地，万物复苏，生机盎然，用于做社饭的重要原料青蒿和野葱恰是生长旺季，鲜嫩葱郁，布满山野，这正是制作社饭的大好时机。母亲去山上采来野葱和青蒿，去除杂物，择其嫩叶，清洗干净。之后，把野葱切成短节；将蒿菜剁成碎末，揉出苦水，抹干水分，入锅用茶油炒至黄熟。接着，把糯米、大米淘洗干净，糯米用水浸泡透，大米先放入沸水锅中稍煮片刻捞出，滤去米汤，将二者混合一起。把刮洗干净的腊肉蒸熟，切成小丁。将糯米、大米、青蒿、野葱、腊肉丁、茶油、食盐放到一起，拌匀，放入甑内，用大火蒸熟即成。母亲说："这里有三个关键，第一就是青蒿要二次出苦水，这样才能减轻苦涩味；第二是煮籼米饭要蒸到恰到好处，不生不熟，比平常煮的甑子饭稍硬；第三是蒸制过程中火要旺，就像一把火就蒸熟了一样。"随着社饭慢慢蒸熟，糯米、青蒿、野葱、腊肉混合的香味不断散发出来，不断加浓。社饭出甑，这香味扑鼻冲来，让人一下就醉了，产生了特别想吃的冲动。我猜想，这时满寨都弥漫着社饭的香气了。敬了天地、神灵和祖宗之后，我们便急不可耐地争而食之。由于青蒿、野葱有特殊的清香，腊肉则香味浓郁、脂光泽润，灿、糯混合的米饭色泽晶莹透明。社饭也可煮了吃，将糯米、籼米、青蒿、野葱、腊肉、猪油、植物油、花生米等混合，现煮现吃。如一时吃不完，事后炒着吃，社饭越炒越香。煮或炒的社饭也颇具风味，青蒿野葱味馨香弥漫，腊肉越嚼越香，米饭油而不腻。这种充满乡土味、山野味的社饭，令人们食欲大增，吃了一碗，还想吃第二碗。

继承祖传医术的父亲介绍说，蒿菜社饭具有防疫去瘟、除瘴祛毒、消肿益气、益肝强胆、促进健康的功效，是侗苗人家的一道传统药膳美食。

侗家人素来热情大方、爱客好友。对于社饭这样的美食，从不独享，喜欢各方贵客亲友欢聚一堂、同食社饭、共饮美酒，还要行令猜拳、唱歌跳舞，热闹非凡、喜气洋洋。

三是挂社。小时候一直弄不明白"挂社"是什么意思、有什么来历，用哪两个汉字表示才准确，直到前些年研究上古汉语和侗族文化，才解决了这几个问题，并发现其中丰富的内涵和深厚的底蕴。

挂社，也叫"挂社坟"。侗族地区倘若哪家有逝去的亲人安葬未满三年，这三年中，每年清明节"挂亲"前先要挂社。所谓"挂亲"

就是祭奠、挂念死去的亲人，即是北方所称的扫墓。根据笔者对上古汉语和古代文化、侗族文化研究得知，所谓挂社，是祭祀土地的一种形式。先人新亡的三年，每年清明节“挂亲”前必须去其坟地祭祀土地，祭祀时须砍一株小树插到坟堆上，象征植了一株树，并在树上挂上纸钱，然后在坟前摆上茶酒糖果，焚香烧纸，跪拜作揖。祭祀坟山土地时，要在坟堆上插上一株树，这正是古代社祭的遗存，意味着生命都是由土地生长出来的，表示土能生万物，所以必须祭祀土地，感恩土地的护佑和赐予，祈求土地更好更多地赐予生命。为什么先人新亡的三年，要在挂亲前挂社呢？因为必须在祭奠新亡的先人前，把土地祭祀好，让土地接纳先人，先人才能够享受到好的风水从而有能量护佑后人，否则风水再好，土地不接纳亡人，也是白费劲。

一些侗族地区，如须挂社，则将之与社日结合起来。据《铜仁光绪府志》载：“三月清明前后数日，翦白纸挂于祖墓上，谓之挂亲；若服未阕者，先于社日扫墓，以野菜和饭祀之，谓之社饭。”

侗族地区挂社的习俗相当古老，且可以窥见中华远古祖先的文化和信仰，具有十分重要的意义。

三

三月三花炮节也是侗族传统民俗节日，它是一项竞技性体育活动。抢花炮原为还愿求嗣的民间宗教仪俗，现已发展成为群众性文体活动，并列入全国少数民族传统体育竞赛项目。

如果说它起源于还愿求嗣，那么一定是年代十分久远了，至少有上千年的历史。但另一种传说讲的是有数百年历史，说是数百年前，侗族地区组织款会活动，为了增加喜庆、热闹的氛围，举办了抢花炮的活动。

抢花炮所放之炮是铁炮，铁炮由一铁筒制成，内装火药，炮口放一直径4厘米、用丝线包扎的彩色铁环。铁炮要放三响，每一响所放的炮都绑着红布条的铁环，铁炮点燃后冲上云天，铁环落下时，人们竞相争抢。得到第一响铁环者则名列第一，如此依次决出第二、第三名。

现在的花炮节场面更大，以村寨为单位组织抢炮队，各队抬着炮具、奖品、礼物在场圩上游行一周，再依次进入炮场。抢花炮时，仍依古礼放三炮，第一炮表示人丁兴旺，第二炮表示恭喜发财，第三炮表示五谷丰登。司炮员点燃土炮，铁环冲上高空，队员们紧盯铁环，纵跃抢接，到手后即传给队友或机敏地越过围抢人群，冲出圈外，将铁环送上主席台，这就算夺取了胜利。如此再三，分出冠、亚、季军，给予一定的奖励。场上允许挤、抢、护、拦、传，但不能有伤人动作。任何村寨都可以组织抢炮队，如果抢花炮的队伍多，就增加所放炮的数量，有设置五响的、七响的，甚至更多。花炮节是侗乡最热闹的节日之一，每到节期，方圆几十里的各族群众都来参加。花炮活动结束后，男女青年聚在一起吹起芦笙、跳起舞，斗牛、斗马、斗鸟、拉鼓等文体活动也五彩缤纷。花炮会上，还有各种商业贸易活动，集市上人头攒动、商品琳琅满目。夜幕降临后，数堆篝火熊熊燃烧，侗戏节目异彩纷呈，此时，最活跃、最开心的是男女青年，他们自由对歌、谈情说爱。整个夜晚充满欢声笑语，大家乐而忘返，一直玩到深夜甚至天亮。花炮节是一条纽带、一条情链，将友邻之情、兄弟之情、朋友之情、恋人之情有机串起来，形成串串晶莹剔透、光彩夺目的珍珠之链。

一些侗族地区对花炮节起源的传说，进行了本土化的艺术处理。

有的地方认为，抢花炮源于侗家姑娘救龙女的故事。相传，很早以前有个侗家姑娘在河边看见一条水蛇咬住了一条花鱼，姑娘急忙打死了水蛇，救了这条小花鱼。不久后的一天，姑娘来到河边洗衣，又看到了这条花鱼，跟她说它是龙王的女儿，便立即现身为龙王的女儿，在水面上向天空撒花献给姑娘看，并上前感谢姑娘的救命之恩。从此之后，龙王的女儿常来人间娱乐，龙王知道后将她关在水底龙宫，不放她出来，侗家人便聚在江边撒花以怀念龙女。久而久之，演变成花炮节。这样神化花炮节，无非是要把花炮节推到至高无上的境界，让人们对之无比崇拜、分外重视。

花炮节也并非固定了都在夏历三月三日举行，也有正月初三、正月十五、二月初二、二月十五举行的。各地把花炮节与当地的习俗和其他节日结合在一起，使之更加热闹喜庆，更加容易得到传承。

四

到了侗族地区，你会看到一种奇怪的现象：路边、井旁、田间、山林，随处可见用稻草、芒冬草或其他植物打的结。侗家人会告诉你，这是表示某种含意的草标。这类事就叫“打标”。

打标也称为“多标”，是侗族独特的文化。打标应当是人类社会远古时代“刻木为信，结绳记事”的产物。长期以来，侗族由于没有自己的文字，打标就成为他们一直使用的语言符号，一直是他们表达自己意思的一种方式；同时，由于打标是长期的历史积淀，成为不能轻易改变的文化，植入到民族文化基因中，所以一直得到传承，而延续至今。

打标，也称“打表”或“草标”“草表”，就是以茅草或稻草打个结，用以约束和规范人们某种行为的标记，是一种无字公约或情书。侗族人民在生产生活中广泛使用草标，渗透到了生产生活的各个方面；草标的作用非同一般，是侗款制度的具体内容，是侗族千百年来的道德、文明标志，具有强大的道德约束力和一定的法律约束力。

打标在侗族民间是约定俗成的，早已固化为了爱情标、占有标、提示标、禁忌标等多种形式。

所谓爱情标，就是用作侗族青年男女约会的草标，侗族青年男女常用爱情标作为传递爱情的纽带、倾吐情话的暗号。爱情标，有的如宝塔，有的似人形，有的则以两个草标巧妙地扣在一起，一环套一环，让相恋的对方去拆解。爱情标形成了一个完整的体系，有群约草标、单约草标、初恋草标、热恋草标，连约会的时间和地点等内容都可以用草标表示，其表达力堪比文字，如：用数片小草表示几天后相会；夹黄的小草表示秋后再见；在约会地点结成圆形的草标，表示求爱团聚，若女方同意即在草标上系上一根丝线，不同意就另结两个分开的草标，表示不再往来等。有的地方用草和花结在一起，这种草标叫做"草标花结"，它是侗族人民神奇而优美的一种感情信物。不同季节，不同花草编织成不同的花形状，其意义则不同。普通的草编爱情标表示约见，花结标表示幽会，花草合编标则表示要定终身。春天编燕子，夏天编杜鹃，秋天编云雀，冬天编花鹭，季季不同，季季新鲜。初次约见，扎只蜜蜂，相当于说"我等你"；如要再次约会，编只草蜻蜓，等于说"地点依旧，我盼你"。花色不同，花语有异：红花表示热烈渴望，兰花表示感情深沉，白花表示意已决绝……不同的草标体现不同的内涵，哪种草标都触动对方的内心深处，此时无声胜有声。因此，人们把爱情标叫做一封封神秘而又浪漫的无字情书，这个描述真是再恰当不过的了。

所谓占有标，是指通过打标，表达某物件已为某人所占有之意。某人进山打得的猎物不便携带，需暂存在原地；发现一块宜耕荒地而来不及开垦；砍倒了树木，一时扛不回去；在水塘里放养了鱼虾；等等。只要在荒地、树木、池塘水面上打了标，便表示这些已有“主子”，他人不得再占有和取用。山上或路边堆放的柴火、树木、竹子等放有草标，说明已有主人，别人是不会动的。侗族青年男女订婚，也说是“打标”，显然这是由打草标比喻引申而来的。

提示标则是向社会的一种告示。春天，田里地里插上草标，示意已播种，不能放入家禽或牲畜践踏；夏天，成熟的田里插上草标，示意是留种用的，请不要摘；冬天，田里插上草标，示意田里养有鱼虾或猪草，不能进田捉鱼虾或捞水浮萍、水葫芦等。草结的山标告示人们，此处有人活动，敬请回避；耳形的水标，告诉人们此处泉水放心饮用；螺形的田标，表示此田或已耙好待插，或已放入鱼花，人畜不宜下田。侗族交谊十分活跃，在婚嫁迎客等社交活动中，客人进寨临门，主方有意设一草标或红带作吉祥物和路障，客方必须以歌开路；路上，牛、马等牲畜的头上插有草标，示意这是刚买来的；赶场天，扛着的猎枪插有草标，示意这是扛来卖的；树干上系上草标，提醒不要砍伐和禁止人畜践踏。林地拴有草标，示意已封山育林，不准乱砍滥伐；荒地拴有草标，示意有人要在这里开荒种地。路边水井丢有草标，示意这水能喝。房屋门上插有草标，示意家里有事，外人暂时不能入内。在村头、路口或寨门上挂有草标，表示寨子有重大的活动，外人暂时不能进寨。猎人也用此标，如果他们在打猎的地方安放猎套、药箭、火炮和挖有陷阱，为了不伤害人畜，就在其外围扎上草标，警告人们不要进入此处。按传统规矩，谁如果见到警标而不听警告进猎区受伤的，猎人概不负责。……木桥的桥柱或桥板腐烂了，前方道路坍塌堵塞，尚未修通，村民在桥头或道路上，打上草标，以免行人发生意外。这是提示危险的草标，也叫危险标。

告示普通的事件就用上面所说的提示标，但事件特别严重或重要，则用禁忌标。村寨举办驱鬼活动时，村民事先在各条进寨的道路上拉一根草绳，挂上草标，以禁止外人进寨，防止冲撞驱鬼活动；在楼底层门上挂附加了蛋壳的青树叶，表示家里刚刚生了小孩，未满三天，生人不能随便进入，以免冲犯了婴儿和产妇；门上若挂柚子树叶，则表示家里有病人，请不要打扰。

报喜标就是指报告家里有喜事的草标。若生男孩，就插上山茶树梢，表示孩子将来宛如山茶树一样挺拔，潇洒和勇敢；若生女孩，就插上金竹尾，表示女孩长大就像金竹般的娉婷、温柔和纯洁。有些地方与此稍有异，如挂在家门口的草标中，用稻草结的除表示这家未经允许不能入内外，还表示这家正新添了个男孩，用糯米穗草结的则表示这家生了个女儿。

神标是巫傩文化与草标相结合的产物。婴儿满月以后，母亲背孩子回娘家或去串亲、赶场时，为防路途有邪神魔鬼的掳掠、冲犯，行前母亲便在孩子背带上挂一草标，表示已敬了路神、山神，妖怪魔鬼不得冲犯孩子；如果妇女和小孩出远门或夜间行路，便用茅草结一个标，插在腰带里，以示避鬼驱邪，保佑平安。侗族人平时进山，要到水井里取水喝，都要先打一个草标丢入井中，以免冒犯龙。祈祷标也与上述神标类似。如果稻苞虫、蝗虫对水稻生长威胁大，时常危害，除人工捕捉外，便采取敬神等手段祈求禳灭。有的在秧苗插下田后，在棍子上扎一个草标插入田中，意为驱赶虫害。也有的于大年三十携香纸、糠壳烧于田坝口，“祈来年稻田病虫害少，阳春好”。正月初八担粪下田，在田中挖 1 米见方的坑，将肥料倒入坑内，插上“草标”，称之“起工标”，也有祈求五谷丰登之意。

草标按场地也分为山标、水标、田标、园标、门标。

打标是侗族人民千百年积淀下来的厚重的民族文化，是侗族人民诚信的标记、忠实的诺言、人格的窗口、人性的镜子，是侗族人民美丽善良的心，或者神奇爱情的密码。侗族人对放草标是很慎重的。平时，大家不随便打草标，也不能随便拔别人的标，如果谁不遵守规矩，谁就会受到大家的谴责和习惯法的处罚。

五

尝新节、吃社饭、挂社、花炮节和打标，确实是一些小小的习俗，但又确实凸显出与其他民族不同的特色，形成了一种特有的文化现象。最重要的是，其渊源那么古老，一直可以追溯到上古没有文字的时代；它保持得较为完好，让人感觉回到了远古时代。拉开这些小小习俗的帷幕，我们能够见到异彩纷呈的舞台；从这些小小的习俗中取出一滴水珠，我们可以看到一条河流、一个大海。可以说，小小习俗，其历史学、人类学、民族学的意义却非同小可。

鲜活的英雄

我给自己取了一个有难度的题目，对于一贯怕命题作文的我来说，这实在是一件要命的事。去互联网上搜索“侗族英雄”，会发现没有任何资料。但我总觉得“侗族英雄”在侗文化中应有崇高的地位，让我百思不得其解的是，竟然没有专家学者对此进行专门研究。据说，吴跃军先生在做侗族人物录，我认为这是一件好事，虽然与侗族英雄的研究有一定的距离，但毕竟已经在做英雄研究的基础性工作。我们应当为他点赞。无论如何，我觉得我的侗文化系列散文无法回避这一问题，其实我也一直想写“侗族英雄”，却因难度极大，让我一次次置之于一边。然而，我必须在我这个系列告一段落之时，完成这一篇的写作。

人类都是有英雄情结的，在世界各民族远古神话和史诗中都无一例外地写到了英雄。中国有开天地的盘古，有大洪荒后为繁衍人类而结婚的兄妹，甚至到了现代，西方文学还虚构了“堂吉诃德”这样的英雄。这足以证明，人类无论到了什么时候，都需要英雄。是的，人生就是一场战争，人活着就是要扮演英雄的角色。

什么才是英雄？谁是侗族的英雄？

古人云：“聪明秀出，谓之英；胆力过人，谓之雄。”词典解释说，英雄是指才能勇武过人的人，或具有英雄品质的人，或无私忘我、不辞艰险、为人民利益而英勇奋斗、令人敬佩的人。“独有英雄驱虎豹，更无豪杰怕熊罴。”毛泽东在《冬云》一诗中，表现出勇武超群的英雄气概。唐代高适《辟阳城》诗云：“何得英雄主，返令儿女欺？”这显然是泛指具有英雄品质的人。而在我们的历史上，不乏有具体姓名、具体事迹、真实存在的英雄，如岳飞、戚继光、林则徐、黄继光、董存瑞这样的人，是为了大众利益舍生忘死的具体的英雄。

那么，侗族中有没有这样的大英雄：“有凌云之壮志，气吞山河之势，腹纳九州之量，包藏四海之胸襟，肩扛正义，救黎民于水火，解百姓于倒悬”？纵观侗族历史，侗族自己崇拜且其他民族认同的大英雄是有一批的。

侗乡俗语说：侗家萨大，客家（汉族）庙大。萨岁是侗族地位最高的英雄，是祖母神。对女性神的崇拜是母系社会的产物。相传，远古时期，侗族有一位英勇善战的女首领，在抗敌入侵的战斗中百战百胜屡建奇功，不幸在一次战斗中，被数十倍于己的敌军包围，最后壮烈牺牲。人们对她无比崇敬，将她视为能带来平安吉祥的神灵，尊称她为“萨玛”。“萨”即祖母，“玛”意为大，“萨玛”可汉译为“大祖母”“始祖母”。因为萨玛是侗族人民的心中最大的神，认为她的神威最大，能主宰一切，保境安民，使六畜兴旺、村寨平安，所以几乎村村都设有她的“神坛”，年年农历正月、二月要祭祀萨玛，人们在寨子中间的土坪上垒起土堆，举行盛大的祭典，场面庞大而壮观，代代相传，形成了今天的“萨玛节”。有的侗寨还建有萨玛祠，其内只有神位，没有神像，神位上竖着一把半张开的大黑伞，伞下垒有一堆石头，那便是萨的象征，象征着侗家人在萨玛英灵的保佑下幸福安康、团结坚强。有人云：“英雄者，拥有藐视一切之能力，傲视群雄之气势，世人对其不但敬畏，且难以捉摸。”萨岁，大抵如此，能力超群，侗人敬之，不可冒犯。

萨岁过于古老，远在母系社会，且早已变成了神话，有些远离了人间烟火，确实“难以捉摸”了，在人们心中有些虚泛。于是，在侗族历史推进的过程中，侗人把离自己近一些的英雄附会上去，以使萨神有更多活灵活现的故事。便有了“萨岁”生前名叫杏妮的说法，且说杏妮与财主斗，与官军斗。故事中出现财主和官府，说明其发生时代已经进入了封建社会。杏妮与母系时代的女性神时间相距十分遥远，这实质上是女性英雄崇拜的融合。

对于女性英雄，侗族情有独钟。侗族最大的神、最大的英雄是祖母神萨玛，而又把后来的女性英雄杏妮与母系时代的祖母神融合，萨玛形象和内涵有了新的拓展。侗族也容易产生女英雄，比如革命烈士贺琼。她至少是会同人眼中的英雄，她是中共湘西工委洪江地下党支部的核心成员，是会同和洪江抗日救亡运动的积极参与者和重要组织者，是抗日战争时期湘西地区杰出的妇女代表之一。如果不是年仅 26 岁就壮烈牺牲，她集侗族妇女智慧、坚毅、能干于一身，以其优秀的文笔、出色的组织能力、泼辣的个性和刚强的意志，一定能做出更加惊天动地的大事来。但不管如何，她是一位不朽于世的英雄。

其实，萨玛是一种创世神话传说。创世神话用古人的智慧叙说了宇宙的形成和世界的起源。同全世界各民族的远古神话传说一样，《侗族远祖歌》的第一篇就是《开天辟地》。侗族开天辟地的神话传说主要有两种说法：一种说法认为，远古的时候，天地不分，紧紧相连，一片混沌，后来自然界中出现了一位祖婆萨天巴，它生下了天和地；另一种说法认为，宇宙日月星辰起源于“混沌朦胧的天雾”，经过千万年后“云开雾散”，把天地分开，天在上面，地在底层。天有日月星辰，地有万物生灵。对于人类的起源，侗族先民认为祖母神萨天巴从自己身上扯下四颗肉痣，变成四个圆蛋，猿婆孵出了人类的祖先松恩和松桑，两人结亲，养育后代，产生人类。在人类形成后，又有了万物的形成。可见，萨玛是侗族至高无上的创世英雄。

在侗族神话《洪水滔天》里，人类遭遇大灾难时，丈良、丈美、王素成为救世英雄。松恩、松桑开亲后，生下丈良、丈美、王素、雷婆等兄妹十二个。王素本领最大，他锯木取火，用火赶走蛇、龙、虎等动物；他建筑房屋，关住作恶的雷婆；他先后救太阳、救月亮、捉雷公。可见，王素是征服自然的英雄。后来，十二兄妹起纷争，引起雷婆不满，引来漫天洪水。洪水过后，只剩下丈良、丈美兄妹，不得已兄妹成婚，人类又重新开始繁衍。这种大洪荒的神话传说，在世界众多民族中都有，只是侗族以自己的方式演绎这个故事。大洪荒和创世的传说，可能道出了地球大灾难和人类濒临灭绝而后生的史实。侗族也以神话向后人述说人类这段史前历史，在述说中特别推崇了丈良、丈美、王素这样的英雄，虽然赞颂他们时，免不了有很大的夸张，但在那种洪荒时期，应当确实有这样的英雄带领人类走出绝境，走向重生。这样的英雄不是普通的英雄，是大英雄。

古老的民族一般都有大迁徙历史，侗族神话传说多有对民族大迁徙的记叙，比如:《祖公上河》《摆共侗族落寨歌》《我们的祖先哪里来》《我们祖先怎样落在这个寨子上》《茅贡忆祖来源歌》《天府侗迁徙歌》等。这些迁徙传说，表现了集体的英雄形象。整个民族在长时间长途大迁徙时，依靠的是什么？除了首领的智慧、坚毅和能力以外，还有一个重要因素就是集体的无比团结、无比自信、无比顽强。只有集体的强大，民族才能真正强大，才能生生不息。就像八年抗战的胜利，我们不否认有一些大英雄起了重要作用，但更重要的原因是整个中华民族用血肉之躯筑成了新的长城。否则，一个或少数伟大的英雄也挽救不了民族的危难。清末，面对外国列强入侵我中华，虽然不乏林则徐等仁人志士，但朝廷中大多数掌握实权的“精英”们，都胆小如鼠、贪生怕死，并未进行真正的抵抗就吓得“面无人色”，一个个钦差大臣赶紧签署了那些不平等条约，让泱泱中华丧权辱国，成为西方看不起的“东亚病夫”。所以，英雄集体是一个民族生存和发展十分重要的因素。侗族在相当长的历史时期，由于被驱赶、追杀而处于疲于奔命的长途迁徙之中，按常理，最容易产生绝望而放弃寻找生存出路的拼搏。但是，它没有，集体穿越现在的江浙、粤桂，最后到达湘黔桂边地区的崇山峻岭之中定居下来，这是英雄集体的胜利，是共同体集体的赞歌，是人类历史的奇迹，令我们千年之后的现代人无比感叹和由衷敬佩。这也是侗族文化精神中的最重要的内涵之一，是值得侗族作为本民族最为显著的特色和最为重要的力量来永远传承下去的。

一个对整个民族或者对某一个地域带来大福祉的伟人，一定被视为本民族或本地域的英雄。正因为如此，侗族把杨再思推上了地方神的位置，其地位虽然不能与萨玛比，但却是远远高于普通英雄的。杨再思生于唐懿宗咸通十年（869）农历六月初六日，卒于后周显德四年（957）农历十月二十六日。为唐末五代诚州刺史、飞山蛮酋长，号十峒首领，人称“飞山太公”。其十子分统十峒，具体权力交由当时治下当地有威望的吴、石、龙、潘、向等大姓头人掌管。由于建立“峒制”“款约”，组织号令严明，社会秩序稳定；普遍推行牛耕，兴修水利，改良品种，精耕细作，摒弃刀耕火种，提倡轮作，奖励种棉、纺织，开辟市场，促进商贸，繁荣经济，轻徭薄赋，抑制豪强，扶弱助贫，峒民安居乐业。杨再思团结各州的兄弟民族归顺朝廷，功勋卓著，被宋王朝先后追封为威远侯、英济侯、广惠侯和英惠侯。殁后，湘、桂、黔三省边境人民更思其德，或奉为神灵，或尊为祖先，并建飞山庙祀之，历久不衰，以致现在一些高考生在考前要去祭祀飞山公心里才安稳，一些人久病难医或小孩不好带养都要去拜拜“杨太公”，湖南省会同县沙溪乡等地每年都要举行“抬杨公菩萨”的祭祀活动。杨再思能够成为西南诸省区域性神灵，是因为杨再思正确的策略和科学的治理让这一地区免受连年的战火之乱。五代十国时期，政权更替频繁，真可谓“城头变幻大王旗”，我国大部分地区长期饱受战火炙烤，人民生灵涂炭，哀鸿遍野，满目疮痍。杨再思利用本区域偏于一隅的优势，采用款组织的民主治理方式，让百姓积极发展生产、民主治理社会、一致奋力抗敌。尽管杨再思可以称王建国，但他为了人民免受中原朝廷镇压之苦，一直不另立朝廷，特别是宋朝建立而“天下一统”后，自觉接受宋王朝的统治，获得了“羁縻政策”。这样，为侗族地区赢得了较长的安定发展环境。本区域的侗族及其他民族对他感恩戴德，视之为大英雄，乃至把他推上了神台。

在国家、民族出现危难之时，总有一些人挺身而出，为国家、民族效力，并建立赫赫战功，这样的人是当之无愧的英雄。

共和国第一大将、“常胜将军”、“中国战神”粟裕，就是这样一位英雄。他不仅是侗族的佼佼者，也是中华民族的骄傲。粟裕，在井冈山时期活捉了张辉瓒，一生共6次负伤。参加抗日先遣队，开展了艰苦卓绝的浙南三年游击战争和抗日战争。刘少奇曾说：“粟裕领导的新四军第一师在抗日战争中建立了最大的功劳。在我军中以第一师部队作战最多，战果最大。”解放战争中，取得了苏中七战七捷后，胜利地指挥了一系列重大战役：宿北战役、鲁南战役、莱芜战役、孟良崮战役、沙土集战役，充分发挥了善于组织大兵团作战的指挥才能。陈毅对其战役指挥艺术非常称道：“粟裕将军的战役指挥，一贯保持常胜纪录，越打越奇，越打越妙。”后来，仗越打越大，越打越好，取得了豫东战役、济南战役、淮海战役的胜利。毛泽东说：“淮海战役粟裕同志立了第一功。”新中国成立后，刘伯承向新华社记者介绍说："粟裕同志智深勇沉，非常优秀，百战百胜，有古名将之风，是我军最优秀的将领，是中国的战略家。"粟裕不但指挥打仗了得，也很能进行军事理论研究，著有《粟裕回忆录》《粟裕战争回忆录》《粟裕军事文选》《粟裕论苏中抗战》等著作，他对完整地、准确地学习和运用毛泽东军事思想，拨乱反正，研究和解决新条件下的作战问题，探讨未来反侵略战争的方法，提出了独创性的意见，为解放军革命化、现代化、正规化建设做出了重大贡献。陈毅元帅曾手书赠一联："食少事繁诸葛公，轻袭缓带羊叔子。"也有人这样概括他的一生业绩："一心为民，两让司令，三次先遣，四过长江，五人总前委之一,六次负伤，七战七捷，八省征战，九死一生，十大将之首。"特别是他"两让司令"的事迹至今被传为美谈、视为典范。他实现了人生"立德、立功、立言"的崇高理想。粟裕不光是侗族人民心目中的大英雄，而且是全中国人认可的大英雄，甚至在海内外享有"中华战神"的美誉。

侗人中能征善战、为正义而战的英雄，可罗列一长串名单，在此只能选择其中几个极有代表性的人物予以简述。"铲平王"吴勉在明洪武年间在黎平举旗起义，率领义军20万众，席卷"八洞"，占领了湘、黔、桂毗连的广大地区，"古州十二长官悉应之，声震湖广"，由于被官府重兵包围且有一些人叛变，吴勉及其子吴禄被俘，被押解南京英勇就义。

清朝名将杨芳，参加平息张格尔在新疆发动分裂祖国的叛乱，生擒张格尔，被晋封为太子太傅、果勇侯，道光皇帝在其画像旁题词，誉之为"黔省之英"。鸦片战争爆发后，道光帝下诏对英宣战，命奕山为靖逆将军，命杨芳和隆文为参赞大臣。杨芳坚决抗击外敌入侵，反对签订《戢兵条款》《广州和约》，被"革职留任"，仍以七十一岁高龄率官兵作战。后失马闪挫，导致重伤，获准回湖南提督任所治病。再后，告老还乡。他著有《平平录》十卷、《征西笔记》两卷、《果勇侯年谱》五卷、诗作楹联数百首，且有墨竹图传世，素有儒将之喻，被称“黔中三奇男”之一。

国民革命军名将王天培，因战功卓著，由见习排长，一直升为国民革命军第十军军长。王天培被称为“忠心耿耿、青年有为、文武全才的军长”，他的第十军被为“钢铁铸成的军队”和“钢军”。后蒋介石担心十军声势壮大，拥兵自重，难以控制，用计使之孤军作战，把徐州战败之责推给王天培，被扣留于南京，押解杭州秘密杀害，社会舆论大哗，为之鸣冤叫屈。后广州国民政府为王天培昭雪，追授上将军衔。

党的五大代表龙大道，在上海等地从事地下工作和工人运动，生活坎坷而曲折，几经生死，永不屈服，永不退缩，最终被国民党当局杀害。

中国人民解放军上将杨至成，为工农红军、中国军队的后勤保障工作做出了巨大的贡献，被称为“红军后勤之父”。

侗族是一个有意思的民族，侗族崇拜的英雄不光是那些力大无比的神与人，还有那些文化的创造者。《找歌的传说》叙说金必、相金、相银、古赛4人，上天去讨歌下来，世上才有歌来唱。《起源歌》叙说朱福把天上讨来的歌编成侗歌，去四处传唱。《芦笙的故事》说芦笙是芦长芦雅两兄弟模仿仙女的竹笙造出来的。“饭养身，歌养心”，侗族是一个擅长歌舞、特别喜爱歌舞的民族。对发现侗歌和芦笙的先人，看作是驱除邪恶、护佑人民的伟大人物一样的英雄。

侗族大歌著名祖师吴传龙被侗族看作是英雄。吴传龙是贵州黎平三龙寨人。一生中，吴传龙创作了无数的侗歌传承后世，其中《蝉之歌》《知了歌》等最具代表性。三龙侗歌发展到今天，共有20余种，归纳起来有九大类，即《古歌》《赞歌》《礼节歌》《叙事歌》

《哭歌》《儿歌》《骂俏歌》《款甲歌》《情歌》等等。但是，流传在三龙的侗歌到底有多少首，谁也无法统计。南侗地区有句俗语“捡得完河边的石头，唱不完的三龙的歌”。现在有三龙“三本活歌本”之称的吴廷慧、吴卑光、吴卑五等三位80多岁高龄老人，光唱侗族大歌，十天十夜也唱不完。侗族大歌发展到今天，三龙歌手人才辈出，形成了一定规模的歌师群体。三龙侗族大歌发展到今天，已经硕果累累、成就辉煌。中华人民共和国成立至今，只有5000多人口的三龙就为各级歌舞团输送人才100余人次，参加国家级演唱会的不下60人次，参加国际性演唱会的也有16人次。三龙，因为保留着原汁原味的侗族文化而神秘，因为歌声悠扬与清脆而闻名。这些都得益于吴传龙对侗族大歌大力弘扬。因此，侗族把他作为英雄来敬仰，他被认为是一位侗文化的英雄。

同样，侗戏创始人吴文彩也是这样的英雄。吴文彩被誉为侗戏鼻祖，工于诗歌，尤精侗歌音律，20岁时开始编歌传唱，创作过大量侗族情歌、古歌和劝世歌，如《开天辟地歌》《酒色财气歌》等，有“歌王”之称。中年时，受汉族戏剧的启发和影响，开创了以侗装扮相、用侗语对白、用二胡锣鼓伴奏、用侗歌作唱词、用独特步调表演的侗戏。他创造的侗戏，演员均由群众自愿组合，唱腔分“平板”“哀调”和“仙腔”，表演完全民族化。他把汉族的故事《朱砂记》《二度梅》等改编成《梅良玉》《凤姣李旦》等剧本，在侗乡广为传唱，深受侗族群众欢迎。侗戏很快传遍了黎平、榕江、从江等侗寨，黔湘桂交界的从江、通道、三江等处的侗寨相继建立侗戏班子，逢年过节，村寨之间交流演出，蔚然成风，千里侗乡亦公认吴文彩为“侗戏师傅”。新中国成立后，国家文化部将侗戏列为国家的独立剧种。

龙文渊是会同历史上的文化名人，明太祖封他为翰林院侍读学士，专教四皇子朱棣。他的故事在会同广为传播。相传，他忠于职守，从严要求，务使皇子有所成就。殊不知朱棣年幼，学业懈怠，被文渊责打三板。朱棣不服，当即声言："来日登上皇座，必报三板之恨。""伴君如伴虎"，他便辞职回家。朱棣即皇位后，欲报师恩，派特使召他进京，不想他北上途中染病，只得返回会同，不久病逝。成祖甚为哀伤，派礼部祠祭司主事蒋之浩前来会同主祭营葬，敕封龙文渊为"翰林院侍读燕府纪善"。

维基百科推介的侗族名人，有英勇善战的女英雄萨玛、侗族农民起义领袖吴勉和姜应芳、侗戏创始人吴文彩，名将王天培、粟裕、杨至成，奥运冠军陆永、李婷，文艺名人吴虹飞、刘文杰、莫龙丹、毛若懿。说实在的，一个歌手实在不能算是英雄，有再大的名气，也只算名人。维基百科过滤掉了不少真正的英雄，却记住了娱乐明星，这是这个浮躁社会的一种反映。甚至一些人痴迷于别解英雄、纵情于恶搞英雄，英雄竟然成为他们戏谑的对象，这个时代已经走向精神颓靡的堕落状态，低俗、迷茫、浮躁、物欲横流，呈现着世界末日般的绝望。

难道我们的社会生活和精神世界真的不再需要英雄了吗？我们可以明确地回答：人类总是需要英雄的！英雄的光辉可以透过雾霾，照耀我们奋力向前的当下，照亮前面遥远的路程，在关键时刻、关键问题上指引我们做出道德选择。因为有英雄，我们能够冲破了一切自私自利的偏见和束缚，能够让伟大的人格魅力、道德品质和精神价值不会被社会乱象所遮蔽。侗族的英雄亦然，他们高高矗立，却又让我们自然而然地靠近，在侗族前进的道路上，他们从来不曾走远，一直散发出引领道德风尚的力量，防止我们内心对自身道德修养的放松，防止内心萌生出不自信的错误念头，从而在我们心灵里激起美丽的浪花，不断激励我们不忘初心、继续前进。

飞山王不朽

一

假如孩子多病多灾，父母就会虔诚地来到“飞山爷爷”神像前为孩子“寄名”，待孩子顺利长大成人再来为之“赎名”。

如若孩子贪玩、不爱读书，父母什么办法用了都不奏效，只得到庙里来寻求飞山公帮忙。

高考临近之时，那些学子内心承受着重压，难以释放，夜不能寐，也来祈求法力无边的飞山公保佑自己如愿考上一所理想的大学。

……

各地的飞山庙和杨公庙香火不断，靖州飞山上的飞山庙更是长年人头攒动、香烟弥漫。在人们心目中，飞山公慈祥而灵验，无所不能，有求必应。像飞山矗立在渠阳盆地、渠水之滨一样，“杨公菩萨”耸立于历史长河和侗族人民的心中，永垂不朽。

这位“飞山公”“杨公菩萨”“杨太公”就是侗族首领杨再思，他早已被侗族地区及周边地区的人民敬为地方神明。

侗族地区古称“十峒”。所谓十峒，大约为现湘黔桂渝鄂边区相连的百多个县市，夏商时期属荆州，春秋战国属楚国，秦置黔中郡，汉改武陵郡，从古至今都是我国西南各少数民族的聚居地。

因为杨再思功德卓著，长期以来，十峒地区各族人民把飞山公作为神明敬奉。在飞山公的诞辰和忌日，区域内的信众有组织地聚集到靖州飞山宫或各地的飞山庙、杨公庙，祭祀飞山公杨太公，乞求其护佑。在五代十国战乱期间，杨再思实行多民族自治，使十峒地区摆脱战祸，治下的诚州创造了在五代乱世唯一不但不乱反而稳定发展的“世外桃源”。他因此被百姓尊为“飞山太公”，奉为“诚州刺史”。

他被奉为神明，不是狭小区域的地方神，而是我国西南湘黔桂渝鄂边区各少数民族人民共同供奉的神；不是一个短暂历史时段中敬奉的神灵，而是千余年来一直被当地人们奉为神明；他不光是受到民间认可，也得到官方的认可，他及其子孙多次受到朝廷敕封，因此，他是被朝廷和民众都认同的。

滚滚沅水、滔滔柳江、巍巍雪峰见证了飞山王的民主治理和丰功伟绩，侗族儿女传承了杨再思的和谐文化，使以风雨桥、鼓楼和侗族大歌为典型代表的侗文化，在世界民族文化丛林中，展现出傲人的身姿和耀眼的色彩。

二

五代之时，朝代更替像走马灯似的，你方才起调，我方又登台。五代乱世，诚州不乱，风景这边独好，创造了一个奇迹，成为一则神话。是谁像神灵一样护佑了这块土地？是飞山王杨再思。

杨再思采取了什么样的策略来治理十峒？

概括起来，杨再思弘扬了神农炎帝“天人合一、以和为贵、服务人民”的精神，施行了“民为贵、行德治、弃俗念、不相争、抵外侵、保民安”的治理理念。

他是一个强大的人，但真正强大的人是遵循规律的，更是敬畏天地的。胡作非为的人，是无知，因为无知，所以无敬无畏，这不是强大，是鲁莽，这也注定了速亡，因为违背自然规律。正因为如此，杨再思遵循“天人合一”的自然规律，尊重自然，尊重历史，让治下的各民族、各部落老百姓和谐地生活在一起。他尊重自然地理的差别，将直隶飞山峒以外的各峒，按地利、人和编整为十峒，即：古州、湖耳、中林、亮寨、龙里、新化、欧阳、八舟、潭溪、洪洲，各峒设“长史”（亦称“款首”）；尊重历史形成的氏族，让有威望的大姓吴、石、龙、潘、向等头人担任长史，并不是只让他的子孙或族人去担当；尊重历史形成的道德规范，并在其基础上，建立“峒制”“款约”，严明组织号令；尊重历史规律，忠于朝廷，他对朝廷感恩之情很深，又因为深知历史上佞臣没有好结果，一个地方和民族朝秦暮楚也没有好结果，所以既不服后梁，也不依附于楚，为示忠诚于唐，将叙州改名为“诚州”，后在飞山寨附近的渠水东岸建筑州城，后人称“杨氏城”，后来又有武冈西南境的苗蛮投靠诚州，复置为徽州，史称“诚徽州”，“奉唐正朔”，继续使用唐昭宣帝天佑年号。于是，十峒人民在共尊再思为“十峒首领”的基础上，又奉之为“诚州刺史”。

“上善若水”，水至柔却能克刚。他以和为贵，展现了大丈夫柔性情怀的魅力和厚德载物的力量。和者，谐也调也，以顺柔相处也。杨再思把十峒人民拧成一个大家庭，和谐、友善地生活在一起。首先是自己与当地人和谐共处。他系东汉太尉杨震24代裔孙，原籍淮南，其父杨居本官居淮南丞，唐懿宗咸通年间（860—874），因功授辅国大将军，并调叙州戍边，举家徙居叙州朗溪县（今会同及周边）。唐懿宗咸通十年（869）六月六日，杨再思出生于朗溪县，其生活习俗、服饰、语言皆“与当地苗民子弟无异”，互称兄弟，加之父母为人宽厚善良，继承远祖清白遗风，爱民如子，父子、兄弟皆与当地苗蛮十分融洽，和睦相处，建立了鱼水深情。由于他人品好，又是“高富帅”，深得苗民信赖，尤惹苗女钟情，故除官宦争相许婚外，还娶了两个苗民姑娘为妾，先后共配五位夫人，生育十个儿子（一说亲生八个，另过继两个侗家男孩入门），个个上进，个个成才。他重视采取措施促进区域内各民族群众和谐相处。其父谢世后，他袭父职，并被周围苗民拥戴为酋长，在励精图治的同时，坚持汉苗民族和睦，反对互相歧视，实行以人为本的改良。根据《杨再思氏族通志》考察记载：诚州除原叙州大部分地盘外，东到湖南辰溪、中方、新宁一带，南抵广西义宁及贵州从江、榕江，西至贵州的石阡、黄平，北达重庆的秀山、酉阳，比原版图增加了两倍以上，地辖湘黔桂渝边区。这样，促进了这一广大苗蛮地区各少数民族的大团结，形成了强大的民族自治力量，傲然独立于周边各分裂政权的势力范围之间。对于敌对势力，他以息事宁人的态度来对待，正确处理十峒首领与楚王马殷的关系。为夺取十峒地区的统治权，楚王马殷指派吕师周率衡州兵前来偷袭飞山峒。当地款首潘金盛和杨承磊先后被俘或者战死。杨再思与姜师益联合出兵救助飞山峒，并打败吕师周。经过认真分析当时局势和对比双方力量，杨再思决定不“继续扩大战果”，而是根据有理、有利、有节的原则适时与楚王马殷休战言和，表示“内附”，愿意“入贡”。这一外交策略，给飞山及周边地区各族人民带来了一个和平安宁的局面，所以北宋王朝追封杨再思为“威远侯”或“英惠侯”等。他完全可以称王立国，但为避免战祸，他始终不称王，教导儿孙也要忠于朝廷，决不自立王朝。十峒地区历为朝廷与苗蛮各武装争夺地盘而发生拉锯战之地，小战年年有，大战三五年一逢。唐末、五代十国时期，由于唐室腐败衰颓，引起藩镇割据，天下大乱，几无净土，民不聊生。朝廷“城头变幻大王旗”，哪里顾得上叙州搞“单干”。所以，杨再思为首领的飞山蛮，得以实现独立的多民族自治。但杨再思反对国家分裂，坚持不称王，不建国，等待恢复统一。实际上诚州成了飞山蛮没有国王的“独立王国”。甚至，杨再思父子耻于与乱臣贼子为伍，不和任何分裂政权往来，闭关而开化诚州。因此，诚州与外沟通的信息渠道关闭。后唐庄宗李存勖从后梁夺回政权后多年，也未知道杨再思开化诚州忠于唐室之事迹，直到后唐清泰二年（935），信息才传到洛阳，末帝李从珂深慕其德，才遣使臣赍诏莅飞山寨，封杨再思为“诚州刺史”，授“银青光禄大夫”，加“尚书左仆射”衔，食邑一万二千户，以励其志、赏其功、彰其德。他之所以这样做，是因为要维护和谐稳定的社会局面与老百姓的根本利益。也基于这种考虑，北宋建立政权后，杨再思之子杨政岩归顺了北宋朝廷。太平兴国四年（979），全国重归统一。据《宋史·诚徽州传》和《湖南通志》记载，杨政岩遵从先父遗志，派政隆之子杨蕴（即通蕴）为使者，赴汴京上表祝贺，表示内附，服从统一，受到宋太宗的赞誉。次年（980），遵照唐宋对蛮夷的羁縻制度，杨政岩又派儿子杨通宝首次献方物入贡，太宗大喜，遂封杨通宝为诚州刺史。十年后，杨政岩于淳化二年（991）亲赍方物进京朝贡。当年返州后病逝，葬于今湖南靖州排牙山牛角湾仙鹅抱蛋处，今存特制紫砂石砖墓室。当即以次子杨通继知州事。庆历元年（1041），再思之孙、知徽州杨通汉向仁宗贡方物。至神宗熙宁八年（1075），再思之重孙光富代表族姓及二十三州峒贡附。其后，子子孙孙相继袭职。

在人类社会中，人是最基本的要素，离开了人，有再好的东西，人类社会也不复存在。孔夫子说：“仁者，爱人。”他坚持以人为本，服务人民。其一，加强军事防御，保境安民。朝廷势衰，无力控制时局，十多个藩镇争战不息，诚州四面受敌：东及北为楚，西边是前、后蜀，南为南汉，西北角上还有荆南国，硝烟随时都可能燃进十峒。杨再思逐渐将训练有素的十个儿子政隆、政滔、政修、政约、政款、政绾、政岩、政嵩、政权、政俭分镇各峒要塞，组织各峒青壮年编队习武，定期训练，实行全“蛮”皆兵，严密边防警戒，有战上阵，无战生产。杨再思主张“人不犯我，我不犯人，人若犯我，我必克人”。后晋期间（936—947），都匀、罗甸蛮酋尹怀昌、牂牁蛮酋张万浚，见诚州富庶，先后兴兵入侵，都被再思父子率飞山蛮击溃逃遁。两年后，尹、张二蛮酋复联合西南八姓番帅围攻诚州。再思父子都身先士卒，既分兵严守，又利用敌人弱点，使用反间计，加剧其内部矛盾，削弱其战斗力，然后集中优势兵力重点进攻，各个击破，最后设埋伏于黔粤夹界，将首恶都匀、罗甸逃敌歼灭，并设防于夹界及所有边防要塞，永镇边患。从此，全州峒民无不赞扬再思父子为“无敌杨家将”；西南诸番则畏再思父子为“天兵神将”，再也不敢觊觎诚州，纷纷与诚州修好。这三次保卫战，不但保卫了诚州百姓的家园和生产，增强了全州峒民的凝聚力，而且扩大了诚州范围，不愿忍受西南诸蛮封建领主残酷压迫的农奴，相继投靠诚州，臣服再思的德治，使诚州在原十峒的基础上，又增加了金融、金达、京堡、邛水、三江、三朗等峒，以及东道百姓都、西道三合都、南道武占都、北道竹溪都等36都寨。其二，发展稻作为主的农业生产，提高生产力。近年，学术界提出“会同炎帝故里新说”，认为会同及周边地区为神农炎帝故里。古诚州本是我国上古“楚之南”的“炎人国”主要辖地之一，农耕鼻祖神农炎帝在这一带教人制耒作耜、播种五谷。区内的高庙文化遗址发现距今六七千年的稻谷炭化物，证明十峒地区为稻作文化发祥地之一，农耕生产基础较好。杨再思父子积极引进、推广中原汉族先进生产技术，摒弃刀耕火种，兴修水利，推广牛耕，改良品种，精耕细作，提倡轮作，奖励种棉、纺织，并兴集镇、辟市场，促商贸，繁荣了经济，逐步提高了峒民生活水平。其三，废除苛政，建立宽简法制。轻徭赋，革苛捐，除杂税，抑豪强，扶老贫弱，减轻峒民负担。明法度，慎用刑，严赏罚，正曲直；惩邪恶，护真善，稳秩序；宣仁义，睦邻里，全州峒蛮一体，人人和谐相处。其四，开办教育，提高人民的文化水平。宋嘉祐五年（1060），再思之重孙光僭继其父通汉知徽州，暮年又任皇城使、诚州刺史。“乃与其子日（昌）俨请于其侧建学舍，求名士教子孙。诏潭州长史朴成为徽、诚等州教授。”遂开“飞山蛮”文教之先河。

他以身作则，率先垂范。首先是自己带头刻苦学习。他自幼聪颖清秀，勤奋好学，与弟再韬在父亲业余传授下，既熟读四书五经及兵法，又苦练刀枪剑戟与阵法。其次是带头奋勇杀敌。杨再思长大后，身材魁伟，文武兼备，尤精韬略，处事严谨，常代父击退来犯之敌。如前所述，杨再思把十个儿子分置到十峒，当遭遇侵犯时，杨再思的十个儿子身先士卒，鼓舞士气，取得了一个又一个胜利，保护了十峒地区的安宁，为稳定地发展经济奠定了基础。

杨再思父子经过几年的励精图治，终使诚州军、政、财、民各方面都安宁有序，峒民安居乐业，衣食有靠，虽处乱世，却安享太平，出现了历史上从未有过的太平盛世，老百姓生活在一种美好的和谐社会之中，诚有如陶渊明笔下的“世外桃源”。因此，侗族地区把杨再思奉为神明不足为怪了。

据史料记载，飞山太公的祭礼活动，自宋初以来，就已开始。清同治七年（1868），奉旨列入祭典，向例有司具太牢祀之。州府及郡县官员，逢每年六月初六日公之生辰和十月二十六日公之忌辰，都要按规定的礼仪到飞山庙进行朝拜，行祭祀礼。民间各峒各寨，也都供有飞山太公，有的成立了“太公会”，置有会田若干，每逢六月和十月，由村寨首领牵头，开支会田的租谷，杀猪宰羊，幡旗猎猎，吹吹打打，抬着“太公”神像游行，之后行礼祭祀，吃会酒一天，以示对“太公”的尊敬和怀念。会同及周边地区杨姓一直保留着六月六晒族谱和抬“杨公菩萨”的习俗。会同县沙溪乡杨姓为杨再思后裔，每年六月六，都举行纪念杨再思的盛大活动。这一天，杨姓人氏组织本姓人员祭杨公，晒族谱，追忆、缅怀祖先杨再思，宣讲杨再思的理念，然后举行“抬杨公菩萨”的活动，一大队人马抬着杨再思的雕像，举着杨族幡旗，敲锣打鼓，到乡集和重要村寨游行一周，再后就是举行各种民族文艺表演，如：吹奏沙溪唢呐，表演侗戏《黑饭英雄》和其他侗族小戏以及民间歌舞。这一天，在沙溪的杨氏家族成员人人兴高采烈，杨姓村寨热闹非凡，仿佛过年。这原本是杨再思后裔追思他的一种方式，其他姓氏也效仿杨姓家族的做法，借此纪念其祖先。

如今，聚居在湘黔桂川渝鄂滇粤边境乃至东南亚各国的“飞山蛮”后裔达千万之多。据统计，他们为祭祀杨再思，先后建飞山庙（宫、祠）上万座（处），凡侗寨必有飞山庙和萨坛、土地庙。据不完全统计，仅湘、桂、黔、鄂四省周边地区新中国成立前就有飞山庙（宫、祠）184 座，现仍存 60 座。

从杨再思的历史作用和不朽功绩来看，他不仅是值得纪念的少数民族历史名酋，而且还应当定位为“民族英雄”。他开化诚州，创造诚州文明和谐社会，为五溪地区千年来的发展，奠定了坚实的基础；杨再思所繁衍于湘、黔、桂、鄂、渝、滇、赣、川的后裔，迄今已逾五百万之众，是民族安定团结和祖国建设的重要力量。

三

我们难以返回历史去洞察历史，其实我们就是穿越时空而返回到历史上的某个时间段，也不见得能够看透当时的事物。但是，我们绝对不是历史虚无主义者。历史上的事件和人物，都会以种种形式，显露其冰山一角。杨再思赢得了诚州百姓（飞山蛮）的无限爱戴，被一致尊称为“飞山太公”“飞山公”或“杨太公”，这无疑是缘于他的科学治理使诚州摆脱战乱之祸，开创和谐社会。“木有本，水有源。”每一种文化的出现和兴盛，都不是偶然的。杨再思的思想和实践，均属于和谐文化范畴。在中华民族五千年的历史长河中，和谐文化如长江、黄河昼夜不息，早在石器时代，神农炎帝追求人与自然的和谐统一及人与人的和谐统一，他“仰观天象、俯察地理”，创立了和谐文化，其创建的易学和农耕文化无不以和谐为内核。本质上，和谐文化是神农炎帝文化最核心的内容，也是中华文化最重要的源头。对于神农炎帝文化的特点有多种概括和理解，我们姑且概括为物我和谐、人伦和谐、礼乐和谐、身心和谐。

所谓物我和谐，就是天人合一。在一些史志传记有这样的描述：“甘露时降，五谷蕃植，春生夏长，秋收冬藏”；“不忿争而财足，不劳形而功成，因天地之资而与之和同。”这既是一种曾经有过的美好场景，也是生活在那个时代人们的一种期冀和追求，且深深地烙进了中华民族的文化基因之中，传承几千年。

所谓人伦和谐，就是人人平等友好。作为首领，他以身作则，“身亲耕，妻亲织”，所以君民和谐；部族成员，男女合理分工，各尽所能，“男耕而食，妇织而衣”，所以阴阳和谐；商贸交易，各得其所，“奸邪不生”“天下均平”，所以买卖和谐；食物按需分配，

“无食者与之陈，无种者贷之新”，以丰补歉、以富扶贫，所以疏满和谐。

所谓礼乐和谐，就是顺天意、乐民众。“上观法于天，下取法于地”，对日出日落与月圆月缺等自然现象进行观察、总结，适时掌握农耕农作与祭祀、休养、娱乐的时机，确定相应的礼仪、管理制度；“削桐为琴，练丝为弦，以通神明之德，合天地之和”，采用音乐祭祀等方法，“通神明之德，合天地之和”，以此表达敬畏崇拜之意，以致达到人神沟通，获得神的佑庇；“制丰年之咏，以荐釐来”，“以保合大龢而闲民欲”，组织开展一些民俗活动，以此来约束和控制人们的行为，达到以乐养性、以乐怡情的目的，使民俗成为一种无形的道德规范和行为准则。

所谓身心和谐，就是自然处世、保健身心。一方面注重药理养身，神农“尝百草之滋味”，“一日而遇七十毒”，“审其平毒，旌其燥寒，察其畏恶，辨其臣使，厘而三之，以养其性命而治病”；另一方面则注重中庸修心，不在乎荣誉诋毁，不看重地位高下，与时俱化，以和为量，不被外在的东西所左右，顺应自然而处世，保持心态平和。这就是炎帝神农氏时代的生存法则。

神农炎帝文化在中华民族几千年的传承中，不但得到了很好的弘扬，还被创造性地发展。杨再思及其十峒是其中的优秀代表，他们将神农炎帝文化与十峒的人文、历史、地理结合起来，特别是与当地各少数民族的传统习俗结合起来，形成了和谐的自治机制，如“款”里面许多有益手段现在仍在许多侗族地方沿用，侗歌苗歌还在广泛传播。

所谓侗款，已经在《侗款的力量》中做过详叙，在此仅简而言之。款是侗族社会历史上，为约束部落与部落、村寨与村寨、社区与社区、人与人之间的关系，以地缘和亲缘为纽带，通过盟誓与约法，建立起来的带有区域行政与军事防御性质的联盟，是侗族古老的社会组织和社会制度。在这样的社会中，有父母却无君臣，有款约而无官吏做主。在重要时节，由寨老或款首组织立款、讲款。款约内容丰富多彩，包括成员行为规范、道德规范、家庭组织、民族起源、区域划分、宗教崇拜等各方面的内容，是侗族文化的百科全书。在发生违犯款约现象和矛盾纠纷时，就请来寨老或款首根据款约进行评断并执行款约，对违款者予以处罚，轻则没收违款工具、处以钱米之类的惩罚，中者则到违款者家中杀猪宰牛、吃款酒，重则将违款者沉塘或驱逐出寨。款组织用严厉而极富权威的“款约”以独特的运行方式，约束并鞭策“合款”组织内各个成员遵章守纪、有礼有节。所以，侗族也由此被誉为“没有国王的王国”。这些“款约”，是款组织为了规范成员的行为而制定的一系列制度规定，具有法律效力，学术界称之为“习惯法”。因此，“款”是古代近代侗族社会特有的民间自治和自卫组织，具有原始氏族农村公社和原始部落联盟的特征，被称为“前国家组织结构的一颗活化石”。

款组织分为大款、中款、小款。相传，侗族“大款”为侗酋杨再思所立，至今仍有“飞山宫主立大款”的传说。此传说暂且搁置一边，因为没有百分之百的证据来证明其真实性。但从杨思治理十峒的历史看，那时他不称王不建国，也没有官僚体制，整个侗族地区实行的确实是一种较为成熟的民主管理体制，这就是款组织制度。因此，是杨再思把远古的氏族公社体制传承、完善、发扬光大的，这一点是毫无疑问的。杨再思完善的款组织制度，因为抓住了根，疏通了源，在强调传承性时注重开放性与融和性，使得其政治、经济、文化实践源远流长。

这样没有官吏、充分自治的世外桃源，是人类一直梦想实现的“大同”世界，是人类对于原始共产主义社会的怀念，也是人类企图构建现代民主和谐社会的渴望。

西南各省、直辖市、自治区的苗、侗、壮、瑶、水、土家、布依、仡佬等少数民族，都是从当年的苗蛮或峒蛮或荆蛮中分支繁衍而来的，有着共同的历史源头和共同的文化之根。杨再思的卓著功德，包括其建立完善的款组织制度，泽被了这些民族。他成为这些民族的共同的神明，靖州飞山也成为其共同的文化圣山。1986 年 6 月，各级民委联合在靖州举办全国侗族历史及文化学术研讨会，专家学者们一致认定靖州飞山是侗族的发祥地，杨再思是苗、侗、壮、瑶、水、土家、布依、仡佬等民族共同的历史名酋。

杨再思以他高瞻远瞩的目光、水的善良、大地的宽厚和科学的方法，完善了款组织这一社会体制，促进了侗族地区的安定和谐和全面发展。更重要的是，杨再思弘扬的和谐文化，在当前和今后很长的历史时期里仍有十分重要的现实意义，对于传承中华传统文化，彰显炎黄文化魅力，实现伟大的中国复兴梦，具有不可估量的作用。

粟裕侗家汉

树木仍显葱茏，绿色更加浓郁，朝雾氤氲氤氲，如画笔轻轻扫过。早起的人们，于清风中晨练，放射着青春活力。这里是粟裕大将的故乡——湘西南边陲的会同县。宁静笼罩下的粟裕公园，充满了深沉、凝重的气氛，人不得不肃然起来。

11.2 米高的白色的粟裕纪念碑，在墨绿的树海中格外高大显目。仰望纪念碑，原国防部长张爱萍将军题写的“粟裕同志纪念碑”七个大字灵动大气，就像粟裕大将光辉战斗的一生中那些畅快淋漓的故事。朝阳照射在其上，每个字都格外耀眼，似乎闪烁着将军不屈精神的光芒。

粟裕，共和国的第一大将，当年就是从湘西南的会同这块神奇的侗苗之地走出去投身革命的。1924 年 1 月，粟裕泪别家乡、父母，赴常德求学，在黑暗中积极做着学生运动，寻求光明。1927 年，参加叶挺领导的国民革命军二十四师教导队，加入中国共产党。他的一生是战斗的一生，正如他的一首诗所写的那样：“一年三百六十日，多是横戈马上行。”南昌“八一”鏖战，转战粤、闽、湘，湘南起义，井冈山斗争，新四军威震江浙，苏中七战七捷，孟良崮活捉张灵甫，淮海、渡江、淞沪系列战役，粟裕的身影越来越高大，粟裕的军事指挥才能越来越充分体现出来。

而粟裕就是粟裕，一直是一个普通而又伟大的侗家汉子：谦虚、大度、正直、朴实、果敢、坚毅、机智、创新。以侗家汉子的这些普遍优点作根基，粟裕在外求学和在战争的风雨中，沐浴了革命思想，不断进步，成为一名为世人所公认的“常胜将军”“中国战神”“世界名将”。

一

粟裕的谦虚大度，在常人看来觉得有点不可思议。他“两让司令一让元帅”的故事，早已成为美谈。粟裕是一名战功赫赫的将军，他“两让司令一让元帅”，不是资历、战功不够，而是绰绰有余，因此他是超常的谦虚。

早在20世纪30年代，粟裕在井冈山跟毛泽东、朱德学打仗，就显示了非凡的军事才能，特别是在反“围剿”中活捉了敌师长张辉瓒，引起了毛泽东的关注。当时，毛泽东十分高兴，写下《渔家傲·反第一次大“围剿”》一首：“万木霜天红烂漫，天兵怒气冲霄汉。雾满龙冈千嶂暗，齐声唤，前头捉了张辉瓒。二十万军重入赣，风烟滚滚来天半。唤起工农千百万，同心干，不周山下红旗乱。”

全国抗战爆发后，粟裕同志先后任新四军第二支队副司令员、先遣支队司令员，率部挺进江南，转战于江南广大的抗日抗顽土地上。他首战韦岗，再决黄桥，通过讨叛逆、战车桥、七失七得战三仓、五打五胜夺丰利，共对敌伪作战5000多次，毙、伤、俘敌伪达10万多人，表演了一出出威武雄壮的抗日活剧。1938年6月21日，陈毅题诗祝贺韦岗告捷：“故国旌旗到江南，终夜喧呼敌胆寒，镇江城下初遭遇，脱手斩得小楼兰。”刘少奇曾说：“粟裕领导的新四军第一师，在抗战中建立了最大的功劳。在全军中以第一师的作战最多，战果最大。”

1947 年，粟裕率华东野战军先后发起了宿北战役、鲁南战役、莱芜战役、泰蒙战役、孟良崮战役等，共歼国民党 7 个军（整编师）和 1 个快速纵队。其中，1947 年 5 月歼灭国民党号称“王牌军”的整编第 74 师。1948 年，豫东战役共歼敌 9 万余人；济南战役，全歼济南守敌 10.4 万余人；淮海战役，则是解放军以 60 万人对国民党军 80 万人，最后歼敌 55.5 万人，毛泽东说：“淮海战役，粟裕同志立了第一功。”1949 年 1 月，渡江战役、上海战役取得全胜。在 1945—1949 年解放战争中的三大战役才是真正意义的大胜仗，蒋军 5 大主力，粟裕吃掉了 2 个半。其中很重要的是粟裕通过极力直陈和取得系列战役胜利，说服毛泽东改变过江外线出击的战略，坚持不过江而在山东、淮海打内线作战，形成了三大战役的战略大布局。否则，三大战役难形成，解放全国可能晚很多年，甚至让俄美有时间来直接出兵干预，搞成国共南北分江而治。新中国成立后，他在总参工作期间，参与抗美援朝战争指导，提出很多重要建议，提出完整的军队建设计划，助力新中国第一代国防体系建设。所以，人民英雄纪念碑奠基典礼上，毛主席越过很多人，亲自拉粟裕一起铲土奠基。

而正是这样一位“战神”却表现出让人仰望的谦虚。

1945 年 10 月 8 日，中共中央和华中局决定由粟裕、张鼎丞分别任苏皖军区正副司令员。他向华中局请求将他与张的职务对调，但没有得到同意，便把自己的请求再次电报中共中央，中央同意了他的请求。这是粟裕一让司令。

1948 年 5 月中共中央书记处西柏坡城南庄会议结束时，中央要粟裕任华野司令，他再三请求让陈毅兼任华野司令员、政委。中央同意了粟裕的请求，但要求陈毅必须马上到中原去。全面领导和指挥华东野战军的重任实际落在了粟裕的肩上，而粟裕是谦虚地以代司令兼代政委的身份出现的。此乃粟裕二让司令。

以上就是有口皆碑的“两让司令”。中央两度任命粟裕为司令员，以他的高尚品德与卓越才能，是完全恰当和十分能胜任的。而粟裕一让再让，甘当副手。特别是第二次让出司令之职，负着一把手的责任，而只有第二把手的名分。有人说新中国成立后，立下赫赫战功的常胜将军粟裕，之所以当不上元帅，降而为大将，就是因为他没有当过野战军的一把手，许多人心里为他打抱不平。这当然只是传说而已，不足为凭，但当时他确实是完全没有考虑让出司令的位子会对自己有什么不好的影响，置个人功名利禄于度外，到了无私忘我的境界。

新中国成立后评军衔时，一些人闹着要较高的军衔，而粟裕主动提出自己不评元帅。在讨论粟裕军衔问题时，毛主席考虑到粟裕的资历、威望和战功，给予了粟裕极高的评价：“论功、论历、论才、论德，粟裕可以领元帅衔，在解放战争中，谁人不晓得华东粟裕呀？”周恩来说：“可是粟裕已经请求辞帅呢。”毛泽东又说：“男儿有泪不轻弹，只是未到授衔时，我们军队中有些人，打仗时连命都不要了，现在为了肩上一颗星，硬是要争一争、闹一闹，有什么意思！”朱德笑了说：“肩上少一颗豆，脸上无光么！同时当兵，谁也没有少打，回到家中老婆也要说哩！”刘少奇说：“要做思想工作，党在军队中的思想工作，这时候决不可以放松。”毛泽东还说：“难得粟裕！壮哉粟裕！竟三次辞帅，1945 年让了华中军区司令员，1948 年让了华东野战军司令员，现在又让元帅衔，比起那些要跳楼的人，强千百倍么！”周恩来也说：“粟裕二让司令一让元帅，人才难得，大将还是要当的。”毛泽东补充说：“而且是第一大将。我们先这样定下来，十大将十元帅。”于是，粟裕便被授予了共和国的大将军衔，位列大将中的第一位。

粟裕“二让司令一让元帅”，这正合古语所云：“心底无私天地宽。”相比之下，自古至今，那些伸手要官、跑官争官和压人抬己者，是多么渺小和可恶!

1958 年 5 月 24 日至 7 月 22 日，在中央军委扩大会上，粟裕被扣上“资产阶级个人主义”的帽子，加上“反党反领导的极端个人主义”的罪名。开始，他还解释，据理力争，但批斗越来越升级，参会人员增至 1400 多人，刮起所谓“12 级台风”，许多人被迫批斗粟裕，说违心话。经过近两个月的批斗，他为了不被打成敌我矛盾，违心作了检讨。可是，他最终被免去了总参谋长职务，从此便离开他衷爱的军队。虽然身处逆境，但他仍把自己当作一名老兵，尽自己最大努力做着工作。工作上的困难，他都努力克服着，可是病痛、衰老竟然这么不可抗拒。庐山会议时，有个下午，一位中央领导和一些老战友劝他提一提 1958 年被整的事。他说，“我不愿在彭德怀受批判的时候提自己的问题，决不利用党内政治风浪的起伏。我相信我几十年的革命实践足够说明自己，也是经得起组织上审查的。”

1964 年，在人生十分苦闷的时候，他却写了格调很高的《老兵乐》自勉：“半世生涯戎马间，征骑倥偬未下鞍。爆炸轰鸣如击鼓，枪弹呼啸若琴弹。疆场纵横任驰骋，歼敌何计百千万。对镜不须叹白发，白发犹能再挥鞭。”

我词穷于粟裕的这种精神，我只能说，从大山里走出去的粟裕有大山的胸怀和气魄，粟裕其实就是一座厚重的大山。

二

侗家的汉子总是心明见底的，乃至你要他说句谎话都会说不圆

一个超然小我的革命家。

粟裕由于实事求是、坚持真理、十分耿直，早在“文革”之初，便已被江青集团列入“叛徒、特务、反革命修正主义分子”的黑名单，同时被林彪集团列为“特嫌”，遭受秘密审查。粟裕决不向邪恶低头，决不拿原则作交易，就像那些迎风顶雪的劲松，使人想起粟裕的老上级、老战友陈毅元帅的诗句：“大雪压青松，青松挺且直。”或者他自己的诗句：“松苍敢向云争立，草劲何惧疾风寒。”

不知道是有意这样设计的，还是凑巧如此，会同粟裕公园的粟裕大将纪念碑背后山坡上，是一片挺拔不倔、郁郁葱葱的青松。这些青松簇拥着高洁的纪念碑，展示着挺立、正直、上进的精神。

三

粟裕的故乡，在湘西南的会同县。这里是一个侗、苗、汉等多民族杂居的山地。侗族由于历史上被逼迫而长期迁徙，最后在偏远、封闭、落后的湘黔桂边界的崇山峻岭中定居下来，在长期与封建官府斗、与强人斗、与自然斗的过程中，形成了果敢、坚毅的性格。作为侗族人，粟裕非常明显地承袭这一特性。

仗不是说敢打就能坚持打下去的，真正打起来要克服许多困难，有时甚至是拼毅力。粟裕晚年在谈到淮海战役时说：“我在解放战争的战役指挥中有三个最紧张的战役：宿北、豫东和淮海。而淮海战役中最紧张的是第二阶段。我曾经七昼夜没有睡觉，后来发作了美尼尔氏综合征，带病指挥。战役结束以后，这个病严重发作起来了，连七届二中全会也没有能参加。”据粟裕当年身边的工作人员回忆，打起仗来，粟裕几天几夜不睡觉是常有的事。但是由于他 6 次负伤，两次伤在头部，头颅内一直留有弹片。颅内有弹片这个情况他一生都不知道，别人也不知道，直到他去世后，在他骨灰中发现三个弹片大家才知道。战伤后遗症和过度的劳累损伤了他原本健壮的身体，刚到中年就患上了高血压、肠胃病和美尼尔氏综合征，经常头晕头痛，靠戴健脑器工作。高血压、美尼尔氏综合征发作时，血液收缩压高达 180～200 毫米汞柱，头昏目眩，恶心呕吐，每根头发都像针扎一样，戴上健脑器也不起作用。粟裕便冒着大雪纷飞的严寒，一次又一次地用冷水浇头。但他仍然坚持指挥战役。身边的工作人员说："粟司令就这样靠坚强的毅力坚持思考和指挥，这是常人难以想象的，是医学上的奇迹。"这就不难理解粟裕能打那么多的恶仗、硬仗、大仗，能应付那么艰难的局面，能坚持到底，即使是在受了不白之冤之时，也能一如既往地努力工作。

头颅的伤发生在 1927 年。8 月 1 日南昌起义后，由于大批敌军进逼南昌，起义部队被迫向广东方向撤退。9 月底，起义部队在潮汕失利，撤下来的部队仅有两千多人，向闽赣边退却。10 月 17 日，在福建西南的武平县，敌军的一个师追上了起义部队。朱德亲率部队打退了敌军两个团后，命令粟裕所在排占领武平城西门外的山地掩护主力转移。在打退疯狂进攻的敌人后，一颗罪恶的子弹却射向了粟裕右耳上侧的颞骨间。粟裕被猛然一击，倒在了地上。面对头破血流的粟裕，排长说："粟裕呀，我不能管你了。"然后，卸下他的驳壳枪，带着他的士兵走了。之后，这个排长自行离队。等暴雨把粟裕浇醒后，他的身边已空无一人。正在他挣扎着前行时，山上又撤下来几个同志，才替他洗掉身上的泥浆，擦净脸上的血水，架着他终于赶上了队伍。他并不因为受伤而退缩。

湖南省诗歌学会会长梁尔源于2016年2月18日参观粟裕纪念馆、粟裕故居时，了解到这一情况，深有感触地写下了一首诗《将军的收藏——参观会同县粟裕将军故居有感》:“三块仇恨的弹片 / 在一个运筹帷幄的空间里 / 缄默近六十载，最后 / 和一个高贵的灵魂一起 / 收藏在大地心中 / 它是脑海中的刀光剑影 / 伴着无数次冲锋号角 / 变幻出百万雄兵 / 在硝烟弥漫的疆场上 / 演绎出孙子和诸葛的传奇 / 那是战争与和平的丰碑 / 铭刻着正义的壮举 / 几十载血与火的洗礼 / 将一个凡人的肉胎与钢铁元素 / 熔铸成一种特殊的材料 / 品牌上贴着一个 / 全世界最著名的标签 /——镰刀加斧头 / 当星星陨落为尘埃 / 不朽的灵魂咣当落地 / 恰似将军胸中抖出的三幅军事地图 / 记载着攻克的那些堡垒 / 也标示出三军下一步 / 永不停顿 / 进攻的红色箭头”。

侗族人民可以自豪地说：粟裕是骨头最硬的侗家汉子，他的骨头坚硬得就像那些筑就粟裕纪念碑的花岗岩。

四

坐在树荫下，一缕缕阳光从枝叶间透过，形成一道光柱。这样，更加显得粟裕公园神秘、幽静。其实，雪峰山脉以西的这块侗苗之地都不大为外人所熟知，总给人以神秘莫测的感觉。事实上，这里的人们凭着自己的聪明才智，创造了独特的文化，一切都带有神奇的色彩。

从地域文化影响的角度来看，生于斯、长于斯、走出于斯的粟裕，得地灵而成人杰，而且一生都有传奇性。

1935 年 1 月，红军抗日先遣队在怀玉山失利，寻淮洲、方志敏等领导牺牲，曾洪易等叛变。粟裕把突围出来零星散落的 600 余人收容到一起，组成挺进师，在与中央失去联系的情况下，风餐露宿，独立作战，硬是在浙南建立、巩固和发展了根据地。这使外国一些研究中国共产党武装斗争的学者大为不解，因为这里是蒋介石的老巢，反动势力极为顽固、强大，交通发达便于围剿，几乎没有生存的条件。这样的结果完全是靠自己与强敌斗智斗勇，出奇制胜得来的。

让外国学者惊奇的还有苏中抗日根据地何以能生存的问题。粟裕领导的苏中抗日根据地，是平原水网，交通便捷，适合先进装备的日本侵略军作战，而面对的又是日本侵华大本营南京、上海。他用灵活机动的战略战术，与日军比智慧、比胆识、比毅力，把毛泽东的军事思想、战略思想和指挥艺术发挥得淋漓尽致，硬是在强敌的“丛林”中生存并发展。

粟裕就是以“百万军中取上将首级”的英雄气概，“耍灯笼”似的忽东忽西、忽南忽北，把蒋介石“王牌”中的“王牌”整编七十四师硬是从重兵集团中挖了出来，一举全歼。这一胜利，给敌军以极大的震惊，使其重点进攻遭受严重挫折，被迫暂停进攻。

粟裕有很多创造之举。他及时适应了或作出了从中央苏区运动战到先遣队游击战，再由游击战到运动战，从山区作战到平原水乡作战，从分散游击到大兵团作战等诸多转变。能够适时调整战略战术，这缘于能时刻敏锐、准确地把握整个时局的变化。这样，他就取得了常人难以想象的成功。他走一步看几步。连续打大仗的1948年可以说是粟裕年，豫东战役歼敌近10万，两个月后的济南战役又歼敌10万，济南战役尚未结束又向中央提出建议举行淮海战役。淮海战役的胜利震惊了斯大林，他在笔记本上写道：“60万战胜80万，奇迹，真是奇迹！”后来，还要大使尤金在中国研究淮海战役取胜原因。在创造这个奇迹的过程中，粟裕于战略决策和战役指挥两个方面都做出了独特的贡献。毛泽东评价说：“淮海战役，粟裕同志立了第一功。”对于屡有奇招的粟裕，刘伯承说他“百战百胜，是解放军最优秀的将领之一”，陈毅说：“粟裕将军的战役指挥，是保持其常胜纪录，愈打愈奇，愈打愈妙。”

粟裕没有受过正规的军校培养，作战长期远离中央，为何能有如此高超的指挥才能？他就是凭着其实事求是的态度、积极进取的精神和在战争中学战争的方法，不断增长智慧、提高能力，成为卓越的军事家和战略家。

五

侗族是水性的民族，她具有相当好的自洁性和包容性。侗家人内心的善良、纯洁和侗族长期存在的款约制度，让侗族人始终能做到清廉自律。粟裕虽是一代战神，但在日常的工作和生活中却体现出清廉的高尚品德。

《一株枇杷树苗》是在江浙一带广为流传的故事。20 世纪 40 年代初的一天，粟裕骑着高头大马，在中共东台县三仓区委书记陈飞的陪同下，带着一支队伍，沿着南北大路，来到了东台县三仓区东仓乡一户人家门前。这户人家有草屋 4 间。其西房窗前，有一棵干高叶茂的枇杷树，给地上留下了一大片树阴，房屋西边是一块草地。粟裕明白，这里就是他所领导的部队机关的临时驻地了。

粟裕在陈飞的陪同下，与青年房主陈世群拉家常。陈世群看他衣着朴素、说话谦和，戒备心理就少了几分，说话也随意了许多。粟裕见陈母抽烟，连忙从警卫员的挎包里掏出一筒“美丽牌”香烟，抽出一支，笑着迎上去对她说：“大娘，这是刚从敌人那里缴来的，请你尝个新。”他们母子更加感到亲切了。

队伍驻扎下来以后，粟裕白天开会、训练，晚上批阅文件，每天都工作到深夜，常常通宵不眠。一天晚上，粟裕正在看文件，听到厨房里传出推磨声，他站起来伸伸胳膊，笑盈盈地走进厨房，要帮小陈妈推磨。小陈妈急坏了，说什么也不让他推。粟裕笑着说：“让我活动活动身子嘛。”说着，抓过磨杆，推了起来。

这年初冬，遇上了一场大雨。那天，粟裕正在俯身看地图，忽然“滴答”一声，水珠落到地图上。他抬头细看，原来房屋年久失修，屋顶几处漏雨。第二天，粟裕就带人把屋顶修好了。

一天，粟裕召开军事会议，警卫员小胡把战马拴在房前的枇杷树上。会议结束后，粟裕出来一看，见马将枇杷树干的皮啃了一大块，当下把警卫员批评了一顿。不几天，树叶渐渐枯落。为这件事，粟裕向小陈妈检讨过几次，并拿出 10 元抗币赔偿损失。小陈妈推辞说：“死棵树有什么要紧，明年再栽就是了。”粟裕说：“损坏东西要赔，这是我们的规矩。”推来推去，小陈妈生气了，认为粟裕小看了庄户人。粟裕见硬赔不行，只好等到部队转移后，特地买了一棵枇杷树苗，派人栽在小陈家的门前。

一生清廉的粟裕也曾走了一次“后门”，然而他“后门”走得有些特别。他的大儿子粟戎生刚从边疆换到内地，生活条件大有所改善，而这时的粟裕却通过“关系”走后门，把大儿子从原部队调到冰天雪地的北国边疆。当时，苏联在中苏边界不断挑起事端，流血事件常有发生，战事一触即发。很多干部子弟想方设法让自己的孩子回内地去，而这时的粟裕却走“后门”，把大儿子从内地送到了前线。女儿粟惠宁在条件艰苦的基层连队时，写信给他说许多有关系的战友都调机关去了，自己也想调机关，希望爸爸打个招呼。粟裕回信批评了她，并跟她讲清组织原则和在基层锻炼的好处，从此粟惠宁不再向父母提出违背原则的要求。

粟裕就是这样始终坚持原则，始终从严要求自己和亲属子女。

六

侗族人民的好儿子粟裕已经离开了人世，他的骨灰大部分撒在了他战斗过的土地上，和他早已牺牲的战友们走到了一起，另一少部分埋进了家乡生他养他的湘西南土地中。人们从四面八方来到会同，看看他的故居，看看他的纪念馆，看看他的纪念碑，解读他的精神，撷取他的力量。这样，人们能够感悟一下粟裕大将是怎样一条侗家汉子，或许还希望自己也能成为一个真正的汉子，或者像侗家汉子一样有大山般的脊梁、大山般的胸怀、大山般的品格。

无论如何，只要到了粟裕纪念馆、纪念碑、故居，任何人的心都会沉静下来，就会走进一个侗家汉子的内心深处，就会感受到共和国第一大将的精神力量。

侗乡美如画

很久没有听民族器乐曲了。

今天为了寻求内心的安宁，寻找一些久违的中国民乐来欣赏。我发现有一首葫芦丝曲《侗乡之夜》，因为对侗文化的喜爱，便选了这首器乐曲反复静心地倾听。在这首曲子里，侗乡的夜晚月明星稀，风清气爽，宁静中不乏诗意的流淌，青年男女成双成对谈情说爱。曲子一开始，清快而有力，有极强的抒情色彩，眼前自然浮现出这样的场面：柔美的月色如水一样洒在侗乡，俊美的侗家男女青年从容地从家里走出，款款行走在小路上。在貌似自由的演奏中，明显感到演奏者对速度的恰当把控和气息的准确掌握。这种自由的散板有些随心所欲，但也是有节奏地发挥的，在连续的密集节奏中由慢到快，再渐慢，或突慢，或停在某个延长音上，精准地描绘了月色的阴柔之美和男女青年好奇、试探之态。中板的演奏，看似节奏简单，但实际不是等闲视之，在不快的速度中，演奏出优美、流畅的旋律。男女开始见面时由于内敛、克制而欲说还羞的情景，得到了巧妙的展现。快板的演奏是这首曲子的重点，演奏技巧要求高，必须有娴熟的双吐演奏法和熟练的颤音运用。这快而不乱、紧张有序的旋律，让人似乎看到了侗族男女欢快的歌舞和充满激情的爱恋，较好地反映了侗家人快乐的夜晚生活。当欢快的旋律戛然而止，曲子进入舒缓优美的结尾部分，侗家男女青年收获了美好的夜晚，侗乡之夜像袅袅余音令人回忆。

侗乡就是这样，像一首优美的乐曲和诗歌，像一幅美丽的画。这样说，绝不是夸张。不用说侗乡的歌山舞海，不用说侗人热情似火，单说那里的风景名胜和文人古迹，就远比诗画和音乐要丰富得多。

一

在大山间条条清澈的溪河边，一座座侗族村寨错落有致地散布于溪河之畔。寨子依山而建，寨子里多植枫树、杉树或榕树，寨子掩映在团团簇簇的绿树之中，宁静、秀美。清晨，山岚缓缓流过山峦，团团水汽从溪河升起，寨子被云绕雾托，仿佛仙境。走进侗寨，就会近距离地欣赏侗族三大宝——大歌、鼓楼、风雨桥。侗寨前必有风雨桥，让人出入方便、风雨可避，更重要的是风雨桥是侗寨的风水桥，也是建筑、装饰最漂亮的侗族建筑，所以侗族称之为福桥、花桥。广西三江的程阳风雨桥最为著名，它造型优美、气势恢宏。它由两座桥头亭和三座桥中亭组成，各个桥亭的造型都不相同，远远看去，高低起伏、别有韵味。一些侗族老阿妈在风雨桥上悠闲地依栏刺绣，一些老阿爹在下棋、摆古，呈现出一片安宁、平和的气氛。在侗寨吊脚木屋群中，都会矗立一座或多座鼓楼。高大的身姿、精美的外形、繁复的结构，加上楼中、楼前热闹的歌舞或民主议事，彰显了鼓楼及侗寨的魅力。大歌这种多声部、无指挥、无伴奏、自然和声的民间合唱，1986 年，在法国巴黎金秋艺术节上亮相，技惊四座，从此名扬世界。“饭养身，歌养心”，这是侗家人常说的一句话。作为一向被誉为“歌舞之乡”的侗乡，不光有大歌，还有事事处处飘飞歌声的情景，至今还传承着“行歌坐夜”的古风。欣赏了造型精美的建筑，听到旋律优美的歌声，还会品尝到以酸为主的美食。典型的侗家菜是酸鱼、酸鸭、酸肉和酸菜，就着糯米饭，用手直接拿着吃。“合拢宴”是侗族人接待贵宾的一种最高规格的酒宴，也是最高礼仪。一般是村寨、家族在接待贵宾或举行盛大的庆典活动时才举行，木板摆成的长桌可无限延伸。合拢宴的酒、饭、菜都是村寨中各家各户把自家最好的米酒、苦酒、糯米饭或磁粑，最好的腌肉、腌鱼、酸菜或小炒，用竹篮或箩筐挑来，凑到一块共同摆设而成的，可以说是百家酒、百家饭、百家菜。行走在侗寨，可以看到石磨、纺车、织布机仍在使用，可以看到河边洗衣的侗族大妈用木制的棒槌捶打衣裳，可以看到竹筒水车在慢悠悠地吱吱响着转动。在这样宁静的氛围里，再浮躁的心也会平静下来，就会发现在这种古朴、素雅的色调中蕴藏着人间大美。

小黄村得去看一看。作为大歌的发源地和最重要的传承地，小黄的侗家姑娘不仅极善于歌唱，而且非常热情好客。对于远方客人想听歌的请求，她们有求必应。还有肇兴侗寨也得去，它是全国最大的侗族村寨之一，也是侗族的民俗文化中心。通道会议和黎平会议旧址，不能不看，这两个会议让中国革命重新走上了正确路线，具有里程碑的意义。

至今这块土地上以苗侗民族为主的少数民族一直保持着“唐朝发型、宋代服饰、明清建筑、魏晋遗风”的风格和习俗，其民族民间节日丰富多彩，“大节三六九，小节天天有”。侗族的生产生活习俗既丰富又独特，其中有特色的节日就很繁多，如：侗年、三月三歌会、四月八姑娘节、六月六敬杨太公、六月六尝新节、八月十五偷瓜节、泥人节、摔跤节、林王节……这些节日无不彰显着侗文化的魅力。所以，侗族地区被称为民族民间的歌池舞地，被世界教科文组织确定为“返璞归真、回归自然”的旅游首选地之一，侗族歌谣被人们誉为“人类保存的最古老的歌谣，我们疲惫心灵最后的家园”。这些“特品、精品、绝品”，已经成为一座天然生态民族文化旅游乐园，是全国乃至世界久盛不衰的旅游圣地。

侗乡各地森林覆盖率达 60% 以上，有各类植物 2000 多种，其中野生植物资源 150 余科、400 多属、1000 余种，在种子植物中，有中国特有属 20 余属，占全国特有属的 10% 以上，有红豆杉等重点保护树种近 40 种，占全国重点保护树种的 10% 以上。有药用野生植物 400 余种，盛产太子参、五倍子、茯苓、天麻、杜仲、百合、罗汉果等名贵药材。侗乡的土特产也繁多，茶叶、竹子、竹制品、竹酒、肉牛、牛肉干、山茶油、禾花鲤鱼、香糯、蜜柚、夏橙、高山葡萄、杨梅、核桃、板栗等。有野生动物上千种，草鹗、麝羊、彪豹、毛冠鹿、娃娃鱼、中华鲟等 10 多种被列为国家重点保护动物。

二

黔东南苗族侗族自治州的主要山脉是苗岭山脉，其向湘桂丘陵和盆地延伸的斜坡地带，峰峦起伏，江河若网，水秀如碧练，山青似绿海，四季山花烂漫，时常云遮雾绕，可谓景象万千。这里不光有绮丽多姿的自然风光，更有绚烂古朴的人文胜景和浓郁独特的民族风情，号称“贵州东线一颗‘真山、真水、真情’旅游胜地的璀璨明珠”。

这里的自然生态得天独厚。到目前为止，国家级风景名胜区有舞阳河风景名胜区，省级风景名胜区有岑巩龙鳌河景区、黎平八舟河景区、剑河风景名胜区、麻江下司风景区、镇远高过河风景区、榕江车江古榕树群景区6处，有省级自然保护区雷公山自然保护区。

舞阳河，为长江重要支流沅江的支流，自贵州瓮安，经黄平、施秉、镇远、岑巩、玉屏和湖南新晃、芷江七县，至湖南省洪江市汇入沅水。舞阳河中游河段风景秀丽，现已成为国家重点风景名胜区。景区内的黄平舞阳湖，有岛屿16个，半岛10余个，岛上草木苍翠，湖水源头是原始森林朱家山保护区，这里林木茂盛，植被涵养很好，是黔中地区亚热带森林生态系统保护较为完整，面积较大的唯一常阔叶林区。有木本植物达417种，有国家二、三类保护对象的三尖杉、红豆杉、香果树、甜茶树等。保护区内有猕猴、穿山甲、大鲵、森鹿、野猪、山羊、獐、刺猬、白鹭、蛇类等100多种野生动物，是舞阳河源头森林旅游开发的宝地。

而到了施秉，在两岸郁郁葱葱的原始植被里，万千奇峰怪状百出；有老态龙钟的姜太公在钓鱼；有引人惊叹的仙人晒鞋和一足撑天，有宫门双厥，那龙王神针天下一绝；有人面狮身、八仙过海、金猴望月……27个景点亮如夜空中的明星，构成一座副天然绿色艺术长廊，犹如展现着一部神话传说，令人沉醉其间。

及至镇远，喀斯特地貌里，既有高峡平湖，又有飞瀑流泉，呈现出风光迷人的山色水韵。奇妙的三叠水、珠落玉盘直泻深潭；喊泉神灵有喊必应，呼之水出，声止水隐；“孔雀开屏”“破镜重圆”“大圣师徒”神形兼备，栩栩如生；常见鸳鸯夫妻结队戏水，恩爱情深，不离不弃。人说整个景区“一湾一画，一步一景”，此言不虚；也有人说，这里有“长江三峡之雄、蜀地峨眉之秀、桂林漓江之美、阳朔胜景之幽，不是天堂胜似天堂”，虽有溢美的成分，但也不是空穴来风。

黔东南不光自然风光秀丽，人文历史和民族风情也十分迷人。境内有国家级历史文化名城镇远县城，国家级重点文物保护单位青龙洞古建筑群和增冲鼓楼，全国绘画艺术之乡黄平、剑河、麻江、从江小黄和雷山郎德，省级历史文化名镇黄平旧州镇、黎平德凤镇、雷山西江镇，还有省级重点文物保护单位32处、省级艺术之乡9个。黔东南有这样高密度的国家、省级文化保护和示范单位，十分罕见。还有圣德山早已成为北侗的文化圣山，常年香火不断，文化活动频繁。

国家重点历史文化名城镇远距今已有2200多年历史，城内有各级重点文物保护单位70余种。在号称黔南第一洞天的飞云崖，明代王阳明和清代林则徐、何绍基等历史名人曾于此留迹，今存碑刻摩崖甚多，十分珍贵。青龙洞古建筑群始建于明洪武二十一年（1388），共有单体建筑40座，布局奇巧、工艺精湛。

黎平县是黔东南苗族侗族自治州面积最大、人口最多的县，其中侗族约占全县总人口71%，是中国侗族人口最多的一个县，也是近代侗族文化的主要发祥地，因而有“侗乡之都”的美称。黎平是省级历史文化名城，政府驻地德凤是始建于明洪武年间的府城，古城保留完好，有“杉海粮仓油壶”、侗族大歌之乡、鼓楼之乡等称号。黎平县是中国名茶之乡、全国十大生态产茶县、中国茶叶产业发展示范县。黎平县是中国28个重点林区县和国家11个退耕还林示范县之一，也是国家商品粮基地县。黎平侗乡风景名胜区是国家全域旅游先行示范区、国家风景名胜区，境内有国家级4A景区1个、3A景区1个、特级旅游景点1个、一级景点25个、二级景点37个。国家级4A景区肇兴是全国最大的侗寨，有“侗乡第一寨”之美称，2005年被《中国国家地理》选为“中国最美的乡村古镇”，2007年忝列于中国《时尚旅游》杂志社与美国《国家地理》杂志社共同评选的“全球最具诱惑力的33个旅游目的地”，肇兴侗寨作为贵州省唯一景点入选。

从江县侗族文化遗产较多，有被文化部命名为“中国民间文化艺术之乡”的高增乡小黄村，有被称为“世外桃源”的高增乡占里村，有被国家列为第三批全国重点文物保护单位的往洞乡增冲鼓楼，有贵州省重点文物保护单位流架风雨桥，还有岜沙苗寨保留着中国最后的一个枪手部落岜沙苗族部落和加榜梯田。

“中国民族文化艺术之乡”榕江是“贵州省旅游优先发展区”“红色革命老区”和“贵州省体操之乡”。县城内有红七军军部旧址、镇台衙门、两湖会馆、福建会馆、天下独一苗王庙等古建筑，榕江苗山侗水风景名胜区被列为国家级风景名胜区。三宝千户侗寨和古榕群景区，三宝鼓楼为侗乡第一高大鼓楼，入选吉尼斯世界纪录。民族风情及民间艺术独具一格，享有“风情浓郁、璞玉浑金、无迹不古、山水独秀”的美称。

“杉木之乡”锦屏县有国家级3A景区隆里古城景区、国家水利风景区三江六岸风景区，有省级风景名胜区1个。景区内有省级文物保护单位飞山庙和中国工人运动的早期领导人、上海龙华二十四烈士之一龙大道烈士故居，还有“中国苗族环保第一村”文斗苗寨。隆里是一座有着600多年历史的古军事屯堡、中国历史文化名村、全国重点文物保护单位、省级风景名胜区、省级历史文化名镇，是中国与挪威王国国际合作“贵州生态博物馆群”之一。

三穗自然禀赋优越，素有“麻鸭之乡”和“斗笠之乡”美誉，是国家文化部命名的“中国民间竹编艺术之乡”，1972年瓦寨斗笠曾作为国礼赠送给访华美国总统尼克松。境内有国家级3A景区颇洞生态农业体验园，还有杨至成将军纪念馆和素有“千家寨”之称的全国第二大苗寨寨头苗寨和灵山景区、圣德山，以及颇洞生态农业体验园。圣德山在黔东南颇负盛名，被视为北侗圣山，每年农历七月十五，剑河、天柱、玉屏、镇远及湖南省新晃等地数万名歌手前往上山对歌、谈情说爱或烧香拜佛，有歌唱道："圣德山上歌连歌，南腔北调煮一锅，唱得黄河涨大水，唱得东海起浪波。"

剑河县温泉旅游区和革东古生物化石景区较为有名。其中，革东古生物化石景区是世界寒武纪生命大爆炸的三个遗址之一，动物群时代介于云南澄江动物群和北美布尔吉斯动物群之间，生物化石门类众多、数量丰富，有三叶虫、疑源类、双壳类、遗迹化石和棘皮动物、触手动物、多孔动物、刺胞动物、原体腔动物、腕足动物、软体动物等 11 个门类、168 属、500 余种。

天柱县家祠群保护较为完好，主要分布于清水江下游的天柱县境内，其中远口吴氏总祠、白市杨氏先祠建筑规模宏伟，坌处三门塘村家祠特别是刘氏宗祠雕画艺术精湛。杨至成将军纪念馆让我们缅怀将军、寻找红色记忆。

玉屏县以箫笛名扬海外，在中国乐器中独树一帜，始创于明万历年间，为宫廷贡品，深受皇室垂青，是中国著名乐器之一。1913 年在英国伦敦国际工艺品展览会上获银奖，1915 年在美国旧金山召开的巴拿马太平洋万国博览会上获金奖。新中国成立后，在国内多次获奖，产品远销日本、美国等地。《辞海》载："玉屏箫，中国著名乐器之一。创于明代末期，采用贵州玉屏出产的竹子制成，因名。产品经过刻花、打磨加工，式样优美，雌雄成对。"

黔东南是侗族人口分布最多、地域分布最广的地区，这里有着众多的县或是侗族自治县，或是侗族聚居地，而每个县的风光秀丽、民风纯朴、文化独特，难以在一篇小文里一一点及，还是让我们的脚步逐个踏上印痕，用目光全方位扫描，用心灵去感悟吧。

三

广西的侗族集中分布区域并不广，但由于三江县的侗族人口比较密集，以前交通不发达，那些大山形成了天然屏障，对侗族文化起到了有效的保护作用，留下了浓郁的原生态民族风情。同时，侗族人口分布较多的三江、龙胜等县，自然风光也十分迷人。

广西侗族三江县，民族风情多姿多彩，传统文化源远流长，人文景观独具一格，民居吊脚楼、风雨桥、鼓楼等名胜风景吸引了大量中外游客。“桂林山水甲天下，侗族风情看三江。”以鼓楼、风雨桥、侗族民居等木制建筑艺术闻名世界的三江侗族自治县，拥有中国最完好、数量最多、分布最集中的侗族建筑群，全县境内共有侗族风雨桥 108 座、鼓楼 159 座，还有大量的侗族民居建筑群；侗族服饰绚丽多姿，色彩斑斓，在全县 13 个乡镇和 3 个流域内，可以充分领略到风格迥异的侗民族服饰文化；其号称“百节之乡”，正月十五斗牛节、三月初三花炮节、八月十五赶坡会、九月初九新禾节以及十一月二十二日冬节等富有侗族风情的节令接踵而来，“百家宴”上惊天动地的酒令，从年初行到年尾；侗族民间的酸鱼、酸鸭、酸猪肉以及各种酸蔬菜、打油茶等独特的饮食文化，令人魂牵梦绕。此外，侗族大歌、侗琵琶、芦笙舞、哆耶文化和萨文化等民间文化，源远流长；“赶贼节”、赛芦笙、踩歌堂、抬“官人”、“哆耶”、“行歌坐夜”、“月堆瓦”、“不落夫家”、“偷亲”（偷婚）、“勾亲”、程阳八寨集体婚礼等，也是三江极具传奇色彩的侗族习俗。

侗族是龙胜各族自治县中的主要民族，自然景观独特和民族风情浓郁，不仅是国家级生态建设示范县，也是广西旅游大县。其龙脊梯田、龙胜温泉闻名遐迩。花坪自然保护区入选中国世界纪录协会世界银杉数量最多的地区。元宝山景区是国家森林公园、自治区级风景名胜区。

四

怀化市是东中部地区通向大西南的桥头堡和国内重要交通枢纽城市，南接广西，西连贵州，与湖南的邵阳、娄底、益阳、常德、张家界等市和湘西苗族土家族自治州接壤，素有“黔滇门户”“全楚咽喉”之称，今有湖南“西大门”之美誉。怀化自然景观秀丽，历史悠久，民俗风情浓郁，史书记载怀化为“五溪”之地。有纪念杨再思的飞山庙、抗日战争胜利受降纪念园、会同高椅民居、会同连山神农炎帝故里、中方荆坪古村、通道芋头侗寨、黔城芙蓉楼、洪江古商城、洪江高庙遗址、怀化侗文化城、黔中郡、二酉洞、龙兴讲寺、天后宫等历史文化古迹，有向警予、粟裕、滕代远等革命先辈的故居与纪念场馆，还有著名丹霞地貌群通道万佛山、鹰嘴界国家级自然保护区、借母溪国家级自然保护区、溶洞奇观辰溪燕子洞、五强溪水电站水库蓄水形成的陈家滩“千岛湖”等自然景观闻名遐迩，侗族、苗族等46个少数民族以其独具艺术魅力的多民族文化和民族习俗风情吸引着各方人士。

通道县是全国绿化模范县、全国生态示范区、中国民间文化艺术之乡、全国最佳休闲旅游县、中国大学生最喜欢的旅游目的地、全国休闲农业与乡村旅游示范县、中国最具潜力的十大县域旅游县。通道侗族文化独特。独特的侗族文化主要表现在建筑、服饰、饮食、歌舞、体育、合款、祭萨、习俗等方面。除了随处可见的鼓楼、寨门、风雨桥外，我们还可看到仍有老人们在编织侗锦、侗帕、侗带。

到侗寨做客，侗族人们会拿出最珍贵的腌肉、腌鱼、腌碎骨、腌菜、油茶、苦酒招待。唱歌跳舞是免不了的，琵琶歌、哆耶、芦笙舞让人进入欢乐的海洋，还有侗戏给人别样的美的享受。传统的抢花炮、射弩、高脚马、哆毽、荡秋千等已被列入国家少数民族传统体育比赛项目。古老的祭萨、讲款、为也等民间习俗，仍然保留在许多侗族村寨举行祭祀或庆典纪念活动中。通道是湖南的文物大县，有国家级文物保护单位 3 处：马田鼓楼、坪坦河风雨桥群、芋头古侗寨群；省级文物保护单位 6 处：坪坦回龙桥、横岭古楼群、阳烂寨门、播阳白衣观、锅冲兵书阁、中国工农红军长征通道转兵会议会址恭城书院。通道的自然风光也十分迷人，万佛山风景区有被地理学家誉为“天然万里长城”的 100 余平方公里的丹霞地貌，还有保存较为完好的陇底原始次生森林和 100 万亩松涛森林风光、巍然屹立的独岩峰与阳洞滩瀑布。

抗战历史名城芷江，因 1945 年 8 月中国抗战胜利洽降在芷江举行而声名远播，受降纪念园里有国家 4A 级景点中国人民抗日纪念馆、飞虎队纪念馆。此外，芷江还有最长侗族风雨桥龙津风雨桥，内陆最大的妈祖庙天后宫，中国最大的侗族鼓楼群万和楼，还有省级自然保护区三道坑等一大批人文自然景观。龙津风雨桥自明代万历十九年（1591）由名僧宽云带头捐建后，几经圮毁，多次修复，一直是湘黔公路交通要塞，也是商贾游客往来云集最繁华的地方，史称“三楚西南第一桥”。1999 年年初，龙津桥再次动工重修，1999 年 11 月 7 日竣工。重新修复的龙津风雨桥全长 146.7 米，宽 12.2 米，为当今世界第一大风雨桥。

新晃侗文化、夜郎文化积淀厚重，原始稻作文化、傩文化保存良好。傩戏“咚咚推”已入列国家首批非物质文化遗产保护名录，县城是湖南省历史文化名城。

靖州是“全国绿色小康县”和“全国绿化先进集体”“中国杨梅之乡”“茯苓之乡”。主要文物有飞山庙、文峰塔，自然景观的典型代表是国家3A级景区排牙山省级森林公园。其地笋苗寨是国家级非物质文化遗产苗族歌鼟发源地之一，拥有以苗族歌鼟为代表的民族文化；整个自然团寨民居依山而建，错落有致，青山、绿水、田园相融；2010年被评为湖南省三星级乡村旅游服务点。

会同县有“物种天堂”之誉，是著名的“广木之乡”“楠竹之乡”“山羊之乡”，是神农炎帝故里，是粟裕大将故乡，有全国文物保护单位高椅古村、鹰嘴界国家级自然保护区、会同渠水国家湿地公园，有红色旅游景点、革命传统教育基地粟裕故居及纪念馆。此外，还有诸葛井、驸马墓、公主墓、国师墓、太子塔人文古迹和金龙山、八仙山、泰安山等自然景观与神话传说或人文遗迹有机融合景点。境内侗、苗、汉杂居文化内容丰富，种类繁多，各具特色，百花争艳。有古老的神农裸祭、草龙舞、打鼓锄茶、人扮牛打架和享誉海内外的肖氏竹编、纪念侗族首领杨再思的活动“抬杨太公菩萨”，有沙溪唢呐、黑饭节、板凳龙、唱土地、罗汉戏狮、斗牛舞、花灯、木叶笛、竹笔书法、泰安山祈雨、祭祀侗母，有竹贤竹酒、古法木榨茶油、魔芋。中国十佳古村之一、国家级重点文物保护单位、湖南省历史文化名村高椅古村，因其三面环山一面临水，地形宛如一把太师椅而得名。村内保存有明洪武十三年到清光绪七年五百年间的古民居104栋，整体呈梅花状分布排列，形成迷宫，被专家誉为“江南第一村”“民俗博物馆”。

五

湖北恩施是侗族族群自南北迁最远的一块地方，给人以侗族飞地的感觉。其实，在历史上从桂北到恩施甚至更广的地区，应当都是侗族连片居住的地方，只是不少地方汉化或者汉族人口大量迁入，侗族地区不断缩小，而形成现在的侗族地域。如会同、靖州等地，曾是杨再思时代侗族的腹心地区，如今早已是侗苗汉杂居区了，便是例证。此话题在此不论，暂且搁下。恩施风景以如诗如画的山水风光和光怪陆离的奇洞异穴为主，主要景点有恩施大峡谷、清江画廊、腾龙洞、鱼木寨、大水井宗祠、星斗山原始森林、土司王城、土家摆手堂、梭步垭石林等。除此以外，土家族的吊脚楼、侗乡的风雨桥、七月的女儿会、耕耘时的薅草锣鼓、葬礼时跳的撒尔荷、吉庆时跳的摆手舞，都展示着绚丽多彩的恩施风情。恩施州雨多、雾多，雨热同期，前往恩施旅游最好避开雨季。

侗族自然分布地自然不止前述这些地区，但主要集中在湘黔桂边界之地，这里的美正在慢慢被世人拉开帷幕，由于精彩不断呈现，世人需要准备足够多的惊叫声……

大美三省坡

一脚踏三省，三省一山连。

兄弟六七个，非遗密成群。

恕我无才，弄出这样蹩脚的顺口溜。不过，写不写得好只是水平问题，肯不肯写却是态度问题，无论如何这也表示我对三省坡是十分敬仰的。

写侗族文化散文无法回避三省坡，何况三省坡不光风景优美，人文底蕴也十分深厚。

一

三省坡，三省坡，顾名思义就是三个省交界处的一座山坡。人们这样描述它："金鸡齐鸣，三省皆知"，"一鸡鸣三省"，"一脚踏三省"。侗语称之为"弄三升"（Longl Saml Sens），即是湘黔桂三省区交界处共有的一座大山。从地图上看，三省坡地处黔湘桂三省区交界地，坡的西面为贵州省黎平县洪州镇六爽村，东面为湖南通道县独坡乡骆团村，南面为广西三江侗族自治县独峒乡。围绕三省坡以及三省坡逶迤的余脉所延伸到的七个县即湖南省通道侗族自治县、靖州苗族侗族自治县，广西壮族自治区三江侗族自治县、龙胜各族自治县，贵州省黎平县、从江县、榕江县。区域面积20431平方公里170万人，域间侗族人民交往频繁，自古迄今是“山同脉、水同源、语同音、俗同形”，是侗族传统文化保存得最好、最完整的地区。三省坡主峰海拔1336.7米，为越城岭、雪峰山和苗岭山脉过渡地段的最高峰。

三省坡常年云雾缭绕，充满了神秘感，被称为侗族的“香格里拉”。三省坡植物丰富，阔叶树成林，牧草茂盛，风光独特。坡西面的六爽村原称高山村，从这里到主峰顶端，是一片绿海，不仅草木数量多，树的种类也繁多，栲栎类树木分布量大，珍贵树木颇多，有国家二级保护树种伯乐树、马尾树，三级保护树种白辛树、红花木莲、凹叶厚朴等珍贵树种。丰富的植物资源形成了中药材宝库，勾藤、厚朴、灵芝、桂皮、百味莲、独角莲、九牛胆、断续等几十种名贵中药材极为常见，由于生态条件十分优良，中药材品质极高，受到市场的热烈欢迎。

坡顶有一道十分罕见的大自然奇景——天然“长城”。天然“长城”为三省坡顶裸露的岩石山脉，其出露长度达三百多公里，高度在十至三十米之间。层层叠叠的巨石之上，怪石嶙峋，危崖兀立，错落有致，浑朴自然，初看似人为设计、垒砌，实则自然天成，可谓鬼斧神工。

有史料记载，清乾隆初年，石金元领导的南江、苗江农民起义，以三省坡为大本营，神出鬼没地打击清廷官军。以后多次农民武装斗争，都利用这块可攻可守可退的有利地形，抗击官军的追剿。由此，足见其地势险要、易守难攻。

1969年，广西三江与贵州省黎平共同协商，利用大塘坳山高水深优势，由三江侗族自治县出工出料，在今黎平县洪州镇救寨村和垒寨村境内，兴建大塘坳水库。两县侗族人民通力合作，于 1972 年建成“团结水库”。后来，人们称之为“日月潭”“天鹅湖”，侗语称“海（Heit）”，意为面积很大的湖。此水库库容 220 万立方米，发挥出良好的水利作用，灌溉着三江独洞乡和黎平救寨村的农田。湖水清澈，湖面如镜，青山、绿树、白云倒映水中。春夏之交，漫山遍野都是鲜艳的杜鹃花，微风轻拂，蝴蝶纷飞，鸟语花香；盛夏初秋，荡舟湖中，清风如洗，涟涟碧波，鱼在云中游，人在画里行；及至冬天，枫叶如染，火红一片，把寒冬弄得温暖甚至沸腾，更有冰雪雾凇，让青山绿树银装素裹，朝霞映照，分外妖娆。早上，雾笼湖面，如纱如烟，缥缥缈缈，宛若仙境；中午，晴辉播撒，湖面泛动银光，有着魔幻的意味；黄昏，彩霞满天，霞光染红湖面，湖天一色，归巢之鸟穿行在红霞中，不是图画，胜似图画；晚上，星光在天穹、湖里一齐闪烁，简直就是梦境。乘坐游艇，游览高山平湖，沐浴习习清风，观赏日出日落，拍摄水光山色，身心俱爽，满心惬意。夏秋时节，两省区邻县的侗族群众欢聚高山平湖，开展游泳比赛、泅渡活动，人们在美丽景致里放浪形骸，享受到自然之乐。

二

通道侗族自治县牙屯堡镇是焦柳铁路线上的一个小镇，因为铁路之便，北可往怀化，南可至柳州。我们从这个小镇去三省坡，由此去的下一站是独坡乡，沿途及独坡境内是常见的侗族寨子。及至离乡集镇很远的地方，见到一个很大的村寨，问当地人方才得知这个大寨子由上岩村、平寨村两个行政村构成，有六百多户人家。我们略作休息，与村中侗民攀谈，了解到这个村寨是这一带芦笙工匠的大本营。我赶紧百度，恶补这个芦笙大本营的知识。上岩村，号称中国“芦笙之乡”，据说是侗族芦笙的发源地之一，也是侗族芦笙大师、侗族民间芦笙制作传承人杨通先的家乡。该村有鼓楼八座，戏台两座，花桥一座，侗族文化保存极为浓厚。网上更有趣的是，说独坡乡各侗寨自古以来帅哥靓妹多，个个健康养眼。这当然也包括这个有名的“芦笙之乡”了。

侗族有喜爱跳芦笙舞的习俗，芦笙舞的历史悠久、代代传承，现在三省坡地区村村寨寨都有芦笙队。我们在此找到一个做芦笙的工匠，跟他了解芦笙制作的技艺。他略带羞涩地说，做芦笙关键在于笙管里的簧片，簧片做好了，才能吹得好、吹得响。我们问到芦笙簧片用什么制作，他骄傲地说，我们这里的师傅做的簧片全是用熟铜手工精心锻打而成的，音质纯正，响声大。

我们问寨子里有什么故事，一个戴眼镜的老爹说，我们这里故事多，怕是三天三夜说不完，倒是出了个人物值得说说，新中国成立前的“侗王”粟昌福就是这里的。我对粟昌福略有知晓，但还是得借助网络了解得清楚些。粟昌福，是侗族社会贤达，曾任会同行署副专员。他出生于一个农民家庭，一杨姓富裕人家见他聪明伶俐，送他进私塾读了6年书。后来，他先后种过田，做过木工，当过小学教员、独坡乡乡长。曾组织乡民协力防匪，后组织自卫大队，多次打败土匪侵扰，保了一方平安，因而名声大振，乡民称为“粟大王”。在湘军徐君虎反蒋移师上岩时，所有给养都是由他为之筹措的。他也先后调任团头乡乡长、播阳乡乡长，加入国民党，当选为通道县参议会副参议长、“国大代表”。1949年8月，他拥护程潜、陈明仁两将军的主张，宣布起义。同年10月，他率县自卫团接受改编，加入“中国人民解放军湘桂黔边区纵队”，任副司令员兼第四支队大队长。10月20日，通道和平解放。他接受中国人民解放军第十三兵团的指示，负责维持地方治安，筹备军粮，保护交通，选派向导，保证解放大军顺利过境。12月任通道剿匪委员会主任。1950年2月任通道县临时人民政府县长。遵照会同地委指示，选送64名有一定文化的少数民族青年到会同地委民族干部训练班学习，为通道民主建设和各项建设准备干部。1950年4月，解放军撤离南三县，反动势力重新抬头，湘桂黔边区纵队瓦解，通道陷入匪手。他退驻独坡老家，提出“守住独坡，等待大军”的战斗口号。7月，因受黔匪杨标威逼，以“受编不受调”为条件，就任匪“十三纵队”司令之职，进驻县城。8月，借口催粮躲回上岩，“十三纵队”无形瓦解。11月20日，解放军进驻通道，请其出山。12月25日任通道县民族民主人民联合政府县长，在清剿土匪、收缴民枪、减租减息、土地改革等工作中，发挥了重要作用。1954年3月任会同行署副专员，负责文教卫体工作。1957年被错划为“右派”，1958年冬含冤逝世，终年62岁。1979年4月12日，中共湖南省正式下文为其平反昭雪。

寨里的戏台、鼓楼保留完整。戏台只有在逢年过节演侗戏时才用一两天，平时闲置，征得老人们的同意，我们将戏台打扫干净，将睡袋铺在戏台上。晚饭如何解决呢？这样偏远的寨子里没有个火铺，我提议去找找农家，看能不能打个油火，付点费，蹭一餐饭，随便吃点什么凑合一下。一找就中，老乡格外热情，立马忙起来，烧火煮饭，当要动手杀鸡时，我们立即制止了，让炒点自种的小菜就行。结果老乡还是炒了腊肉，还上了腌鱼和苦酒。不知是我们太饿还是菜太好吃，我们吃得津津有味。腌鱼我们吃不惯，只尝了一点点，但他们自种的小菜和腊肉被我们一扫而光。老乡一再不肯收我们的饭钱，说这么大老远的客人吃点饭，怎么能收钱呢？要不是三省坡的吸引，请都请不来。当我们有些微醉后，急忙在这位老乡家洗漱了。我们悄悄把钱放在碗下，便返回戏台睡下，一夜睡得很香。

经过一段跋涉，来到了三省坡的半山腰上，带着凉意的微风吹彻全身，晨雾填满沟沟壑壑，形成了云海，我们在云层之上，似乎有仙风从身体内吹出。晨曦渲染着一切，一切都变得绚丽多彩。

向主峰进发，路越来越窄，山也越来越陡。山上由于气温低，长年重雾，越往上树木越矮小，我们的速度也慢了很多。我们背负沉重登山包，喘气不停，全身汗透。山上植物令人眼花迷乱，伯乐、马尾、红花木莲、凹叶厚朴等数十种国家二三级保护树种随处可见。快到山顶一带，有片野生桂皮树林，经长年风吹雨打，树龄长，皮特别厚，随手剥下一片，即闻到一股袭人浓香。向导说，这高山顶平时没有人上来，村里人很多都不熟悉路，加上雾大，会迷路，只有少数猎人才敢到山上窜。

我们终于立于山顶，有了“山高我为峰”的美好感觉。我们必须释放激动，于是在草地上连续跳跃，向远处不停呼喊。侗家人的圣山，我们登上了宝顶！凉爽的风一阵一阵吹，洗涤着我们的身躯，洗涤着我们的五脏六腑，我们感觉无比清爽，有身轻如燕之感，似乎张开双臂就可以展翅飞翔。

当我们冷静下来，举目四顾，发现一个奇妙的现象：坡南面广西三江县地域仅生杂草，形成壮观的绵绵草坡，是高山放牧的优质资源；坡西面贵州黎平县地域为原始次生森林，因山高风大，气候异常，树木生长不高，但林深密茂，分布有多种名贵树种及珍稀动物。东面湖南通道县地域遍山箭竹，长年绿波荡漾。向导说这箭竹的笋子，实心，肉质鲜嫩，加上其反季节在秋冬两季生长，身价倍增，是不可多得的佳肴。一山三面植被大不相同，可谓奇观。

据说三省坡的半山腰上分布的贵州黎平洪洲镇六爽村，湖南通道独坡乡骆团村、新丰村，广西三江独峒乡林略村，都是很有名的侗寨。可惜时间有限，我们不能一一游览，只能等待下一次去领略其与众不同的美。

我们在天鹅湖作短暂休息之后，下到半山上的林略侗寨。林略村位于一座高坡的半山腰上，寨前梯田层层叠叠，它像坐落在层层梯田之上。寨中一栋栋侗家吊脚木楼，依山层叠而建，鳞次栉比，密集连片，寨中两座鼓楼特别显眼，在起伏的群山中格外引人注目，构成一幅人文与自然完美结合的侗寨田园风光。从对面山坡看去，颇有点像拉萨的布达拉宫。村后坡顶有片宽阔的松林和草坪，碧草青青，野花簇簇，是当地男女青年玩山对歌、结识交往的去处。

山下的独峒小镇是一个侗族风情保留特别完整的地方，从语言、服饰到建筑，都有鲜明的地域特色。镇中心耸立的鼓楼高达十一层，楼阁登天，重檐密密，俨然是小镇的摩天大厦。当然，名响三省的还是这里独有的独峒牛市，这是这一带几个县中最大的牛市，三省坡地区的侗家人和苗家人，都将饲养的肉牛牵到这里出售，广州、深圳、南宁、桂林等地的食品商，每逢赶集日都开车到这里采购，每集的成交量都有几百头。我们到来的这一天正逢当地赶集日，小街道里、市场上都挤满了来赶集的乡民，卖的商品五花八门，衣服也是五颜六色，热闹极了。融入熙熙攘攘的人群，感受这里的别样风情，谁说不是一种享受？

独峒乡有一些值得一看的人文景观，最有特点的有岜团风雨桥、高定侗寨、干冲侗寨、座龙侗寨。

岜团风雨桥是座造型独特的人畜分道风雨桥，坐落在独峒乡岜团寨旁的苗江上，规模略小于程阳桥。该桥建于清宣统二年（1910），桥长 50 米，桥台间距为 30.4 米，二台一墩，两孔三亭，结构形式与程阳桥相似，不同之处是在人走的长廊边另设畜行道小桥，成为双层木桥，两层高者为 1.5 米。人畜分道，能使人行道上清洁安全，也利于延长桥梁的使用时间。岜团人畜分道风雨桥，是由侗族风雨桥建筑工匠石玉朝、石含章、石井著、吴金添、吴文魁等5位师傅精心设计建造的。岜团桥很注重利用地形地物，桥的西岸只有一条向南通道；而东岸向东、向北各有一条乡道。工匠们就在东岸南出入口则顺应道路方向与桥轴构成80度转角，前置桥门牌坊。该桥翘角重檐，几十株参天珍稀树种五针松荫护桥头，桥与山水及侗寨风光紧紧相连，使不少游客乐而忘返。岜团景区属于广西三江侗族生态博物馆中的一部分，是三江县重点建设的旅游景区，该景区重点突出侗族的“款”文化，将侗族古老神奇的“款”文化集中在景区内展现。

高定侗寨位于三江县城西北约50公里的独峒乡，五百座吊脚木楼，依山就势，鳞次栉比，村寨四周的古树组成绿色的长龙，显得人与自然十分协调，寨中七座按宗族建的鼓楼，飞檐叠翠，互相争艳。

干冲侗寨，有三条石板跨省古道交汇，有沟通广西、湖南的水泥公路，是典型侗寨风水布局，立寨时间1000年，干冲村1029户，是全国第一大侗寨，是典型的“侗寨文化活化石”。

座龙侗寨，全寨80多户，户户都是木结构吊脚楼，自然协调地分布在舒缓的斜坡上，村前村后绿树成荫，清幽幽的苗江河从村前蜿蜒而过，如玉带飘拂。似飞龙摆尾，风景优美，民风淳朴，寨子中的两座鼓楼，透着古气，与独特的民居相映生辉。1930年12月中旬，邓小平、张云逸率领的红七军长征时途经此地，曾在此驻扎休整3天，播下了革命的火种。

三

侗族地区是歌舞的海洋，三省坡区域作为侗族传统文化最为集中的地区，更是侗族歌舞最重要的传承地之一。其中，大雾梁是极为典型的代表。

“大雾梁”是地名，也写作“大戊梁”，侗语称“梁蒙”。这里山清水秀，是块宝地。在此举办的大雾梁歌会又称“大戊日”，或称“大戊梁歌会”，是湖南通道一带侗族的地方性民间传统歌会，在每年立夏前的第十八天举行，一般为期三天。

每逢歌会期间，附近广西、贵州等省区的侗、苗、壮、瑶、汉各族人民也成群结队前往参加。少则数千，多则上万，人山人海，异常热闹，而这个万人同庆的节日，其来源据说和一个古老的传说有关。

传说很久以前，贵州古州有一个穷后生门龙，因家境贫寒，来到湖南通道牙屯堡，给一家姓肖的财主种田。天长日久，他与财主的女儿产生了爱恋之情，两人常到大雾梁山上对歌以表爱慕之情。不料，此事被肖财主发现，他赶走了门龙，从此，二人分离，难以见面。不久，肖女托人给门龙带来一个小包包，门龙不知何意，便请一位歌师破解此谜，结果得知肖女已决心与他结亲。门龙兴奋异常，立即来到肖家，大胆求亲，却遭到财主拒绝，这对情人只有私奔。但不幸的是，正当他们渡河时，山洪暴发，二人双双遇难，化成了两座相依相偎的岩峰，屹立中流。这天正是戊寅日。此后，侗族的姑娘小伙们为了纪念这对勇敢的情人，就约定每年的这天在大雾梁举行歌会，以此抗议不合理的婚姻制度，久而久之，相沿成习。

大雾梁歌会上的对歌形式多种多样，有的是三三两两地在树荫下对歌倾吐爱慕之情；有的是在大庭广众之下，摆成歌阵，举行民歌比赛会；有的则围成一个圆圈，边唱边舞；还有的则弹响琵琶，叙唱门龙、肖女的故事。等到了傍晚，人们还要合唱一曲分别歌。

四

三省坡是侗族人民的精神家园。三省坡不仅是侗族原始生态旅游的一颗亮丽明珠，还是一座文明的山坡，蕴藏着丰富灿烂的侗族文化，它既是侗族历史的发源地之一，也是侗族传统文化保持最为完整的“圣地”。

三省坡周边是侗族文化最为集中、最具代表性的区域和地带之一。它几乎涵盖了侗族优秀的文化遗产所有种类，是侗族文化保存得最多、最完整和最具民族特色的地区，也是人类学家、生物学家、民族学家和文化人考察研究侗族的必选区域。这里有保存较为完好的原生态环境，其稻作文化历史悠久；鼓楼、风雨桥建筑宏伟壮观，多声部侗族大歌享誉中外；服饰文化艳丽多姿。侗族大歌、鼓楼、风雨桥、侗戏、侗锦、侗族琵琶歌、侗族芦笙为代表的民族传统文化已列入第一、二批国家非物质文化遗产保护名录；三江程阳风雨桥、芭团风雨桥、黎平地坪风雨桥、通道坪坦河风雨桥和马田鼓楼、从江增冲鼓楼、通道芋头侗寨建筑群等跻身全国重点文物保护单位行列。

三省坡也是一座人才辈出的侗族“圣山”。三省坡下成长了一批优秀的侗族领导干部，培养出了杨进铨、张泽忠、吴浩等一大批侗族知名作家、学者、教授，以及考取清华、留学美日、工作在国内外众多领域的三省坡侗族骄子。

三省坡旅游圈是以侗族文化为核心，以侗族文化特征为内容，以湖南、贵州、广西三省（区）交界之地的三省坡为中心，横跨广西、湖南、贵州三省，集三江侗族自治县、龙胜各族自治县、通道侗族自治县、靖州苗族侗族自治县、黎平县、榕江县、从江县七县为区域的侗族文化旅游圈。这里的侗族人口有 118.8 万人，占全国侗族人口的 41%，是侗族的主要聚居地。

2009 年 3 月 29 日、30 日、31 日，“湘桂黔三省坡侗族文化生态保护实验区”座谈会分别在广西三江侗族自治县、湖南省通道侗族自治县、贵州黎平县召开。三省区交界的柳州市、怀化市和黔东南州就共同开发三省坡和申报“湘黔桂三省坡侗族文化生态保护实验区”工作初步达成共识。

三省坡地区构成了整个侗族南部方言区和一个以三省坡为中心的原生态侗族文化走廊。这里是侗文化的发源地之一，也是侗文化保存最完整的圣地。在这个巨大山麓的周边，能看到最原始古朴的侗寨和鼓楼，能见到侗族一代代流传下来的祭萨、讲款、行歌坐夜、哆嘎、哆耶、赛芦笙等非物质文化遗产，能看到最忠厚淳朴的侗族人，亲历最为厚重的侗族风情。

如今，三省坡已成为三省毗邻地区各族人民游览观光和考察活动的祖母山，甚至成为全国各地人民向往的侗族名山。

寻找突破口

一

印象中，这几位朋友很少回家乡，有的甚至十多年没有见面了，现得一见，甚是难得。当我们在湘西南小镇的茶庄里品茗畅谈、共叙友情时，免不了感叹以前讲的“地球村”已经真实地逼近了国人的生活。他们以前从北京、上海、广州回乡总是倒腾来倒腾去，往往身心俱疲，时间也不合算，即使有个五天假，也大多浪费在路上。更多的人没有时间回来，而是选择把父母子女接到身边，这又带来了新的问题，子女年幼尚能较快适应大城市的生活，而父母往往适应不了，他们几十年习惯侗族村寨生活，而其中不少人连普通话都不会讲，无法与外界沟通，产生了“老漂族”问题。虽然这几位朋友都有让我们家乡人所羡慕的事业和生活，但此刻他们却流露出一些无奈和感伤。

切入了生活和人生的本质，大家都觉得话题很沉重，于是静默了好一阵子，空气都似乎不流动了。然后，龙总说，现在好多了，我从深圳开车回来还算方便，绝大部分路程是高速，如果包茂高速广西段贯通，真的是“千里江陵一日还”了。他用烟斗吸着湖南的名烟，平静地表示要在家乡贡田修复木屋，不时回来住一住，以释放内心积淀的乡愁，休养劳累的身心。他跟我说，杨老师，感谢你对贡田保护和开发的策划，现在交通方便了，一定会实现你的设想，让古树名木演绎一段段乡村旅游的佳话，我也会为家乡贡献一点绵薄之力。我表示会继续关注和出力，他很高兴，非要以茶代酒敬我一杯。

于是，大家就高铁时代侗乡苗寨的发展展开了讨论。从政府重要岗位退下来的陈先生说，新中国成立 60 多年，改革开放 30 多年，侗族地区发生了翻天覆地的变化，这是不争的事实。实事求是地讲，与发达地区相比，这里仍然很落后。20 世纪 80 年代中期，国家制订了“从东到西梯度发展”的战略部署；90 年代初，国家正式作出建立市场经济的决定；90 年代末，国家又制订了“西部大开发”的战略部署并为之投入了巨大的物力财力。侗族地区纷纷制订相应的应对举措，长期以来，侗族各地区国民生产总值增速保持在 8% 以上，但从整体来说，过去侗族地区经济总量的基数少，这样的增长速度仍无法在整个经济社会的发展水平上与东部地区相比，更关键的是大部分地区的经济属于“留守小农经济”，没有发生根本性的改变，与东部地相比可能花的精力相对更大，却并没有像东部经济那样一浪高过一浪。一切资本运作是需要计算成本账的，运输成本、时间成本、精力成本都指向了交通成本。“要致富先修路”，出路出路首要是路，经济社会的出路必须先解决好道路问题。怀化就是“火车拖来的城市”，在“铁路经济时代”，怀化以其铁路交通枢纽的地位，催生了一座新的地级城市，成为侗族地区最重要的城市，也极有可能发展为湘黔渝边界地区的中心城市。在新的历史时期，侗族地区大发展，现在是时候了！侗族地区交通建设飞速发展，形成高速公路、高铁、复线铁路、民航、水运立体交通网络，特别是沪昆高速、包茂高速和厦蓉高速在侗乡大地上交织了高速骨干网，加上沪昆高铁，侗族与外界的联系变得十分快捷。

我对互联网时代背景下的侗族地区发展深切关注，互联网可以使一个地方的发展不受时间与空间的限制，因此它是一个无边界的平台，真是“没有做不到，只有想不到”。过去较为偏远的侗族地区，现在凭借互联网可以让世界上任何一个地方变成自己的“邻居”，既可以在最短的时间内了解到世界各个地方的信息，又可能把自己的产品卖到世界上每一个角落去。如果不敢想、不敢闯，那就只能是“心远地自偏”了。当我向他们阐述这些观点时，他们纷纷表示赞同。

从北京回来的张教授比较看重民族文化和地域文化的传承，他说，没有文化支撑，一切是海市蜃楼或昙花一现。侗族地区的核心竞争力是侗文化，这个是其他民族地区无法复制的，在竞争同质化越来越严重的时代，侗文化是让侗族地区有别于其他地区最根本的东西和最宝贵的财富。

二

我国改革开放30多年，为何侗族地区经济发展的春色姗姗来迟？我们把讨论的焦点放在了改革开放以后侗族地区与东部地区差距拉大这一点上了。

“清江远上白云间，一片孤地万仞山。侗笛何须怨杨柳，春风不度雪峰山。”说到激动处，我篡改了王之涣的《凉州词》。有人接口就说，侗族地区在地理位置上处于“不东不西，不是东西”的尴尬局面。事后看，显然，我和这位朋友说的话过于尖锐，不够客观，有失公允，是忧患意识的放大和折射。但落后是事实，这是无法粉饰的。

我们认为，造成这一状况的原因是多方面的，首位的原因是没有按经济发展规律出牌。侗族地区一味地模仿东部地区，把“无工不富，无商不活”作为真理，大力发展工商业，“县县办开发区，乡乡点火，村村冒烟”，却没有见到哪个县成功地发展了工业并靠工业来支撑经济。问题是仍然没有全面深刻地反思得失，接下来，仍不服输，“县县办工业园，处处圈地冒烟”，以图“栽下梧桐树，引来金凤凰”，花了大价钱栽了梧桐树，凤凰还是没有飞来几只，飞来的也大多半死不活。东施效颦的活剧一幕幕上演，却没人敢说不。

从江浙回来的经济学博士李先生说，经济规律不是政治精英、经济精英、文化精英能够以自己的意志为转移的，工业经济的发展既要求交通、通信、能源、自然资源等条件良好，也必须有金融资本、人才资本、科技资本集约，还必须有广阔的市场，等等。显然，侗族地区发展工业的条件不完备，而且这些基础并不是一朝一夕能够奠定的。

我们几人只能感叹：违背规律去强求发展工业经济，结果必然事与愿违。

话题又回到如何推动侗族地区的发展上来。我说，我们并不反对发展工业，但我们对淡薄侗族地区的文化来谋求发展表示强烈的忧虑。文化精英一直在呼吁，通过保护、传承、开发侗族地区的文化特色来夯实发展经济的基础，提升经济的内涵，增强经济的活力、吸引力和持续的发展动力。但政治精英并没能与文化精英同唱一台戏，他们更热衷于经济戏的眼前表演，让台上台下眼前热闹起来，以保证自己获得的政绩评分不低，所以对文化是“说起来重要，做起来次要，急起来不要”。缺失文化的经济理念，注定是无本之木、无源之水、无血之躯。一度邯郸学步，生搬硬套外地经验，把侗文化特色置于一边来搞地方经济、侗乡建设。建设出来的城镇是大中城市和东部地区城镇的缩小版，很少用侗族的建筑特色和文化意蕴来提升城镇的品位，看不到侗乡城镇的魅力所在，只看到用自己的短处与人家的长处去比拼；在工业发展中，多是东部淘汰、转移进来的高耗能、高污染、劳动密集度高的“三高”项目，缺乏充分挖掘具有侗文化特色的传统产品，因而以侗文化特色来增加产品文化含量、提高产品附加值的产品太少，即侗族地区推出的产品缺乏侗文化符号；农业经济则基本上丢弃了诸如“稻—鱼—鸭”共生生态系统等传统特色耕作，又尚未很好地利用传统农耕文化与现代科技相融合，打造独具特色的农产品；侗乡旅游业，主要是没有形成资本运作与文化资源有机结合的格局，也没有让传统文化搭上现代高科技快车的手段。甚至乡村建筑一味求洋，一栋栋排列有序的木屋拆除，一座座砖房杂乱无章地兴起，最终变成了“土碉堡”，把侗族地域文化元素、侗族乡村旅游的民居资源破坏殆尽，令人悲从心起却无计可施。

三

我们谈到了文化经济命题。什么是文化经济？李博士说，显然不是文化加经济这么简单，应是在科学理论指导下，以人文精神为动力、以科技为支撑、以文化观念产品的生产和消费为主体的新型经济。

我说，本来，人类为生存和发展所发生的一切经济行为都是文化行为，物质财富都是文化生长的物质表现形态。文化在经济中的存在，不仅存在于人的行为过程中，而且存在于文化行为的结果物质财富之中。文化与经济的关系，如人之左右手，相辅相成，不可偏废。

讲到文化，张教授就兴奋起来：侗族地区由于有着丰富的侗文化和地域文化，其经济活动中的文化色彩应更加耀眼，应更多地体现出侗族价值观念、民族心理、传统文化、风俗习惯。这才具有显著的个性和持续的生命力。

我们都认可这样一个事实：近几十年来，世界的经济发展呈现出新态势，最显著的特点就是传统文化和创新文化与经济日益融合，形成了文化经济。我举例说，“好莱坞”“迪斯尼”“奥运会”等文化活动都形成了强大的经济产业，而像经济特区、西部开发等经济活动又形成了相关的文化。可见，绝大多数的文化都可能形成经济产业，绝大多数的经济活动和物质产品都包含着文化因素与文化内涵。如此一来，文化的精神要素和技术要素高度统一，科学理性与人文精神高度统一，就能形成经济文化化、文化经济化、文化经济一体化的良好格局。

我们一致认为：文化作为国民经济持续健康发展的内在动力和源泉，且具有传承性、可重复利用等特点，是可永续利用的资源。挖掘文化资源，创新文化产品，原有的文化资源不仅不会消耗和丧失，而且还会使其增长。我说，侗族地区的茶叶，如三江红、会同宝田茶、黎平雀舌等，如果没有融入故事和地域文化，那就只是一些树叶，三江的树叶、会同的树叶、黎平的树叶，并无多大的区别。反之，正因为有其特殊的文化内涵，这些树叶已经不只是树叶了，也不只是茶叶了，而分别附加了三江的文化、会同的文化、黎平的文化，成为一种文化载体甚至本身就成为了文化，所以能够在竞争十分激烈的茶叶市场中异军突起。

陈先生说，刚才杨老师讲的茶叶文化，很有意思。随着物质的日益丰富，人们的文化消费需求越来越高，越来越追求商品的文化附加值，甚至文化附加值已经成为商品价格的决定性因素。当今世界的经济生产，更注重把文化注入，生产出来的产品既是物质产品又是文化产品，让消费者不但得到物质的享受，更能得到文化艺术的享受。

物质和文化从来都没有分离过，我说，都说“愈是民族的便愈是世界的”，比方，茶是中国数千年来积淀、发展起来的文化，到十九世纪就风靡全球。就算是世界的也必须民族化才有生命力，比如可口可乐本是洋饮料，但到中国来首先在名字上就进行了本土化的演变，然后从口感风味到销售都进行了中国化处理，从而风靡了中国市场。

陈先生总是站在政治层次审视文化，他说，政治理念和国家政策也必须融入大众文化之中，才得到生动表达和深入贯彻落实。新中国成立 60 多年来，党和政府的各项方针政策，无不是通过转化为侗文化的形式，才得以在侗族地区有效贯彻，变成侗族人民的自觉行动。

李博士仍然喜欢引用外国学者的论断来阐述自己的观点，他说，美国著名学者托夫勒有一句名言：“哪里有文化，哪里早晚就会出现经济繁荣；而哪里出现经济繁荣，文化就更快地向那里转移。”当代的竞争已经由经济竞争转向文化竞争，从争夺物质资源转向争夺文化资源。

龙总接过话题说，美国文化产品已位居出口创汇产品的第一位，韩国争抢我国的传统文化做他们的“非遗”，日本把中药弄成“汉方药”在国际上赚大钱，这些给我们启发，也给我们敲响了警钟。

陈先生对龙总的观点表示赞同后，认为必须看到我国近年加强文化建设的举措和成效，他首先回顾了 2011 年 10 月中旬，党的十七届六中全会作出《中共中央关于深化文化体制改革、推动社会主义文化大发展大繁荣若干重大问题的决定》后，中央及各地为繁荣文化出台了一系列政策，然后谈到了侗族地区近年文化传承与发展所取得的令人瞩目的成就。他说，至党的十九大召开之时，中央研判我国已经步入中国特色社会主义新时代，在这一新时代中，坚定文化自信、推动社会主义文化繁荣兴盛，依旧是亘古不变的文化初心与使命。十九大报告指出："文化是一个国家、一个民族的灵魂。文化兴国运兴，文化强民族强。没有高度的文化自信，没有文化的繁荣兴盛，就没有中华民族伟大复兴。要坚持中国特色社会主义文化发展道路，激发全民族文化创新创造活力，建设社会主义文化强国。"

我们都很高兴我国文化经济兴盛，也很高兴侗族地区文化经济有了可喜的发展。

四

侗族地区文化经济的发展，需要解决一些实际问题，特别是要解决好其中的关键问题。这是我们的共识。

张教授很沉重地说，历史就是文化，过去我们收集了大量的侗族传统文化资料，为开发利用侗文化发展经济打下了基础，但系统研究和深层次研究还远远不够。同时，打造"侗文化品牌"普遍存在底气不足、视野不广、角度不新、手段不多的问题。当前必须解决好这些问题，侗族文化经济才能够真正发展壮大。

陈先生说，侗族地区以龙脊梯田、肇兴侗寨、岜沙部落、西江苗寨、小黄大歌、晚寨琵琶歌、程阳桥、高椅古村、芋头侗寨、飞山庙等文化遗产吸引世界各地游客，拉动了人气和经济的增长，可以好好总结经验，以求得发扬光大。

李博士认为，要重视和发挥文化资本的作用，文化资本表现为文化资源积累的厚度和文化资源开发的能力。侗族地区是一块充满神奇文化的热土，蕴藏着巨大的文化资本。这就为经济资本相对薄弱的侗族地区提供了极好的发展机遇。我们守着厚重的文化资本，过着清淡的日子，其原因在于还没有充分认识文化就是发展经济的资本，还不会把文化资源作为一种资本来运营。

我说，相对来讲，贵州的镇远、肇兴、通道等侗族地区，在把侗文化作为资本运行方面，迈出了可喜的步子。侗族地区要挖掘出推动经济发展的文化资本，使文化经济不断发展壮大。要整合资源，打造品牌，形成系列化、规模化、集团化、区域化、产业化的文化经济。同时，提升传统文化的现代价值，使侗族传统文化梦幻般的神韵在现代化进程大放异彩，更好地让侗族的歌舞、祭祀萨玛、合拢宴等侗文化对接现代旅游；通过报刊、网络、微信等多种媒体，借助新闻、广告的影响力大力推广；用影视等手段反映侗族生产生活习俗，以扩大侗文化影响力；充分利用侗族历史人文及文化品牌为产品命名或做商标，如萨岁、夜郎、小黄、肇兴、三省坡、万佛山、飞山、高椅等，以提高产品的文化含量。

张教授觉得，要充分利用传统文化进行创新，把侗族历史事件、历史人物、创造发明、民间故事传说、民歌、民族风情、工艺美术挖掘好，然后以之为素材大力创新，出版图书，制作音像产品、卡通、动画软件、工艺产品，等等。他认为，要认真总结好侗族叙事歌《秦娘美》搬上银幕和大歌、琵琶歌走向了世界舞台的经验，创新侗族文化成果。

龙总说，要积极培养和扶持侗族作家、艺术家、专家、学者与民间文化传承人，形成良好的老、中、青梯队结构。侗族地区地方政府、文化部门要设立侗族传统文化保护基金、科研基金、创新文化基金，确定科研项目、创新文化课题，组织侗族专家学者、文化人、作家、艺术家进行攻关，把文化资源转化为文化经济。

五

这个时代以亘古未有的巨变激荡着每个角落。我出生并一直生活在湘西南会同，身处这个时代一日千里的大潮之中，每天耳闻目睹传统的消亡，感觉熟知的历史到此骤然断裂，我内心有着无比的疼痛。我多么热爱侗苗文化，也为其独特性、丰富性感到十分骄傲，但现代化却对之粉碎式地实施打击，使之迅速土崩瓦解，甚至茫然无存。可是，我没有能力让这种传统得到应有的保护和传承，我也不愿意生我养我的这片土地继续贫穷落后。如此个中滋味，大多数的时候难以与人言说，一些人会认为这过于迂腐，甚至被视为自作多情、自寻烦恼。还好，这几位朋友与我怀着一样的乡愁、一样的矛盾心情，所以我们话逢知己千言不多，半天犹如一刻即过。

我说，我很赞成潘年英教授关于侗族文化的许多观点，我百度了他的一些文章出来，摘取一些观点读给他们听。比如："作为一个少数民族地区，侗族地区应守着自己的根。"比如，适度开发"有这样几个指标：第一，是村落的传统格局保持不变；第二，是居民收入增加，初步实现了现代化；第三，非物质文化遗产得到有效的保护和传承"。比如："侗乡建设既是一个整体，同时也应该是有层次的，就是说，我们要有最基础一级的'村落'文化建设，也应该有更高一级的'古镇名镇'建设，还要有'文化走廊'和'文化带'

的建设，如此这般，我们才能真正打造和重建我们美丽的家园。”比如：“如果人人都能自觉意识到祖先留下的文化遗产是多么的宝贝珍贵，那么，我相信大家都不会盲目追求所谓的现代化，不会那么急迫地拆除木楼，换上砖房……当我们见识到了现代文明的种种优点的时候，我们实际上很容易被这种优点迷惑住，而放弃了对传统文明的理性思考……如今的侗族社会里，人们对水泥砖房的迷恋，很多时候其实不是来自它的实际功能，而是来自盲目的跟从和攀比……文化的自觉来自于比较，来自于反思，没有比较和反思，就没有文化的自觉。”

张教授自问自答地说：侗族地区与其他地区一样都在搞美丽乡村建设，到底侗族地区的美丽乡村建设与其他地区应有什么不同？我想首先提法上就应不同，应提出为“美丽侗乡”，这才体现侗味；然后要努力保留或恢复侗文化的传统符号和元素以及地方文化的符号和元素，当然要与现代文明的有机结合。

我说，更重要的是物质现代化与精神现代化二者兼有、同步发展、相辅相成。就像潘年英教授所说的一样：让我们的民族活得更有尊严，更有文化底蕴，也更加自信自觉，更加健康快乐。

对此，我们感叹良久，也充满期盼。

自跋：侗族地域文化的文学体现

——兼谈侗文化散文集《侗族时光》的写作

一

说实在的，我那么喜爱湘西南的乡村，但如今却很怕回到我的家乡官舟寨，很怕到乡村去行走，因为我看到的是肆意的破坏和传统快速的消失。一栋栋土碉堡不断挤压着传统木屋，乐队的西洋乐器驱逐着古老的唢呐，打牌赌博取代了哼唱歌谣、雕刻蜜饯，现代生活淹没了乡村的田园牧歌……我竟然会有明显的心痛伴随着叹息。

我时刻感受到历史长河中四两拨千斤的瞬间能量，或赞叹，或惊诧，或欣然，或惋惜。在五千年的中华文明史中，时常有这样的现象：短暂的百十年，超过了数百年上千年的影响力。秦朝统一文字、李斯创制小篆，使汉字改变了原来形象、全息地记录宇宙和人类社会的形态，现代对汉字的简化和普通话的推广更是使汉语有些偏离了原本的轨道，让汉语变得难学了；焚书坑儒让中华文化受到了毁灭性打击；现代化和城镇化强力推进，让传统文化的许多种类不断消亡，建构在儒家纲常伦理上的道德从根本上动摇了。文化不断向着大同方向整合，传统文化和地域文化节节退缩，但残留在乡土中的地域文化保留了大量的传统文化信息，有着一叶可见森林和一粒种子可繁育一片苗木的作用。文学从中汲取营养，在同质化竞争越来越严重的今天，呈现出一些异样的光芒。

文学是文化的结晶、文化的载体，文化是文学的土壤，可以说什么样的文化土壤就能生长出什么样的文学。地域文化的土壤上，总是会长出异彩纷呈的鲜花来。且不说《诗经》中的《风》源于十五个地方的风土人情，不说南美的风情成就了《百年孤独》，也不说江西诗派、桐城派、公安派等古代文学流派在中华文明的历史长河中散发出的灿烂光辉，且说“鲁镇”滋养出鲁迅的散文和小说，湘西成就了沈从文，湖南溆浦漫水村孕育了王跃文的《漫水》，山东高密让莫言走进了诺贝尔文学奖的殿堂，陕西商洛养育了贾平凹的文学……如此经典的例子，夸张地说多如天上的星星。

侗族是一个极具特点的民族，仅仅大歌、鼓楼、风雨桥“侗族三宝”就已经震撼了世界，还有那歌乡舞海和各种奇特的习俗，以及侗族地区旖旎的生态自然风光，都是让人如痴如醉、流连忘返的，所以侗族地区旅游也日益火爆。既然侗族有着这么优质的文化资源，那么以侗族文化、地域文化为沃土，在其上绽开出绚丽的文学之花，有着诸多可能。

我深知，已经有不少知名的侗族作家，在此方面作了艰苦的努力，也取得令人瞩目、令我难以望其项背的成就，但是契诃夫说：“大狗叫，小狗也叫。”我一直试图在侗族文学方面发出一丝声音，我不图什么，只想为侗族文学的大海增添一滴水，只想抒发憋在心里已久的乡愁。2014 年，我参加了侗族文学学会、广西侗学会和广西三江文联于三江举办的第三届“文学与地域”研讨会。会上，我就侗族地域文化与文学发表了自己的一些看法，一些观点得到与会领导、老师和同行的认同。2015 年，全国侗族文学学会会刊《风雨桥》杂志执行主编杨仕芳老师向我约稿，说《风雨桥》杂志决定开辟专栏，让我写作侗文化散文系列，每篇七八千字，可共连载十六万字以上。这正中下怀，因为多年的侗文化研究让我有着强烈的文学表达欲望，便毫不犹豫地一口应承下来。其实，我心中也是惶恐的，因为毕竟这是有难度的写作，我自己的研究和文学表现力是有限的。但我必须挑战这个难度，我有写作侗文化系列散文的冲动，也有为侗族文学增添些许光亮的责任。于是，我的侗文化系列散文被陆续逼了出来，于2016年开始至今，在《风雨桥》“一个人和侗族”专栏中连续发表，现已发表出来的16篇，共14万字，整个系列完成后，共22篇，预计不低于20万字。今年，这部书稿取名“侗族时光”，有幸被列入中国作家协会“少数民族文学作品出版扶持项目”。这并非说明我写得好，只是表明地域文化孕育的民族文学作品具有特殊的魅力；只是证明侗族文化有着优质的个性，能够引起人们的关注。这要感谢生我养我的这片神奇的土地，要感谢侗族文化为文学提供了丰厚的营养而给文学创作提供了诸多可能，要感谢各位师友的关心和支持。这为我们进一步挖掘侗苗文化，创作出更多更好的文学作品，添了一滴油，加了一度电。

其实，早在2004年及其前后，我陆续创作了一批呈现我的家乡会同县炮团侗族苗族乡中心场村官舟寨的散文。因为官舟寨这个小地名经常出现在这批散文里，散文界许多作家朋友，可能并不能记住杨汉立这个名字，但却记住了官舟寨这个地名，因为系列散文中不时现出身影的这个寨子与他们生活或走过的寨子是不同的，其文化个性让它彰显了异样的优质禀赋，我也因此被他们称为官舟寨或者老官。期间，我写的《流浪的二胡》《南风进寨》《秋天图案我的山寨》《生活的硬度》《官舟寨的庸常生活》等写父母、写故土、写石匠、写寨子生活的篇什，先后在《中华散文》《民族文学》《湖南文学》等国家级、省级文学刊物发表。后来，也不时写点少量的乡土文学，散文《爷爷的金色田野》在《人民日报》副刊发表，中篇小说《田野有风》荣获中国侗族文学奖“风雨桥”小说奖。此外，还有20余件作品先后入选全国最佳文学作品选本。这些作品，在文学界引起了一些关注，《散文诗》主编冯明德老师称：“杨汉立是中国城乡结合部散文诗第一人。”

只是后来我被县里抽调去做粟裕诞辰百年庆典和炎帝故里在会同研讨会等重大活动的筹备工作，就很少有时间进行文学创作了，再后来生活变故，写得更少。但内心的乡土情结仍然浓厚，写作的冲动仍然存在。因此，在生活再艰难、时间再紧张的情况下，仍然坚持陆陆续续写作侗文化散文系列。

二

对于地域文化中的文学素材，我们往往有两个困惑：一个是一叶遮目，不见森林，似乎找不到恰当的素材；另一个是身在森林，眼见森林，无能选材和加工，即有大量素材，却不知如何利用。我也有同样的问题。

其实，我们一直在这块土地上生活着，每天喝它的水，吃它的粮食，呼吸它的空气，那么我们每天品尝着这块土地的味道，闻着这块土地的气味，受到这块土地的滋养。可见，素材真是多如海洋中的水滴。因此，我们生活在这样有着独特文化底蕴的侗乡苗寨，缺的不是文学素材，缺的是一双发现文学素材的眼睛和一颗加工文学素材的匠心。

在不断的写作中，我摸着了一些门道，很多文学素材会在我们质疑中发光。比如：会同方言，我和大家一样发现它如此地与众不同，如此与现代汉语普通话格格不入。早年我也提出了疑问：它是不是落后的象征，是不是土的代表。随着不断思索，终于破解了它的机密时，我才知道它那样古老，大量地保持着唐代以前甚或早至殷商时期的汉语原貌，这让我特别欣喜，不仅与人合作了94万字的《会同话与简易汉字学》的学术著作，还大量地运用到文学创作之中：

> 后来，我研究汉语起源规律时，发现凡读“sa”和“sha”音者（上古无翘舌音，“sha”音是后来从“sa”音中分离出来的），皆有“神秘”之义。如，萨为有神秘力量的神灵；蛇（古读如“sa”）为神秘的动物；煞，为神秘之邪气……在中华远祖的意识里，自然宇宙中存在着神秘的力量，他们把这种力量称为“萨”。侗族也是坚定地认为有“萨”的存在，在侗文化传承和发展中，“萨”文化得到了强化，成为侗文化的核心内容和母体。
>
> ——《侗族时光·永远的萨母》

> 如南方人读“街”“改”“解”“界”“戒”等字的音均不是“jie”，而是“gai”。这些都是上古音的遗存。那么，“黔”与“今”的古音，也与“更”相同。另一个问题又来了，为什么一定要用古音读如“更”的“今”字来表音？古时同音可通假，因“粳”笔画太多，就用“今”通假“粳”。由于中国人最先发明的是“粳糯”和“粳”，所以自称“chinman”（粳民）。现在，普通话把“粳”读为“jing”，不过南方很多地方还是把“粳”读如“更”。当然，中古以后分化为“jing”的音，有“封闭、禁止”之义。古代在聚落周边设防围篱，称之为“棘闹”，以防备异族、异寨或猛

兽入侵。侗族一直沿袭这一古老的居住习惯，现在一些古侗寨仍在四周用灌木围成“棘闱”，设有寨门。一些菜园也围有此类柴荆篱笆。所以，“黔”或许也与此有关。

——《侗族时光·始终在路上》

一进家，母亲说：“一路冷着了，快去火箩上向火。”官舟寨都是这样：在茶堂屋里，用木料做一个较大的台子，这个台子便叫火箩，其四周可以围坐，中间填满黄土，做成火塘，用以生火做饭和取暖。我们官舟寨不说“烤火”，说“向火”。“向火”者，“面朝向火，向火而去，向火靠近”也。这很有意思，有一种动态感和亲近感，不像“烤”那么生硬、那么模糊。而当母亲说出这句在我们官舟寨十分平常的话时，我感到一种特别的亲切和感动，母亲时时事事处处都是细致地关心着我这个游子啊。

——《魅力会同·冬日里的官舟寨》

这种不同于普通话的方言，为本地读者提供了亲切感，为外地读者提供了新鲜感，文章就具有了不同的价值。文章的价值，不是简单地以写得好与不好来区分的，达到了基本的语言文字条件后，靠你如何呈现异质化的东西，以避免同质化竞争，因此它就具有了较高的文学价值。

总有人问我，什么样的素材才是文学素材？我固执地认为，自然宇宙，人类社会，哪一件事、哪一个物不可以进入文学的花园呢？从全世界的文学作品整体上看，世上还没有什么不可以写的。

侗族地区有些什么样的好素材呢？其历史文化、传说、语言、服饰、饮食、婚变和其他生产生活习俗，以及自然风光，无不是我们书写的对象，无不可以为我们的文学作品增光添彩。

我在创作文学作品时喜欢用这样的素材：

侗族的“萨”崇拜主要是自然崇拜与祖先崇拜结合的产物。侗民族相信万物有灵，天地、草木和家禽家畜皆有神灵。他们相信天是神圣的，不可得罪；认为地发万物，有公有婆，公守山，婆守林。凡树木比较大的，就是“萨树”（或写为“社树”），尤以枫、楠、杉为神。只要是神树，就不能砍伐，连落下的干枝也不能做柴烧。枫被认为是炎帝集团中的蚩尤之化身，被苗族视为祖先，而侗、苗、瑶同源，所以侗族对枫树格外敬重。楠木因其木材纹理细密、质地坚硬和富有香味，自古极其珍贵，价格高昂，多用于建造宫殿，而侗族地区楠木尤多，自然被侗人视为神树。

——《侗族时光·永远的萨母》

很小的时候，我曾经对腌菜缸怀有很大的好奇心。家里大、中、小腌菜缸藏在屋子的角落里，灰头土脸的样子，缸子檐边的水槽里不时冒出气来，发出“呱呱”的声音，奶奶要拿酸菜时，揭开缸盖，一股挟带着浓浓酸味的香气扑鼻而来，我的口水就流了出来。我认为“呱呱”声是酸菜缸和酸菜想对人说话，也认为这种香味因为发自内心而让人感到亲切甚至沉醉。有时我忍不住要去揭开缸盖，就想看看缸里有什么神奇的机关能生出这么奇妙的声与香来，就想闻闻这种神奇的香味。好多次被娘看到了，娘怕坏了酸菜，把我骂得无地自容。

——《侗族时光·侗酸出美味》

三

会同俗语云："百草都是药，只是你冇会着。"对于素材的利用，我觉得首先必须站到一个高度来审视。比如，我们看到一株大树，都知道是一件好材料，但如果我们首先只想到可以用来做柴烧火，那就极大地浪费材料。烧火的柴，尽量用边角废料或者空干歪枝，让粗大挺直的材料为柱为梁，或者做其他生产生活用品用具，不是更好吗？但是哪些可以做柱做梁，哪些可以做盆做桶，这些又需要深入思考。作家不只是玩玩文字游戏，还真得是思想家，得站在社会的高度、文化的高度、哲学的高度来剖析素材。

> 说很古的时候，地上涨了漫天水，只有一座最高的山还露出一个山头，只剩下少数人逃到这山顶上没被淹死，过了很久，洪水退下去不少，正是播种季节，却没有谷种，眼前还可以吃些淹死的动物，可以后面对这光秃秃的大洪荒，能有什么吃？听说西边有更高的地方没被水淹，有不少稻种，但谁能游过几乎是无边无际的汪洋呢？正当人们一筹莫展时，一直伴随他们身边的黄狗跳下了水，不久游了回来……虽然它在西天谷堆里打了几滚身上黏满了谷种，但在水里泡了这么久，所剩不多，还好，人们用这些有限的稻种繁育了稻谷，活了下来并繁衍了人口。
>
> ——《侗族时光·糯稻的异香》

很多人喜欢写民俗、写传说，如果仅仅停留在写民俗和传说上，那么，这样的文章还只是一个资料，顶多只是一篇民俗散文或者一些故事。上面列举的这个神话故事，有不少人知道，也有一些人写过。那么，我怎么考量它？我不只看到这是一个神奇的传说，我站在侗族历史文化的视角上来审视它，考究其稻作文化的历史，探究糯稻文化的根源，以此试图增强其文化内涵，从而增强其文学厚度。

那么一些习俗，它的魅力不光是有趣，有趣之余还得看到它的文化价值。比如，家乡人对结婚生子的祝福语中，常常有这样的话："吃了喜酒吃甜酒啊！"如果仅仅是记录一种民间生活，显然是不够的，我把它放到农耕文化中去考察，看到了侗族糯稻文化深入渗透到了侗民族生活的每个角落。

> 所以，侗家人把祝贺揭瓊弄瓦的喜事称为吃甜酒。一对新人结婚，人们常常祝福说："吃了喜酒吃甜酒啊！"这相当于文人说的"早生贵子"。
>
> ——《侗族时光·糯稻的异香》

> 莫要礼物莫要媒，莫要媒人两面吹。
> 只要哥妹情意合，变成燕子双双飞。
>
> ——《侗族时光·唱着歌结婚》

> 波丝织网在屋檐，大风吹来破半边。
> 破嘎破嘎又来补，断嘎断嘎又来连。
>
> ——《侗族时光·唱着歌结婚》

同样，我写山歌，写"侗家炕腊肉""侗族杨家乌饭"等章节，也多从文化方面去解读风俗。从山歌中，看出民族的乐观本性；从侗家炕腊肉，看出侗族生活的厚度；从侗族杨家乌饭看出民族的勇敢和智慧。

侗族糯稻文化有着自己特有的操作规程，比如糯稻种植的一些技术都是成熟的、规范的文化。如果仅仅记录下来，只是一种说明文，但如果是用作透视侗族文化的素材，其价值就更加彰显出来。

> 因为四季为水所浸泡，田泥柔软，一般不用犁田、耙田，而且侗家人一贯喜欢生态的生产方式，秋收后人们把糯稻秆踩进泥里，稻秆腐烂后就是上好的底肥，这种有机肥特别能增强稻田土壤肥力，改善土壤结构，种出来的稻谷品质格外佳、口感格外好。这样的软田相当适合传统糯稻的生长，因为传统糯稻植株较高，一般都在 1.5 米以上，有的高达 1.8 米甚至 2 米，不怕水淹，不用晒田，鸭子也吃不到谷粒，便于在稻田里积蓄深水养鱼养鸭。
>
> ——《侗族时光·糯稻的异香》

> 侗族苗族有蓄大杉木的习俗，称大杉木为大木。会同各个乡镇皆仍存有一些大木，其中岩头乡坳脚村的一株古杉要三人才能合抱，被称为杉木王；广坪镇石家村芭蕉坳密集地保存着 84 株百年古杉，可谓闻名遐迩。
>
> ——《侗族时光·以树木为神》

断章取义地看，上面两个片断，或是种养业说明书，或是风土人情简介。但我用前一素材作为解读侗族糯稻文化的例证，意欲展现侗族稻作文化具有了精致性、系统性和科学性，表达对侗民族智慧的赞赏之情；用后一素材来说明侗族树木崇拜，并对其“人与自然和谐统一”的生态观进行展示，对“天人合一”进行哲学审视。

靖州与通道的杉木为代表的州木，成为洪江木材市场的三大品牌和三大主体商品，也使得沅水上游木材在中国东南木材市场名声大振，成为抢手货，各地需求量大增。原来的天然杉林多是砍伐杉树后的萌芽条长成的杉树，如此连续几届过后，生长缓慢，木质下降。会同和贵州天柱、锦屏、黎平一带的侗苗林农，为了解决这一问题，开始将野生杉苗用于造林栽种。会同自明洪武年间就开始杉木的人工栽培。

——《侗族时光·以树木为神》

侗族地区因有爱树护树习俗，特别是对杉树极其崇拜，传说鼓楼都是模仿杉树形态建造、演变而成的。杉木以其速生、实用、耐蚀等诸多特点，在我国南方的建筑史和生产生活用品制造史上占据重要位置。当杉木的市场需求不断增长时，沅水上游的侗族地区，作为杉木的主产区，在明代开始就兴起了大面积人工栽培杉树林的热潮。社会经济的需求与杉树崇拜结合到一起，形成了独特的林业文化。木材商品贸易的繁荣，促进了沅水上游的侗族地区社会、经济、文化的发展，商品经济影响和改变了侗族地区的原始状态和封闭状态，既有促进发展的一面，也有使侗族一些地区开始汉化而淡化了侗族一些特点的一面。这是需要辩证地看待的。

第三，要理清其文化源头。孔夫子说：“礼失求诸野。”由于各种原因，许多人类远古文化在历史经典著作里并不能看到，特别是还没有文字的远古文化，典籍里记载的也多是古史传说，且多是模棱两可的东西。在民族习俗里，往往有着人类远古文化的基因遗传，这可供我们研究、探寻，从而掀开神秘幕布的一角，窥视到其宏大的舞台。

新郎家的接亲队伍，天未亮就出发了，据说接了新娘也要天黑时分才进新郎家，可谓晨发昏至。我知道这是古礼。这看似只是因为侗族地区村寨之间交通不便、山高路远所致，其实这里暗含着远古人类的习俗。古人认为，男女结合，是阴阳结合，最好要阴阳平衡才与天地相应，达到天人合一的目的。现代科学证明，天亮和天黑时分，地球上呈现出晨昏线，晨昏线上阴阳最为均衡……选择晨发昏至接亲，能够让新婚男女阴阳和谐、幸福美满……

——《侗族时光·唱着歌结婚》

第四，要结合地理条件看。世界事物是普遍联系的，民族文化与其生存的环境密不可分。

侗族鼓楼有鱼窝的形象。百越民族文化是一部与水相关的文化，渔猎曾经是古越人最重要的生产活动，作为百越后裔的侗族自然把这种文化深深铭刻在记忆中，甚至烙在日常生活中。侗族在迁居到山地之后，捕鱼的文化基因仍然没有遗失，侗人喜欢开掘水塘养鱼，所以侗寨多有鱼塘，鱼也是侗人的日常食品，甚至侗人极喜欢制作、食用腌鱼，并将之作为招待贵宾的佳肴。

——《侗族时光·矗立与通达》

一方水土养一方人。古百越人千百年生活在江南水乡，其一支迁徙到现在所居住的地区后，其地理环境溪河纵横、水塘遍布、沼泽众多，又发明了“稻—鸭—鱼”立体生态农耕模式，所以养鱼是侗族主要的生产项目之一，鱼是侗族主要的食物之一。地域文化的产生、生存与发展总是离不开相应的地理条件，这是每个作家挖掘素材进行创作时所必须考虑的。

第五，要结合当下价值看。我们乐意于说“来龙”，无非为了“去脉”。我们永远在路上，只有善于从历史中吸取经验教训、增强文化底蕴、锻造精神力量，我们才能走得更远、走得更好。可是，我们经常犯错误，经常被乱象迷惑，经常为眼前的利益所诱骗，有时把一条伪装得很美丽的死胡同当作康庄大道。幸好我们有悠久的历史和灿烂的文化，我们以之为鉴，可以战胜自我，确保“矗立和通达”。这正如我在全面介绍侗族款组织后，所作的思考一样：

> 可以说，侗款做到了彻底的民主，与现代民主比较……无论是西方的选举式民主还是中国协商式民主，都有国家机器作强有力的推动，都有“官”的权威在作用，而侗款这种古老的协商式、约定式民主，有着良好的凝聚力和执行力，收到了相当好的效果。侗款实在是人类历史文化上的奇珍异宝，需要我们去深入研究，以其光辉耀人的功力诊疗当前社会的现代病。
>
> ——《侗族时光·侗款的力量》

我们生活在侗苗大地上，日复一日汲取侗苗文化的营养。那么，我们每一个文学写作者，面对每日庸常的生活，应当从文化学的角度切入，对它用文学方式进行诠释就十分必要、非常有意义了，它可以让我们的文学创作拓宽广度、挖掘深度，或许我们就能创作出不朽的文学作品，创建出新的文学范本。这种可能性极大，需要我们加倍努力。

2017 年 12 月

后　记

虽然自己写了跋，但没有一个后记还是不够的。虽然许多情况在跋里已经介绍了，但还有一些感谢的话没有说，便借后记说说。

这本书稿的创作，是杨仕芳老师极力促成的，侗族文学学会学刊、广西三江文联《风雨桥》杂志开辟专栏连载了三年，因此首先要感谢杨仕芳老师、三江文联、《风雨桥》杂志及其各位领导、编辑、工作人员！在本书申报过程中，得到了省作协创联部的领导和老师的大力关心与支持，最终经过中国作家协会少数民族处组织专家评审，成功进入中国作家协会少数民族文学作品出版扶持项目；本书出版前，杨仕芳老师拨冗作序，家父杨云浩先生和我县作家梁洪瑞女士不辞辛苦为我逐字逐句校对；在出版的过程中，作家出版社的史佳丽、李亚梓等编辑老师辛勤劳动、精心编排；对于我的采风、研究、创作，我县一些领导、一些部门、一些乡村和各位亲友给予了关心、帮助、支持；我还查阅、借用了一些书刊和网络资料，未能一一标注；国家现在高度重视文学创作，还专门出台少数民族文学创作扶持政策，安排专门经费，让我们这些无钱出书的作者有机会出版作品集。因此，我心怀感恩之情，在此真诚地一并道声感谢！